戀人們的森林

恋人たちの森

森茉莉 Mori Mari 著
王華懋 譯

森茉莉《戀人們的森林》推薦序

邱振瑞（詩人・作家）

熟悉日本文學的讀者幾乎都知道文學家森鷗外的盛名，他能寫小說又做翻譯，不愧是明治時代的大才子。基於歷史文化地理的親緣性，臺灣有不少出版社譯介過森鷗外的多部作品，我們因而有機會進而勾勒他在日本近代文學史中的位置。而談到森鷗外這號大人物，就必然要提及其女兒森茉莉了。在日本，向來有子承父業的歷史傳統，森茉莉與其父一樣，憑著不可抑制的才華，創造出屬於她自己的文學成就。然而，如果我們想更了解其作品的整體思想，探析其小說人物為什麼最終走向悲劇的原因，就得進入森茉莉的戀父情結與不幸婚姻的陰影裡，因為這挫敗的命運，如同一條柔軟的鎖鏈，親密又致命地扣連著她的一生。

森鷗外有過兩段婚姻。森茉莉是森鷗外與後妻所生，從小備受父親的寵愛，生活起居全由女傭服侍，上學有專車接送。森鷗外構思寫作時，不容任何人打擾，唯獨其掌上明珠例外，每次茉莉一聲不響跑進父親的書房，父親不但不斥責，而是一手把她抱在膝上，繼續奮筆寫作。進言之，二十世紀初期的東京，日本人的生活水準相對匱乏，但森茉莉幼年時期已穿著歐洲寄來時尚的針織衣服，像一隻快樂美麗而開屏的孔雀。一到下午茶時間，傭人用銀盤端來黑咖啡和外國的糕點，父女情感甚為融洽，父親吃一口，餵茉莉一口。可以說，對她而言，這些甜蜜和奢侈的記憶，順理成章地也融入其文學生命裡，以致於在數十年後，她彷如普魯斯特的《追憶逝水年華》描述一般，興致盎然地描繪出那時看過的圖畫書和吃過的糖果，也回憶其父購於柏林贈予她的色彩絢麗的項鍊。

一九一九年三月，十六歲的茉莉自法英和高等女校（現今白百合學園高校）畢業，同年十一月，經由父親的撮合，茉莉與大他十歲的青年才俊山田珠樹結婚。彼時，山田珠樹是東京帝大法文科副教授，以研究法國文學著稱，著有《現代法國文學研究》（一九二六）、《寫實主義的流派》（一九三二）、《左拉》（一九三二）、《法國文學札記》（一九四〇）、《中世紀法蘭西文學》（一九四二）、《斯湯達爾研究》（一九四八）、《左拉的生涯及其作品》（一九四九）。婚後一年，生下兒子山田爵（1920-1993，其後成為東大法文系教授），翌年，她將兒子留在日本，交給保母照料，前往巴黎遊歷一年。

當時，她的父親前來車站送行，火車離站之際，他默然向茉莉點頭示意，茉莉看到這情景，不由得號啕大哭。這是茉莉與父親最後一次見面。一年後，一代文豪森鷗外因腎臟萎縮和肺結核病亡。不過，研究者指出，茉莉可能未能喪父之痛平復過來，因而在她之後的作品中極盡美化森鷗外的晚年生涯。

婚後第六年，茉莉生下第二個兒子山田亨，其婚姻生活逐漸出現了危機。一九二七年，茉莉做出非常之決斷，以丈夫迷戀藝妓為由訴請離婚。幾經折衝，山田珠樹勉強同意了，但簽字離婚時，據說山田撂下狠話威脅，今後要對「她及弟（森類）妹（小堀杏奴）不利，無法在社會立足……」等等。受此恐嚇的茉莉也做出反擊說，「丈夫晚間（床第）之事並不健康」，此話頗有性變態的指涉。森茉莉與山田珠樹離異後，旋即嫁給東北帝大教授佐藤彰，成為佐藤的繼室。不過，過慣奢侈生活的茉莉，嫌棄「仙台沒有銀座和三越（百貨），不如回東京老家，還能觀劇看戲……」。佐藤自然是無法忍受的，便把她休離了。換句話說，茉莉的再婚生活不到一年即告結束。

研究者依此推斷，森茉莉年輕時經受不幸的婚姻生活，使得這些不快的往事，在積累後都必須得到最大程度的解放。因此，我們從其唯美主義的小說《戀人們的森林》中，可以輕易發現，每一部中篇小說的主題，無不深深圍繞著男同戀情與雙性戀情之間的糾葛，每個主角都是英俊高雅的壯年男子——作家、法國文學研究者、大學法文系講師，或者與戀上俊美青年而不可自拔，因而在小說場景中，頻頻出現狂烈的接吻、自戀、酗酒、虐待、受虐癖、拘禁、暴力、鮮血、死亡等描寫。以《枯葉的睡床》為例，男主角槍殺了他最愛的男人後，將其遺體拖進森林裡，輕放在枯葉鋪成的睡床上，與之愛情的絮語，最後他要吞藥自盡，留書朋友將他帶到埋著戀人的森林裡，與其最愛的人長相廝守。的確，由其小說特性來看，森茉利似乎擅長於這種殘酷而淒美的描寫，並樂於浸潤其中，為自己施展記憶的魔法，這樣一來，森茉莉就能虛實相連地釋放出屬於私密領域的禁忌，以及諸種成群而來的暗影。儘管如此，我們應該正視森茉莉之作其開創性，為日本文學創造出「耽美文學」的先聲，更是ＢＬ風潮的始祖，僅只這樣，就足以載入文學史冊了。

目錄

波提切利之門

由里在田窪家二樓的六疊和室生活起居，她的床鋪就放在田窪信吉這名不幸男子的睡床原本的位置。這已是近十年前的往事了。田窪信吉是該戶人家的主人，當時已不在人世，據說曾是東大湖沼學這門奇特學科的教授。不知何故——八成是與夫人不睦——他的肖像照不是擺在家人起居的空間，而是掛在由里房間的牆上，俯視床鋪的位置。隨著由里一點一滴看清田窪家中的種種，她開始懷疑肖像照中的男子對他的家人有著與自己相同的觀感，亦開始覺得那幅肖像在對她傾訴。那肖像中的男子是一名貌似英國人的俊美長者，眼睛碩大、眉心緊蹙，表情隱含著激越的情感。自昭和二十三年起，由里在此處生活了五年，這段期間所目睹的——更貼切一點說，是被迫體認到的——田窪家的景況，一切全都是憂鬱的，同時由里也在此經歷了令她心碎的事。

這是一幢大房子，予人的印象，就宛如整幢建築物幽朦地坐落在荒廢的叢林庭院之中。由里以外的租客，光是看到這屋子的外觀，恐怕立刻就會打退堂鼓，但由里生性對古怪的事物完全麻木。屋子裡，宛如該戶主人的老女人，她身上彷彿披掛著一層又一層灰色的衣物，飄飄搖搖地晃悠其中。這銀髮的醜陋老嫗，細眉底下是浮腫的眼皮與睜大的細眼，鼻子短而單薄，再底下則是窄薄的嘴唇，散發出一股妖異的魅人氣息。這位名為繪美矢的遺孀，她的情緒理所當然地支配了這個家中的一切，像是庭院的各個角落、破損的門

扉內側、灌木叢、石板周圍等雜草叢生的房屋外圍，以及陳設著古色古香家具的陰暗屋內的整體氛圍，都與繪美矢息息相關；是繪美矢的情緒塑造了這個家，然而看上去亦彷彿先有了這個家，再由其中滋生出繪美矢夫人這個人。通往二樓的樓梯總是咿呀作響；浮現黝黑木紋、低處泛白粗糙的走廊，每當有人踩過便嘎吱叫個不停。繪美矢這團灰色的物體輕飄飄地浮游其間，這團灰色之物的頂點，則源源不絕地發出刺耳的嘮叨聲，聲音彷彿自鐵絲管竄出一般，又細又尖銳。這恍若建築物與人相互腐蝕的狀況，似乎自許久前便延續至今。田窪信吉在由里搬進這個家的七年前便已故世。田窪信吉的死、日本戰敗、只在乎體面的繪美矢夫人的優柔寡斷，是令這個家陷於此等境況的表面理由。至於真正的原因，則是繪美矢無可救藥的棘手心性。田窪信吉雖是一名大學教授，但從這幢房屋一望可知，他坐擁龐大資產；此外，雖然應是低迴於繪美矢腦海中的過往榮華致使這個家變得如此，但身在這幢大房子裡，有時會感覺烏黑發亮的牆板角落、櫥櫃的背後，傳來這個家往昔的熱鬧聲響，宛如幽微的音樂盒演奏聲。從廚房後門進入屋內時，由里會倏忽停步，探頭窺看煤黑的寬闊廚房，毫無來由地側耳諦聽。在此見到的是如今只能在舊貨鋪看到的笨重邊櫃、餐櫥櫃、遍布刮痕與某些污漬而泛著油光的調理台。通往起居室廊道上的冰箱同樣又黑又舊，金屬零件浮現鏽斑。木板地房間也一片烏亮，看不見的風穿拂其中。被紅鏽侵蝕的瓦斯台上，缺損的西式餐碟盛著竹輪，還有不知道裹著什麼的薄木片包；中央凹陷、稜角磨圓且千瘡百孔的砧板上，凹處高高地堆著一坨剁得宛如絞肉的陳年醬菜，以蛞蝓般的形狀靜臥著。已經穿得圓滾滾的繪美矢又套了一件泛了色的戰時制服外套，伸出結實而皮膚起皺的手，從邊櫃裡取出茶具。看見夫人那厚實的肩膀散發出彷彿不滿又似憤怒的情緒，由里覺得耳中的過往喧鬧變得更為嘈雜了。那是鼎沸的賓客人聲。女傭們在榻榻米和木板地上擦出的窸窣腳步聲、煮水聲、燉煮聲；雙頰潮紅的女傭背著身子埋首切菜的聲音、男客爽朗的笑聲。夫人尖細透明、歇斯底里的聲音穿梭其間，呼么喝六，歡快地笑著，而年幼的二女麻矢彈奏的鋼琴聲，一個個音符編織成樂曲的旋律。感覺伴隨著這些聲響，陰暗的廚房和繪美矢夫人都開始隱約晃動了起來。繪美矢夫人會無所事事地在這個家中飄蕩般，但除了她以外，還有其他漫無目的徘徊似地在屋內行走的人，那就是二男沼二，以及長毛的黑貓卡美。沼二這名青年神經異常敏感，不與任何人交談。沼二與繪美矢總是走在不同的地方，從不打照面，就好像躲避著彼此。有著一身黑色長毛——特別是後頸的毛長得像怪物的卡美，則會飄浮似地隨著夫人上樓，或尾隨沼二及其他人身後，四處晃蕩。

不知不覺間，由里在這樣的屋子裡居住下來，儘管被憂鬱的景色所圍繞，卻未曾離去。因為由里這人有種習性，一旦在一處安頓下來，就難以輕易離開。不論那是房間裡，或是別人家裡都一樣，遑論伴隨著煩瑣雜務及搬遷的開銷，更是讓她覺得與其如此大費周章，她情願死了省事。經常出門遛達的由里，每天都會進出田窪家的玄關好幾回，那裡有樣事物令她格外印象深刻；日後每當她回想起田窪家，它總是會立刻浮現眼前，那就是張貼在玄關正門上的波提切利的畫作《春》，尤其注意女神胸脯以上的部分。由里尚未踏入門口，就能隔著玻璃門隱隱綽綽地看見那幅畫；每當看見那幅畫，她便不由自主地想起沼二這個人。這是因為由里多少瞭解沼二這名青年每日的生活，同時知道那幅波提切利的畫作，就是沼二抓緊生活中碩果僅存的自由時間，張貼在那裡的。當時沼二右手拿著膠水，左腋夾著疑似畫作的厚紙，從玄關左邊的房間走出來，由里偶然經過撞見，吃了一驚。她的驚嚇是來自於恐懼，害怕後方的廚房，又或是門後的起居間，會冷不防傳來繪美矢歇斯底里的尖厲叫罵聲。沼二會自由行動——多半都是些奇妙的舉動——都是精心挑準了母親不在、並且沒有任何家人在場的時機。由里由於一時驚嚇，不慎忘了這件事。從母親開始，每一個家人總是提高警覺地，時時刻刻監視著沼二的一舉一動，因為田窪家的人很厭惡沼二在有人的地方走動。除了妹妹麻矢以外，這些目光既苛刻又冷酷，但沼二並沒有畏懼的樣子。他看起來只是全神貫注在避開討厭的人。田窪家的人都認為沼二有智能障礙。他炭黑色上衣的領口和袖口探出一小截底下的白襯衫，身體和腳都極修長，面龐一樣很長，這名青年總是用緊湊的雙眉底下的大眼目不轉睛地瞅著人看。那雙眼睛有時會倏忽掠過凶暴的光采，但由里發現了隱藏在眼底的熱情、親暱。大多時候，沼二會把手插在後褲袋行走。他動作遲緩，總是默默無語，僅有必要的時候，會極罕見地結結巴巴交代事情。這名青年在這個家中被視為智能障礙，與由里以前看過近似痴傻的青年，兩相比較之下，沼二顯然不同。沼二飄浮似地行走，但並不空疏。他的中心是堅硬、充實的，背影也沒有空疏之處。由里沒有和他握過手，但他碩大的手掌感覺冰冷汗濕，伸出上衣的過長的手腕，予人某種異於一般的感覺，而看看這名青年的眼睛，由里覺得不像有精神障礙。或許沼二只是個怪人，說不定是個狂人，她想。沼二的眼睛就像隨時都在發燒的人。柔軟髮絲底下的寬闊額頭緊繃堅硬，總是散發著冰冷的光澤。他偶爾會下樓，從廚房後門不知道出去哪裡，但此外，除了在意想不到的時間出現在走廊或其他房間，他都關在他自己那一．五坪大的房間裡。初次見到這名青年時，由里懷疑自己眼花了。她聽見訪客的聲音，從廚房後門繞過屋後去應門，發現玄關轉角處的玻璃門開了條四寸[1]寬的縫，一名高得嚇人的

1　譯註：寸為日本傳統長度單位，一寸為三．〇三公分。

年輕男子，身影就像一支細長的羽子板[2]般填滿了那條縫。男子以銳利的眼神緊盯著由里，這個人就是沼二。由里要出門的時候，通行門「啪噠」一聲朝內側開啟，沼二鑽也似地穿門而入，挺直了修長的身軀朝這裡走來，這時由里在亮處看到了他的臉。由里在他的臉上看到智慧的神采，有種極不可思議的感覺，就好像一名睿智過人的青年，由於某種詛咒而被禁錮在如此細長、醜陋的身軀之中。他的容貌肖似由里房間那輪廓深邃、宛如英國人的他的父親，因此更令人如此感覺了。若是忽略他眼中那凶暴的光輝，沼二可謂是一名俊美青年。

青年定定地瞅了由里一眼又垂下目光，這個側臉看來心事重重的人，神情略顯痛苦地與她擦身而過。那雙深褐色的眼眸射出宛如狂暴憤怒的神色，那股憤怒的理由，由里也能片面理解，但她瞭解得實在太少，更深處彷彿隱藏著她的腦細胞無從推估的、無可壓抑的內斂情感。由里感覺，那股憤怒是所謂的常人所闕如的，如果有的話，只存在於天才或偉人之中。這種時候，沼二注視由里的眼神，彷彿是在掂量她是敵人或自己人，總是讓由里

2 譯註：羽子板原本是日本過年用來拍「羽子」（形似毽子）遊戲的木板，後來出現華麗精細的裝飾用大形羽子板。

不由自主地心慌意亂，畢竟那眼神實在銳利得異常。在那種眼神注視之下，由里開始覺得自己對沼二並未懷抱著偉大的人類情操，也沒有醫師崇高的熱忱。有時他們會不經意地在階梯底下擦身而過，或傍晚在附近的水道路散步時偶遇，但沼二的神情總是痛苦的。額頭一帶看起來尤其痛苦，就彷彿有個看不見的金屬環緊緊地箍住了額頭周圍。那是絕對無法取下的，連一刻都無法摘下擱到一旁的環，就像是神所嵌上的環；誰試圖要取下，都絕對不可能得逞。但由里認為，至少這個人是有內涵的；即便那內涵神祕不可測，這個人也絕不空疏。在具備智識的青年當中，由里亦見識過許多空乏的人。他們看似擁有某些主義或思想，但全都是拾人牙慧。（縱然一團混沌，這個人仍擁有某些發自內在之物。人們為何無法更珍惜這些發自內在的事物呢？）由里在二樓自己的房間裡，在床上伸展雙腿，於攤開的紙上塗塗寫寫的時候，或深信具有營養的食物，而用叉子如同馬或狗一般，大口吃著，把一大盤沙拉送進口中，同時想著這些。那是生高麗菜絲與青椒拌上美乃滋而成的沙拉；比起種子，她更厭惡青椒內側宛如白喉菌膜般的部分，因此將之剔除得一乾二淨。二女麻矢向來迴護沼二，因此由里在想著沼二的過程中，似乎也一點一滴地將麻矢同情沼二的部分心思也一起內化了。麻矢十八歲，宛如花瓣厚實的初綻的黃紅色玫瑰花。倘若由里是男子，光是能分享麻矢那安頓在溫暖心臟一帶的一小部分心靈，應該就會是一件令人怦然心動的美好之事。

如是般，由里對沼二這名青年抱持著幾許好奇，因此每當看到玄關波提切利的畫，她就會想起沼二這個人。這幅畫彷彿呈現出沼二極其罕有的短暫的快樂時光，每回目睹，由里的心思便會暫時被他這個人所占滿。這是一幅悲哀的畫作。由里會惦念著沼二，還有此外的其他理由，但這個理由對由里來說並不怎麼愉快。由里就像沼二，人有些傻愣，動作也稱不上靈敏。內心潛藏著莫名的憤怒，這一點也很相似。由里自小便是如此，因此總是暗地裡承受著親戚像田窪夫人對沼二的那種待遇。腦中充塞著混沌、心不在焉地飄忽行走這一點或許也是一樣的；唯一的不同，僅在於由里還擁有幾分將這樣的混沌化諸文字的能力。感覺由里為了租屋而來訪的那時候，見面的那一刻，田窪夫人便識破了她與沼二有某些共通之處。因此無可否認地，不到半年，夫人對由里的態度便漸漸地像起了她對沼二的態度。由里每天都會搭電車到兩站以外的街上，去咖啡廳坐坐，購買美國巧克力、戰後開始上市的小方糖、高級綠茶紅茶等等。這就像是一種癖病，她不能缺少這些東西，但住家周遭無法滿足她。早上由里下去洗滌處時，繪美矢逮住了她，不容分辯地宣布：

「今天我要出門一趟，團小姐會在家吧？」

對此，由里口中囁囁嚅嚅，想要出言反駁，但夫人不給她開口的機會，緊接著說：

「妳無論如何非去上北澤不可嗎？」

被質疑非去不可嗎？這句話令由里一陣自慚，就彷彿她每天的例行公事極端異常。夫人的口氣亦是衝著這一點而來，由里逼不得已沉默了。（日本人對別人的生活過度置喙了。一個人的每一天，都是屬於他自己的。）由里習慣性地將問題擴大到所有的日本人，忿忿不平地回二樓去了。

夫人這種任意擺布由里的做法，一點一滴地擴張範圍，逐漸像一張鬱悶的網般罩住了由里。由里會對沼二產生興趣，完全是理所當然的結果。因為由里與沼二就像部分靈犀相通的夥伴，有著彼此相繫之處。

田窪夫人──繪美矢擁有媲美男性的寬闊的胸脯，不只身材魁梧，看上去也頗有份量，但舉止卻輕飄飄的，就像某種大而鬆軟的物體，十分不可思議。將披掛著一層又一層灰布的碩大身形運上二樓來的夫人，坐在由里的床沿，述說她那死去的丈夫。田窪信吉足癬惡化，右腳一路腫到腿跟，不僅失去行動自由，還會周期性地劇痛，一痛起來，據說那哀號聲連屋外都能聽見。夫人提著皮包，裡面收著用來包紮腫脹如圓木的腿部的大量紗布、塗藥、冰塊等等，伴同丈夫出門旅行。他們拜訪過各家大學。由里看著夫人，在這段漫長的照護生涯中，找出了繪美矢歇斯底里的原因之一。在亮處細看，繪美矢夫人從臉部到頸脖上半部莫名地烏黑，是一種很少見的臉色。後來由里得知是染髮劑引起發炎的痕跡；那張面龐再抹上增豔的白粉，其上覆蓋著鬈曲而黑白交錯的頭髮，其間不知為何還摻雜了黃色的髮絲，形成三色斑駁。這個穩穩當當地坐在床沿的一團灰色物體，就宛如蠶兒吐絲一般，不間斷地吐出話語來。看著她以輪廓殘留著洋紅色的薄唇舔舐著杯緣、喝茶的模樣，由里有了某種肉慾的想像。她的腦中浮現連初秋也僅著一件軍褲，袒胸露背地走動的男僕似內的胸膛。由里剛搬進這個家沒幾天的某個午後，她從外頭回來，穿過通行門，看見了一名半裸的男子。男子穿著軍褲，紮著有如束在馬腹上的皮帶，一掌按在胸上看著由里，與她擦身而過。這就是由里和似內第一次見面。狹窄的額頭、透出頭皮的大平頭、白多黑少的細眼，令她印象深刻，但後來再看到幾次，由里漸漸對似內的裸胸生出一股奇妙的嫌惡。黃色的胸膛感覺一按就凹，上面的乳頭就像不斷被用力吸吮的母親的乳頭般粗糙龜裂，偏離乳暈，一片扁塌。這片胸膛有種令由里作嘔的地方。漸漸地，不知怎地，在由里的腦中，那雙乳頭與繪美矢那兩片動個不停的薄唇連在了一起，令她萌生過去的人生中不曾有機會想像的場面。這兩者的關聯在由里內心留下了驚愕，揮之不去，逼迫她做出某種惡意的觀察。留心一看，似內也沒怎麼工作的樣子，只是閃動著那雙白多黑少的眼睛四處走動。他行走的姿態，讓人覺得與其說是無所事事的男子，更像是思想與肉體都徹底浸淫於某種倦怠的人，散發出一股靠女人過活的男人糜爛的生活氣味。相對地，繪美矢夫人身體健康，宛如「強健」二字的代名詞。頭髮雖然三色雜陳，但皮膚除了臉龐和頸脖上方之外，都呈現紅潤的玫瑰紅。儘管牙口不佳，但食慾旺盛，隔著衣物也能看出底下粗壯的骨架，宛如以勞動為生的婦女。由里看著繪美矢那男人般寬闊的胸脯、散布著細紋的紅潤手臂，聯想到以肩膀頂住卡進車轍的輪軸，抬起翻覆的馬車的尚萬強。夫人雖說是理智的，而且就如同她那尖細刺耳的高八度嗓音所顯示的，她只是個雌性動物。此外，夫人的成長環境似乎稱不上上流，這一點從她刻意選擇高雅的措詞說話亦足以證明。由里看出這些後，漸漸地留心到繪美矢與似內的行跡。當繪美矢離家四小時左右的當天，似內便會在同一時刻不見蹤影；然後兩人會一前一後地回來。這樣的情形每個月會上演個兩回，無一例外。

繪美矢繼續說下去：

「在大學，說到外子的腳，那可是出了名的。像即位大典時，我們去了京都，當時每個人不是身穿大禮服就是晨禮服，唯獨外子特別獲准穿和服與和褲。那時候賞賜的東西我還留著，下回拿給妳瞧瞧，是餐會的時候附上的銀製品，應該是純銀的，還有像簪子一樣的東西。團小姐的令尊應該也是吧，畢竟妳的父親地位不凡……總之，外子那腳實在折

騰，不疼的時候，也根本坐不住，得靠在椅子上才行，而且是特別高級的柔軟的椅子上頭，左腳隨時都得打直擱著。」

由里租了附陽台的房間，這是她從以前就一直嚮往的，她可以將椅子搬出陽台，坐在那兒喝紅茶，或沉浸在漫無邊際的思考當中，這是她與生俱來，或許可說是一種精神上的流浪癖好。然而這樣的特權卻不斷地被夫人的饒舌所侵擾，使她無法盡情享受，她壓抑著不快的煩躁，望向陽光傾灑的窗外。夫人的話頭每回總是從照護丈夫的腳，轉移到炫耀來自美國的物資。麻矢的朋友都會從美國直接寄給她食物和衣物。

令由里憂鬱的事還不只這一樁。儘管偶爾能得到來自美國的物資，但改換新圓[3]以後，夫人的經濟陷入困頓，又將由里使用的三坪房間以外的另外兩間空房，租給了兩名女子。一個叫山內千勢子，看上去像個女職員，是憑藉與社長的特殊關係等緣故，才能奢侈地在外賃屋。另一個則是身材高大的長臉美女，但徐娘半老，應該三十七、八有了。這一位叫木谷茱莉，父親或母親是瑞典人，七成的白人相貌。她沒有日本女人無謂的虛榮、扭捏或小家子氣，相反地，舉止粗魯，實在沒辦法在沒有西式椅子的和室裡生活，而情性也

3 譯註：為因應二戰後的通貨膨脹，日本政府於一九四六年發行了新的紙鈔，並停止舊鈔流通。

嚴重地歇斯底里。當夫人的歇斯底里碰上茱莉的歇斯底里，場面便一發不可收拾。這是疾病與疾病的衝突，因此當事人亦無能為力。這種時候的茱莉所呈現的狂暴，倘若換上神話時代的髮型和衣物，就宛如素戔嗚尊[4]再世。繪美矢夫人與茱莉交手時，亦會徹底脫下在由里面前戴上的那種貴夫人面具，形影不留。當兩人在起居室尖聲對罵時，人在廚房的由里聽見了可怕的內容。夫人的論調從攻擊木谷茱莉遲繳房租，轉為侮辱她和美國大兵陪睡的境遇。歇斯底里到了極處，兩人的嗓音都變得彷彿嬰兒指甲刮過玻璃的聲音。茱莉就像要壓過夫人的話聲，加倍高亢地喊道：

「講這種話，妳自己不會去找個將校包養嗎！」

結果夫人發出不可理喻的尖叫，徹底陷入狂亂。但遇到這種情況，只要躲到二樓去就沒事了。最讓由里憂鬱的是，每當木谷茱莉，或是山內千勢子遲繳房租時，夫人就會把由里叫過去，強迫她在場。這種時候，夫人會從樓梯底下莫名溫柔地細聲喊她：

「團小姐，真是不好意思，可以請妳下樓一下嗎？」

4 譯註：素戔嗚尊，在《古事記》中稱為須佐之男，為日本神話中創世神伊奘諾尊之三男，性情凶暴，曾因惹怒姊姊太陽神天照大神，使其憤而閉關於天之岩屋，讓地上失去光明。

夫人的聲音溫柔得好似在輕撫，卻具備絕不許由里忤逆的威嚇力。很快地，由里被迫坐在其中一名女租客與夫人之間。

「茱莉小姐，妳看看人家團小姐，總是規規矩矩地在月初繳清房租。」

以教訓的口吻斬釘截鐵地說話的繪美矢夫人，滲透出一股挖苦的、惡意的氣息，讓人懷疑她以前是不是做過女教員？

有時雨絲彷彿將整幢屋子封閉在灰色裡的日子中，看見夫人在榻榻米褪成了紅色的起居間裡，穿著似乎是鼎盛時期訂製的紫色緞衣，外罩白條紋睡袍，有稜角的新月領邊緣和袖口都脫了線，用著稱不上精緻的餐食，她的哀愁便好似黏附在由里的背部。然而慵懶的午寐夢境，被無休無止的喧囂及斥喝女兒們的歇斯底里罵聲驚醒，或躺在床上做白日夢時被打斷，三番兩次下來，那股哀愁亦消失得無影無蹤了。繪美矢夫人亦會向由里索求陽台剝落的外牆及陽台落地窗的修繕費用，彷彿具有黏性的蜘蛛絲般糾纏不休。由里當時的狀況是手上雖有一筆錢，但那是由變賣祖父買給已逝的母親的鑽石得來，以及存有亡父留下的些許遺產的存摺，只是這些錢一旦用罄，接下來等待著由里的，將是徹底的飢餓。此時正值日本戰敗不久，周遭充斥著極為蕭索冷酷的氛圍。走在路上，迎面而來的風與空氣都暴躁刺痛，臉就好像被磨泥器給銼過一般，由里等於是在這樣的時局之中，緊抱著一本餘額三十六萬圓的存摺飄零，夫人的要求豈止過分，根本絕無可能。就在此時，帶著四個孩子、老早便將亡父的遺產揮霍殆盡的由里的弟弟匡也來了；他一得知由里的戶頭還有餘款，便不時來向她打秋風。見到由里的日常金錢花用，繪美矢夫人不由得嫉妒心起，認為要這個奢侈的漂泊者掏出外牆的修理費用，是天經地義之事。弟弟匡的妻子也三句不離「姊姊又沒有家累」。感覺他們聯合起來，憎恨著由里憑藉日漸減少的積蓄度日的奢侈。由里詛咒著繪美矢夫人與弟弟的存在。用自己的錢讓自己過得奢侈，何錯之有？由里在心中呢喃。況且這筆錢也撐不了多久。當積蓄用盡，除了坐在路旁等人施捨，由里也想不到更好的法子了。即便我要一個人揮霍六人份的用度，那也是我的權利，由里憤憤地想。倘若我有個一千萬圓，光靠利息就可以過活，別說修理田窪家的外牆和窗戶，要我出錢翻新洗滌處和瓦斯台的白鐵、雇個專門除草的女工，都不成問題。不僅如此，我還可以天天供應夫人綠茶和糕點，甚至每個月拿三千圓資助弟弟的生計。想到這裡，由里除了憤慨，更憂鬱起來了。有時木谷茱莉與她的情人貝歐．馬利會趁著由里心非所願地看家時，從馬路對著陽台叫嚷，要她開門。由里聽見聲音，探頭查看，看見貝歐和茱莉在大門外對著這裡，不知在說些什麼。聽出是在叫她開門後，由里沒奈何地走下樓梯。才走到一半，玄關玻璃門便傳來急躁的敲門聲。由里跑下樓梯，及至玄關一看，兩人卻已不見蹤影，這回換成屋後廚房擂門如鼓，彷彿要把木門給擂破。由里打開木門後，返身便走。茱莉會跑來串門子，這亦是由里的煩惱源頭之一。茱莉那張戽斗的臉會帶著有些空洞的眼神，毫無預警地直闖進來。由里不懂得拒人千里的手段，對於想要進來的人，便只能任其侵門踏戶。由於茱莉的歇斯底里和愚鈍，有時貝歐不再來訪，結果茱莉便只好來由里的房間找她。茱莉會頂著一口氣老了十歲的臉，面向由里的梳妝台。

「長白頭髮了。」

茱莉說，對鏡自照。

「皮膚好粗。團小姐，借我乳霜。」

想想茱莉的生計是靠著帶美國大兵回家才得以維持，由里害怕她是否身染某些可怕的性病。茱莉用過的乳霜，後來她挖掉一大坨丟掉了。抹完乳霜後，茱莉重新面對由里坐好，訴說起她和貝歐的爭吵。

「以前我有個男友叫亨利，是個好人。他送了我一條手帕，我一直收著捨不得用，結果不小心被貝歐看見，他醋勁大發就不來了。團小姐會法文對吧？貝歐在營區販賣部有個會法文的朋友，團小姐，妳可以替我寫封信給他嗎？求求妳。」

茱莉說著，彷彿老太婆的臉龐浮現著深切的哀傷。她為了生活所需而陪伴男人，但比起原本的目的，她看起來更是為愛而神傷憔悴。就像茱莉說的，貝歐不來以後，她似乎真的食不下嚥。

「團小姐，給我水。」

茱莉說，將茶壺裡的涼開水倒進紅茶杯裡，咕嘟咕嘟一飲而盡，彷彿在醒酒似的。由里忠告絕對不能再讓貝歐看見亨利送的手帕，煞費苦心地寫了封法文長信。這天風大得緊，但茱莉仍說要帶著那封信去營區販賣部，等待以前和貝歐同乘一輛吉普車的同袍經過，把信交給他。這時，灰色的團塊飄上樓來，徹底毀了由里沉浸在白日夢的時光。夫人掏出眼鏡，說要看那封信。她聆聽由里轉譯成日文，頻頻點頭，滿意地說：「都說到這個份上了，貝歐先生一定會再來吧。」

由里曾在陽台上目擊，美國大兵像要逃離茱莉似地從大門飛奔而出，挪動著一雙長腿朝水道路快步走去，而繪美矢跌跌撞撞地追在他的身後。外套底下的和服腰際，鉤破成三角形的布塊隨之飄動。

「貝歐先生！貝歐先生！」

然而貝歐頭也不回，踩著那雙長腿，一眨眼便遠離了。夫人竭盡所能地壓低的柔聲傳進漠不關心的美國大兵耳中，並隨著風聲漸次變得細微、消散。

在這樣的家中，由里被宛如海藻般煩人的事物所糾纏著。比方說六月下雨陰沉的日子裡，她望著濕淋淋的陽台欄杆，陷入了憂鬱。除了遇到二女麻矢的時候以外，在廚房附近走動總是令人憂鬱，雨天尤其令人厭惡，因此由里靈機一動，想在陽台設爐子煮些簡單的吃食，但夫人聞此言瞠目結舌，大為反對。由里覺得在這宛如廢墟的人家，二樓升起炭火白煙，風情十足，但夫人似乎不願讓人看見自家如此落魄的景象。在樓梯下或屋後倉庫，撞見似內和沼二兩人狹路相逢，沼二注視著似內的異樣眼神，也讓她憂鬱。某天由里從外頭回來，走進屋內，遇到似內從廚房後門進來。擦身而過時，由里忽然有了某種感應，反射性地回頭，對上了沼二的臉，心當場凍結了。沼二蹙起粗濃的雙眉，形狀姣好的嘴唇微張，眉下的一雙眼睛正斜斜地俯視著似內。兩隻眼睛看著似內，那雙漆黑碩大的眼眸卻有些鬥雞眼。由里知道自己觸碰到了沼二的心底，一股涼意直鑽進心裡面。就像這樣，屋內充滿了種種煩擾，隔著一層皮膜，底下隱藏著令人作嘔的事物，就連看見玄關旁每到春季便會綻放的如夢似幻的玫瑰紅山茶花，都莫名地讓人心驚肉跳。

在這個家中，健康的人有麻矢、其姊惠麻、偶爾來過夜的惠麻的丈夫除村敬三，以及長男湖太郎夫妻。其中十八歲的麻矢格外亭亭秀發，如花朵般盛開、成長。湖太郎和惠麻長得像繪美矢，生了一雙細眼，但麻矢肖似信吉，美貌出眾，和沼二也很像。麻矢在這個家中，是最為美麗、稚嫩的生命。湮沒於荒草般蒼朧的房屋；怪物般的老夫人；在庭院與灌木叢間、屋後倉庫一帶出沒，儘管有時會以慵懶的動作收拾雜物，但多數時候僅是呆滯地四處走動的似內——以看過這些的眼睛再看到麻矢，便覺得只有那裡閃耀著鮮嫩與健康。麻矢的皮膚底下湧出嬌嫩的氣息，渾圓聰慧的雙眼，將春季的哀傷與歡愉收藏在其中，總是明晰地彷彿初醒般睜著。上唇微微噘起，承接的下唇高低起伏，像渴望吸奶的嬰兒嘴唇，形狀極其誘人。儘管那雙唇如此煽情，但麻矢那如豪傑般的激烈性情，使她維持著純真與凜冽。有時由里把郵件送去給夫人，繞過屋後的和室簷廊折返時，會看到麻矢手肘倚在起居間的窗上，探出肩膀來。由里望向她，麻矢便會以魅人的眼神定定地瞅著由里的眼睛，抿唇一笑。看見熟人而露出微笑時，這姑娘的眼神就像私藏著某些好玩的樂子，悄悄透露給對方一般。在家的時候，那玫瑰紅的唇瓣什麼也不搽，身穿著美國製的粉紅色寬領晨衣上，鑲有蛛網般的蕾絲及滾邊，露出琥珀色的頸脖與肩膀。日本剛戰敗的時候，曾有美國士兵寄宿在這裡，其中兩人似乎為麻矢的美所傾倒，返回祖國後，有時會寄禮物過來。特別是有個叫彼得的，似乎是富貴人家的兒子，主要寄禮物給麻矢，附帶也會寄給惠麻和繪美矢夫人一些昂貴的生活器物。彼得在聖誕節寄來的大紙箱，讓一家人全都歡欣不已。在聖誕節收到那個紙箱後，拆封的箱子被搬到起居間去。糖果和巧克力罐被打開

來，長椅和桌上被帽子、鞋子、上衣、外套等等點綴上琳琅滿目的色彩，繪美矢的臉也洋溢著柔和的微笑，歡笑聲一路持續到深夜。然後當由里準備入睡時，繪美矢夫人拿著一顆包著銀紙的奶油巧克力來到她的房間。由里小時候家境並不拮据，因此儘管現在寄人籬下，也不貪圖分一杯羹；但夫人徹底的吝嗇，還是令她不由得咋舌。以田窪家和由里的關係，分個三五顆糖果在當時算是常識，夫人卻只捨得一顆，簡直吝嗇到了極點。由里想起在巴黎租屋時的女房東，對於夫人的風貌和那個女人如出一轍，打從心底感到驚訝。由里躺在從成城車站出口附近的舊貨店買來的床上，小口小口啃著那顆巧克力，懷著某種感慨，仰望牆上田窪信吉的肖像照。年約六十五、六，質地堅硬的半白頭髮梳成七三分，頎長的臉龐彷彿散發出過人的品格。麻矢的臉部線條是渾圓柔和的，而眼前的英姿，眼神銳利，就宛如變成了老人的沼二。有浮雕的厚實扶手椅應該已經變賣，不在家中，老人日漸衰敗的瘦長身體倚在上頭，一隻手肘擱在扶手上，另一隻手伸直了放著，那模樣有說不出的好。照片應該是不良於行之後拍的。椅子旁邊可以看到一部分同樣豪奢而蓬鬆的床鋪。由里住的房間，原本似乎是信吉的臥室。在擺上由里的床以前，榻榻米上就已經有床腳壓出來的凹痕了。

彼得寄來的包裹當中，亦有讓繪美矢欣喜的黑色蕾絲披肩、手套及大罐可可亞。麻矢在姊夫銀座的店鋪及日本橋的事務所幫忙，她把這些禮物中的紅鞋、駱駝色雨衣、淡褐色肩包等等，與手邊的衣飾調和在一起穿戴，展現出過人的品味。體格、相貌亦豔冠群芳，見麻矢穿著銀座風格的素雅洋服走在街上，完全就像個衣食無虞的富貴人家小姐。繪美矢那穿出家中牆面門扉、響徹四下的吼叫聲，連行經屋外的人都能聽得一清二楚，因此鄰近人家對夫人毫無敬意，但是對於湖太郎和惠麻這些兄妹，特別是對麻矢，他們的臉上沒有半分冷笑。麻矢就像個吉普賽女郎，深深吸引著男人，同時卻又有一股出身高貴的男孩般的凜然氣質，一眼便贏得了眾人的尊敬和喜愛。即使穿著晨衣，仍散發著出眾的品格。由里看過麻矢只套了件細肩帶襯衣，將奶油碟子放在廚房冰箱上，站著喝牛奶吃麵包的模樣。她的頸脖、肩膀和腳就像年輕的馬兒，身體宛如保留著嬰兒柔滑的肌膚，就這樣長大。（好像發育良好的西洋姑娘。）由里一邊想著，一邊穿過裝設著電話機的柱子與冰箱間狹窄的木板地通道。這時，她忽然嗅到一絲刺激的香味，是一股清新卻又催人欲眠的香。木柴等細枝當中，經常摻進一折就噴發香水般強烈芬芳的枝條。這些枝條是泛紅的褐色，帶有光澤，附著楓芽般堅硬的芽苞。就類似清潔的嬌嫩皮膚罩著一層湧自內側的純淨氣息時，有些人便會散發出花一般的芬芳，或是清新的樹枝香氣。亦即，光滑的皮膚裡，正薰著某種神祕不可思議的香。由里向來認為，人是飄浮在大千宇宙中的森羅萬象之一，就如同植物、礦物，或同類的禽獸、魚蟲，絕非與這些截然不同、毫無牽連，而這種時候，她便覺得自己的想法獲得了印證。

當然，一團灰色的繪美矢夫人愛著麻矢，哥哥湖太郎和姊姊惠麻也對麻矢懷抱著手足之情，惠麻的丈夫除村敬三對麻矢亦關懷有加，但這些人是屬於重虛套、好面子，把門面擺第一的階級。一旦門面敗壞殆盡之時，這些情愛亦將煙消雲散，取而代之地，心胸會被狼狽、憤怒、憎惡所填滿。這些人就像上流階級常見的那樣，彼此之間的關係略嫌薄弱。由里這個人沒有特殊的才華或技術，卻是不管看見什麼，都會逐一反應。後來——也就是現在，由里開始以散文的形式寫下這些，還被央求下次寫成小說。倘若她說自己沒有這方面的才華而堅拒，她的存摺早已見底，無法僅靠寫散文維生，現在仍一如過去地住在上北澤的一隅，窩在擺著床鋪的房間裡，絕對不可能再對事物有任何反應。她可能寄身某個手足家中，虛浮地存在於與他人共用的房間裡，失去活下去的意義，卻也沒有自我了斷的勇氣，終至神智昏聵，精神出現障礙，或是半瘋，可能就成了沼二那樣的人。這樣的由里對田窪家的人抱持著毫無來由的激憤。由里認為這個家中除了田窪信吉，沒有一個人有人味。倘若有哪個人有人味，她認為就只有麻矢和沼二，對這兩人感到有某種共鳴。

十八歲稚嫩的麻矢，具備男子——而且是卓越男子的成分。在這個家中，只有麻矢一個人親近沼二，對他抱持著親暱與關愛。同時對於苛待沼二的那夥人的主力繪美矢，麻矢亦抱持著親情。繪美矢不知從何處打聽到信吉過去有恩的人現在的住址和職業，計畫向他們打秋風；當她提出這個想法時，麻矢內心怒火中燒。在這個家裡，沖好美國來的可可亞，或是敬三送的高級綠茶，眾人談笑風生的時候，就會冒出這個話題。某天繪美矢、惠麻與麻矢沖了可可亞在談天。繪美矢以那單薄而肉慾的、斑駁的洋紅色嘴唇，一如往常舔著杯緣啜飲著，將可可亞溶液結塊的殘渣吸啜殆盡後，說：

「聽說鈴木先生現在住在神戶的須磨。現在改成須磨區……」

結果正拿了刀子放在吐司上要切的惠麻，就像要堵住母親的嘴，打斷她說：

「妳想得美。現在沒人再講人情義理那套了，更何況對媽這種人——」

麻矢以可愛的聲音插口：

「像媽媽這種又老又醜的女人……」

惠麻猛地掉頭，眼神一掃，要麻矢閉嘴，其實麻矢這時原本要接著說「怎麼不快點死掉算了」。麻矢辛辣的言詞，是麻矢獨到的親情表現。儘管並非明確地意識到，但只有麻矢一個人嘗試與母親進行人與人之間的交流。沼二雖是個怪人，但就只是個人。相框裡的田窪信吉俯視著由里的床鋪，對著她說：

「我愛著麻矢，也愛著沼二。」

當麻矢稚嫩的聲音在某處響起，由里便感覺被蓊鬱的叢林所環繞的陰森家中暗處迴盪的昔日聲響，那隱微的聲音變得格外響亮。麻矢在微渺的嘈雜聲中歡笑著。每當麻矢的笑聲響起，由里便會中斷白日夢，側耳聆聽那清爽的朗朗聲在壞滅中回響。由里就只有打斷她的白日夢聲音，與她的夢想壁壘分明、屬於不同世界的時候，才會為此大動肝火。但當聲音與她的白日夢共奏出協和音，或那是比由里的白日夢更動人的人聲或音樂時，由里便會主動打住白日夢，專注聆聽。

那是令人心曠神怡的圓潤女高音。聽著麻矢說話，那口吻略帶稚拙，就好像嬰兒般期期艾艾剛開始學語，發音與措詞逐漸熟練，總算成長為現在的說話方式一樣。話語依著感情萌發的次序成形，卻是斷斷續續的。麻矢的發音還有個特色，會把一般人發的日語「si」音，發成法語的「chi」音，予人稚拙之感。以兩眼為中心的表情、動作，整體洋溢著慧黠，然而說出口的話卻顯得稚拙，這樣的反差極富魅力。敏銳的麻矢再清楚不過地察覺到繪美矢的樣貌、污穢，以及繪美矢所經營的這個家的狀態，但是她青春的歡呼、連她自身都無法理解為何而喜的「春天」的歡愉遮蔽了這一切。宛如男子的暴烈性情，有時會忽然在漆黑閃耀的眼中點燃怒意般的情感，但那股陰影亦迅速地化入了青春夢幻的潤澤之中，麻矢的眼睛就像黑色的葡萄般散發光澤。在洗滌處與由里獨處時，麻矢偶爾會向由里掏出心裡話。當然，她們會先確定繪美矢夫人沒有躲藏在浴室裡，那裡的窗戶就對著洗滌處。繪美矢為了偷聽女兒們及由里和其他租客的對話，明明沒事，卻經常躲在聽得見洗滌處的全部對話的浴室窗下。

「團小姐，只要媽媽還在，我就沒辦法結婚。」

麻矢丟下這話，隨即掉頭步入廚房，消失在起居間。由里望著麻矢踩過排水板離去的形狀姣好而健康的腳。麻矢的腳是琥珀色的，稀疏地鋪著一層汗毛。腳跟渾圓，略朝後突出，感覺就像嬰兒嬌弱的腳就這樣突然變成了姑娘的腳。像是在電車上巧遇，比鄰而坐時，麻矢微微歪頭，在由里的臉旁微笑，由里側望過去的朦朧視野，便會被那聰慧的眼神光輝、端正的臉上綻放明亮純潔的赤子笑容給整個占滿。那是嬰兒水嫩嫩的笑。麻矢的聲音，也為由里被憂鬱所封閉的耳朵，帶來甜蜜的歡喜。麻矢喜歡〈歸來吧！蘇連多〉，彈琴歌唱的聲音，從會客室爬上了二樓。由里從那歌聲當中聽出了青春之泉的潺潺聲。雖然同時也傳來了繪美矢不耐煩的吼叫：「麻矢，別再唱了！」但麻矢對繪美矢夫人的叫聲充耳不聞。

麻矢雖然在日本橋的事務所和銀座的店鋪上班，卻是隨心所欲，以為她去上班了，家裡卻聽見她的歌聲。麻矢有許多心愛的事物。她愛著每一個家人，也為了這些人讓柔軟的心胸陷入傷痛。但是在這個家中，麻矢也特別關愛沼二及黑色的長毛貓卡美。關於沼二，麻矢對由里說過：

「沼二哥哥是有點奇怪，但他是個好人。他什麼都懂。」

卡美這隻貓就像團黑色的魔物，蓬蓬鬆鬆地跟在繪美矢身後疾步而行，有時則突然從圍牆上冒出，碩大的身體拉得長長地站在那兒。卡美似乎把自己的心也嵌進了麻矢的心中。「卡美！」只要麻矢一聲呼喚，牠便會如一陣黑色的旋風，不知從何處飛奔而至。此外，麻矢有許多男性友人，她對這些男孩亦以溫暖的心相待。麻矢是個心腸溫柔的姑娘。當麻矢在廚房等地方抱著卡美，看見由里而展露微笑時，由里便會佇足看著這兩個美麗的造物。

「卡美這名字有什麼意義嗎？」

某天由里問，麻矢說：

「我們老家在金澤。我只在小時候去過。聽說在那裡，蜥蜴叫做卡美丘羅。雖然也不是卡美長得像蜥蜴，就只是覺得這個名字很可愛，媽媽和大家都說我傻。一開始是叫牠卡美丘羅，可是很長不好叫嘛，所以囉……」

麻矢那雙黑葡萄似的眼睛，定睛地銜著由里的眼微笑，就好像正偷偷與人分享某些快樂的祕密。

麻矢在工作的地方還有姊姊惠麻家，認識了許多男性友人，其中有個叫佐伯讓，與她特別親，常來做客。「讓！讓！」麻矢親暱地呼喚的聲音，聽在讓的耳中，就像甜滋滋的果汁。「麻矢。」繪美矢夫人不在場的時候，讓會直呼麻矢的名字。某次由里經過，看見讓把麻矢的粉紅色圍裙繫在藍灰色的西裝腰際，在廚房忙活些什麼。那張膚色黝黑、略顯陰沉的細長側臉，不知是否因為正想著麻矢，顯得晦暗極了。讓來訪的星期日午後，廚房周圍也跟著明亮了幾分，由里聽見的這個家的昔日聲響所奏出的幻聽樂聲，也呈現出圓舞曲的調子。但不知不覺間，這名皮膚黝黑、氣質寂寥的青年卻不見蹤影了。麻矢看上去沒有特別的不同，〈歸來吧！蘇連多〉的歌聲依舊甜美、悲切地攫住了由里的心。

某天由里在洗滌場和麻矢一起洗碗盤時，麻矢突然開口：

「聽說佐伯先生在橫濱的夜總會。」

話聲剛落，通透的淚珠便撲簌簌地滾下了麻矢的臉頰。有個認識佐伯和麻矢兩人的男子秋山去橫濱跳舞，在那裡看到了佐伯。佐伯讓從以前就在夜總會的樂隊打工，但為了避免再遇到麻矢，去了橫濱。由里對著麻矢那串滾落溫熱大理石般的臉頰上的淚珠看得出神，慶幸佐伯讓不必看到這一幕。倘若佐伯看到，剎那之間，他應該會感到欣喜，他會以手承接那淚珠，希望這輩子再也不會讓任何人觸碰那雙手。但由里認為，佐伯的痛苦將會刷新，反而會更為椎心。即使不像由里所想像的，繪美矢想要藉由麻矢的婚姻，重建這宛如廢墟的家，應該也希望從中得到一些經濟方面的滋潤。佐伯是經濟學者之子，但經濟學者在實際的金錢面上毫無用處，因此繪美矢不樂見麻矢與佐伯成親，麻矢對佐伯的思慕亦不到會為他一意孤行。佐伯也非常清楚這一點，他無時無刻不在內心對麻矢訴說，然而他所呈現在外、那張富有教養品味的臉，卻總是浮現軟弱的微笑，僅只是追隨著麻矢前往任何地方。佐伯沒有強勢地踩進處女心的精神力，或在眼神上展現使處女心為其怦然心動的舉止，當然這些情感也就難以訴諸話語，在行動上亦是零。兩人在夜總會跳完舞回家，讓懷著滿腔揪心，從洞窟般的出口爬上通往大馬路的階梯時，即便他看見麻矢有些乾燥的雙唇在眼底下微張著，在臉頰與下巴間投射出陰影，亦無法毅然採取行動。躊躇與羞恥總是像一層堅硬的膜，抑制著讓的行動。讓離開之後，麻矢的心中所留下的，就只有寂寥。只有一名內向青年疑似深藏在心底的愛火觸感留下。某天讓回去之前，目不轉睛地注視著麻矢手中的眉筆蓋子，說：「請把它送給我。」麻矢訝異地問：「你要這個？」接著遞給了他。讓將其嵌上自己的鉛筆，輕輕地收進外套內袋裡，就彷彿把某樣珍寶深藏起來，而當時他那副模樣，在麻矢的內心留下了小小的哀傷。麻矢知道讓儘管內向，卻燃燒著遠比自己熾烈許多倍的壓抑的愛火。女人對於愛火的感應，比其他任何事物都要敏銳。由里對麻矢臉頰上滾落的通透淚珠滿懷著感動，回到了二樓。

佐伯離開後約三個月，梶達郎的風貌以他侵門踏戶的強勢，侵入在佐伯讓與她疏遠之後，麻矢那變得有些空洞的心。梶達郎曾是田窪信吉的學生。他戰後自蘇門答臘的軍職退役又復員後，立刻揹著行囊，前來敲打田窪家的玄關門。他是兩年前出征的，他在東京的家毀於兵燹，在前往岐阜的父親老家的路上，來到素有通家之好的田窪家暫時落腳。梶是商人之子，卻有如男星般英俊，田窪家的人只要談到風流男子，總會提起梶這個人。梶少年老成，豔聞不斷，似乎沒有結婚的打算，生活籠罩著一層陰影。出征時他已經三十了，對當時十六的麻矢來說，感覺極為年長，這種感覺這時候也沒有變。但麻矢立刻看出，梶俯視著自己的眼神，就彷彿看著某種耀眼的事物，與兩年前截然兩樣了。梶看著麻矢，說：「我終於回來了。」一口氣總有些像戀人間的絮語。他說著，注視著麻矢，露出苦澀的微笑，那神情立刻牢牢地吸引麻矢，那是已經把麻矢當成交往對象的表情。梶是個浪子，連繪美矢夫人都能輕易被他取悅，但繪美矢亦不把他視為麻矢的結婚對象。

這天梶在起居間和女人們聊到很晚。金澤送來的山胡桃盛在缽裡端上來，眾人邊剝邊吃，從剝胡桃的方法聊到戰前，談笑風生。夫人再三慰勞「您一定累了，別拘束」，起先梶依言鬆開跪坐的腳，很快地手肘撐在榻榻米上歪躺下來。一顆胡桃從他手中滾落，一路滾到坐在遠處的麻矢膝邊停住了。是故意的。梶看著麻矢，就像要由下往上將她捧起似的。他睜得大大的眼睛漾著微笑，是引誘麻矢加入他苦澀的、也是她未知世界的微笑。麻矢知道梶是有意的，亦微笑以對。兩年之間，精神和肉體都有所成長的麻矢的笑容，連浪子的梶也被她觸動了。

「麻矢真是長大了。」

梶回望夫人和其他人，明朗地笑道。雖然無法具體指出，但梶擁有應付女人的英勇華麗的手段。他在第一天晚上，就在麻矢的心中投進了小小的戀愛的石子，讓吞入那顆小石子的麻矢，心中波濤起伏。第二次，從岐阜來訪的梶身著一襲西裝，完全是風流倜儻的男士風範，重新抓住了麻矢的心。

這段情並非以結婚為目標。麻矢知道這一點、並如此去看待這段情，但仍危險而強烈地引誘了她。梶的眼睛引誘著麻矢，裡面潛伏著某種肉慾。梶的眼睛望著她的時候，彷彿因某些情愫而泛黑。還有他的唇。梶的眼中是麻矢陌生的世界，卻又是她隱約知悉的世界。兩人獨處時，梶要麻矢遞菸給他，叼起從麻矢的手中接過來的菸捲，直盯著她看。他尋找火柴，做出找不到的動作，嘴唇含著菸，同時露出帶著苦澀的微笑問：

「有火柴嗎？」

麻矢替他擦亮火柴，還沒遞過去，梶便把臉湊近麻矢的臉，輕輕按住她的指頭，點著了火。伴隨著火柴燃燒的氣味，梶那張男性的臉也如特寫呈現著。那張臉很快就退開了。梶的眼神在對麻矢細語：「如何?」這個「如何」，是「如何?要不要跟我玩玩?」的「如何」。無須言說，麻矢已不斷地受到梶的吸引。梶無論是臉龐或體型都很清瘦，面部線條纖細，卻洋溢著精悍的氣質。一襲老舊的暗灰色西裝配上深灰色領帶的這名男子，自由自在地將麻矢的心拉扯到手裡，暗自思忖著麻矢動搖的心，就像在品嚐甜蜜的果實。這些麻矢都一清二楚，對她是無比的誘惑。

沒多久，繪美矢和惠麻進來了。繪美矢似乎有什麼想法，但梶不會在乎。

「我討厭笨女人。」

談話期間，梶忽然這麼說。這是高明的取悅。這說法幾乎囊括了麻矢以外絕大多數的女人，但說到在場的女人，就只有惠麻。

「咦，那您討厭我們囉?」

惠麻微笑說，在梶的杯子裡斟上新的紅茶。

「謝謝。惠麻小姐和麻矢小姐這樣的人，真是難能可貴。」

「真不敢當。」

麻矢縮了縮脖子說，這是在回應梶的引誘。女人的智慧與三歲小兒無異，厲害的教師和高明的男人想要汲取多少，都隨心所欲。簷廊傳來腳步聲，沼二忽然現身，慢慢地走過，又折返回來。沼二厭惡梶，因此滿懷著熊熊怒火出來了。赤腳踩出黏稠的聲響，發出「啾」的摩擦聲，這時沼二的眼睛筆直地射向麻矢的臉，還有梶。

「咦，怎麼連聲招呼也不打？」

惠麻與繪美矢同聲說道，蹙起眉頭。沼二撇開頭，斜睨著梶，點了一下頭，離開了。

「不過……」梶說。「現在這種糧食狀況，暫時也沒法去湖邊了呢。」

「湖邊很不錯呢。但沼澤呢？有些地方很潮濕吧？」

惠麻說。麻矢直盯著梶微笑。梶在內心呢喃：「這小妮子真了不得。」

這天麻矢和梶一起上樓來，由里驚訝極了。

「不好意思，這位先生認識爸爸，他想看爸爸的照片。」

麻矢說，介紹道：

「這位是梶達郎先生。」

「打擾了。」

梶看著由里說，眼神就像在看與自己無關的女人，隨即轉身來到照片前。他很快地回頭對麻矢說：

「對，就是這個房間。麻矢小姐現在睡在哪裡？妳還是小嬰兒的時候，是住在這裡吧？」

梶在說他出征前的事。

「什麼小嬰兒的時候！」麻矢嗔道。

三個月前，滾落成串淚珠的淡紅色臉頰，今天也在夕陽照射下泛著紅暈，宛如溫暖的大理石。

梶先走下樓梯，忽然停步仰望麻矢：

「下回要不要來我住的地方？妳都只會要我過來嗎？」

「可是……」

「所以才說妳是小嬰兒。」

梶說，踩著響亮的腳步聲先下樓去了。

這天過後，約莫一星期後的某天，繪美矢夫人催促梶去洗澡。「麻矢正在洗。」夫人說，這時梶別無邪念，以為經過走廊的惠麻是洗好澡出來的麻矢，逕自打開了浴室的玻璃門。開門的時候，梶感覺裡面有人，但這回懷著明確的「我要瞧個究竟」的念頭打開了門。打開的浴室門內，麻矢背對白色的蒸氣，面朝這裡，正要伸手拿取籠中的內衣。她抓起腳邊的毛巾掖在脖子底下，裹住身子似地按著，整個人怔住了。受蒸氣滋潤的柔軟唇瓣半張著，睜大的眼睛拚命地看著這裡，滿含懇求，就像在說「走開」，但身體卻隱含著些許媚態，一種本能的媚態。身體柔軟的輪廓彷彿要化入後方的蒸氣裡，其中紡錘狀的乳房前端是水嫩鼓脹的乳暈，好似大掌一捂，便能隱藏殆盡，還有那頭濕髮，這些全都鮮明地烙印在梶的眼中。

「快把衣服穿上吧。」

梶微笑說，關上了門。

許多女人的內在，就像混合的熱水與冷水，健全的思想與娼妓的性質以不完全的混合狀態同居其中。但在麻矢身上，這兩樣卻是同等地宛如火焰般熾烈。梶可以輕易點燃麻矢的火苗，梶和麻矢或可說是某種天作之合。

麻矢的內心漸漸地屢屢冒出索性就任由梶擺布的念頭，其中也有著內在已是成熟女人的她大膽的算計，認為或許再也不可能邂逅這樣的男人了。自己的話，應該能成為梶拈花惹草的漫長旅程中一朵新鮮的大花，可以在梶的心中占有不小的一席之地。麻矢有著這種稚嫩——稚嫩但堅強的氣勢。若以馬來比喻，麻矢就像一匹純種馬。而處女的恐懼，又在這種種之上，罩上一層堅硬的外殼，是宛如胡桃般堅硬的殼。「剝胡桃」——這是風流男子熱愛的遊戲之一。麻矢憑靠在屋子深處簷廊的藤椅上，任由恐懼與躁動混合的情緒搖盪著。她伸長著包裹著丹寧布長褲的腳，手肘整個擱在扶手上，另一手則軟軟地垂放著。卡美肥胖的黑色胴體在腿上伸得長長的。陽光就像黃金雨般傾灑在十八歲姑娘的身上，對著玻璃門的臉頰與赤裸的腳踝燃燒著流光。麻矢凝身不動，望著金魚水槽，近乎裂眥地大張的眼睛泛著恐懼及某種悸動。

「麻矢！幫我跑個腿！」

起居間傳來繪美矢尖銳的叫聲，麻矢如夢初醒，站了起來。穿著緋紅木棉上衣的麻矢，臉龐就像蜜露盈盈欲滴的花朵，散發出帶有祕密的香氣，耀目展示著十八歲姑娘的美麗巔峰。麻矢忽然在內心說了：「這種時候，就別管媽媽和惠麻了。」梶邀請麻矢到朋友的弟弟提供給他的東大赤門前的住處，對於這個計畫的成功，已是指日可待。

就在梶開始來訪的同一時期，木谷茱莉與貝歐．馬利徹底破局，換成另一個名叫帕薩德納的男子上門來了。帕薩德納是黑人與白人的混血兒，自稱豪族之子，在故鄉剛果有一

棟豪宅。即使這話不盡真實，但帕薩德納的言行總讓人感覺此言不虛；而且他出手闊綽，等於是來了個繪美矢夫人理應會歡迎的人物，但遺憾的是，黑人血統所占的比例太多了。繪美矢緊鎖眉頭，交代由里說：

「這回的帕薩德納先生是白人的混血兒，但就像妳看到的，他是那種膚色，所以妳可別在外頭到處張揚啊。」

茱莉的客人不會過夜，但時值盛夏，譬如說中午過後，總不能制止他進浴室擦個背。既然收了個接美兵客人的女人做房客，這心態實在是五十步笑百步，但帕薩德納的膚色令繪美矢夫人極度反感。

八月中旬的某一天，惠麻回去日本橋的自家，麻矢前去做客，住了兩三天後回來了。這天極為炎熱。麻矢從外頭進屋，逕自往廚房走去，發現明亮的浴室一部分亮著長方形的光，卻被一尊黑色的龐然巨物給堵住了，定睛一看，竟是個半裸的黑人。麻矢嚇得屏息佇立，帕薩德納似乎也吃了一驚，沒有走出來，就站在那裡。下一秒鐘，帕薩德納的眼中浮現深邃柔情的光采。麻矢亦是，剎那間的驚愕過去之後，她發現在這個家中，他不該如此驚訝。她亦感到過意不去，和善地微笑，不再理會，轉身背對那名膚色黝黑的男子，要取杯子喝水，但敏感的她早已強烈地感受到帕薩德納眼中一閃而逝的清澈深情。此後，帕薩德納比之前來得更勤，連茱莉不在的時候也來，也不立刻回去，並在茱莉的房間坐上老半天。初會的瞬間，麻矢便讀出了帕薩德納心中深藏的感情，盡量避免見到他。但即使刻意躲避，偶爾還是會無可避免地碰上，像是在廚房或門邊擦身而過，或是在路上迎面相遇，有時也會在廚房或洗滌處短暫地一起做什麼。麻矢就在近處時，帕薩德納不會看她，但麻矢依然可以讀出那雙安分守己的大眼睛，黝黑側臉上的感情——更正確地說，是可以感覺得到。泛紫的黝黑皮膚、以黑人而言算是嬌小的整個身軀，在在散發出仰慕著麻矢的痛苦氣息。那股深情席捲了麻矢，就宛如密不透風的房間裡的濕熱空氣，其中帶有強烈的誘惑，某種純粹的、帶著肉慾的男性雄風的強烈氣息席捲了麻矢。這種時候，麻矢有時會忽然覺得自己就像帕薩德納所感覺到的，是一頭性感的雌性動物。這種誘惑是麻矢自出生以來第一次感覺到的，強烈而深沉。在其中，大家閨秀、教養這些虛飾全被剝除了。麻矢並未將這些視為裝飾拿來妝點自我，她這個女孩是明瞭的。當感覺到自己是雌性動物時，麻矢並不感到不快。她也不是那種儘管本能歡迎，卻故作清高地擺出不屑嘴臉的深閨千金。即使不曾聽人說起、從未在書本上讀到，她也是明瞭的。麻矢就是這樣一個女孩。對於帕薩德納的愛慕，麻矢並未冷笑以對，毋寧是暗自接受了他心中類似友誼的情感。以黑人而言，帕薩德納算是個知性而沉穩的青年。他的面貌不像黑人常見的那樣豐厚，而是清瘦平坦，嘴唇也很薄。帕薩德納看著麻矢的眼睛經常泛著沉靜的光。帕薩德納實在是太愛慕麻矢了，麻矢在那肉慾的情感中，感受到潔淨的，甚至是宗教式的崇敬。帕薩德納一方面對麻矢傾注著奔騰的男性雄風，其中卻也有著垂尾等待主人下令的忠犬的哀憐。然而帕薩德納的膚色帶給了麻矢不適和恐懼，每當麻矢看到他，甚至連那份私心的友誼之情亦煙消雲散。她的心中沉澱著恐懼與悲哀。但麻矢與帕薩德納的關係之中，有什麼對她帶來了深沉的衝擊，無可否認地，那似乎就是讓麻矢立下決心，順從梶的話，前往他的住處的原動力。九月的某一天，麻矢拜訪了梶的住處。

斜倚在長椅上的梶撐起上身，微笑相迎。那是他一如往常、神祕兮兮，與麻矢一起共謀未知事物的微笑，是將她拉進某種深淵的微笑。梶的眼睛到額頭一帶彷彿罩著一層暗青。他要麻矢坐到身旁，換上明朗親暱的微笑，說：

「妳對妳媽媽是用什麼理由出門？」

「我說去找辦公室的同事。那個人不會來家裡。」

「是男的吧？」

麻矢點點頭。下巴的汗毛反射光芒。

「真可憐，如果妳真的去找他，他一定會很開心吧？」

「不關我的事。」麻矢又把「si」的音發成「chi」。梶扭轉身體，從長椅後方抓起一只葡萄酒瓶。

「要喝嗎？」

「我喜歡葡萄酒。」

長椅旁矮几上的玻璃杯注滿了通透的深紅色液體，在杯中搖晃著。

「這酒甜嗎？」

麻矢將杯子端到唇邊問。

「應該是澀的吧。」

「好烈。」

麻矢啜了一口，蹙起眉頭，抿唇一笑。她的眉毛是褐色的，雖然濃，但周圍暈散開來。麻矢放下酒杯，對著梶微笑，大大的眼中有著神祕的深邃，泛著蒼藍。梶抬起她的下巴，看著從面龐上捏起來似的翹鼻，還有細毛遍布的臉頰與下巴間略為凹陷的、胭脂淡抹的柔嫩薄唇。梶的眼睛被那點紅唇吸引了。麻矢別開眼眸低下頭，眼波朝一旁流去。

一開始的接吻很輕，就像少年少女接近觸碰的親吻。四唇分開之後，麻矢的眼中燃起了暗火，就好似應允了某種引誘。梶一雙長腿伸至麻矢腰後，再次倚在長椅躺下。他將點燃的菸捲塞進麻矢的唇間，搶過麻矢的酒杯喝了幾口，還給了她。麻矢學會了間接接吻，一下子和梶親近起來。梶並未特別聊些什麼，卻有種令處女心安的柔和，也深諳逗樂處女的手段，在沉默中帶給了麻矢殷殷期盼。梶躺在長椅上，麻矢坐在一旁一起看畫，很快地便偎到了他的身上。梶撫摸麻矢的鬈髮。麻矢偎在梶的身上，嗅著淡淡的菸草香。是昔日父親的胸膛散發出來的那種氣味。麻矢第二次靠在梶的身上時，把臉頰貼在他的臉頰上推擠他，期盼被逗笑的時候，可以主動摟住他的肩膀。梶把嘴唇埋進麻矢的秀髮中，環抱住靜止不動的麻矢的身體。麻矢自然地被摟在梶的胸懷之中，首次經驗了深吻。親吻一次比一次更為纏綿。第三次拜訪的時候，麻矢學到了被壓在身下躺著接吻。長於應付女人的梶把麻矢當成幼兒般擺布，以他白皙的手間接愛撫著麻矢。兩人也曾結伴走在東大前面的馬路上，或是進餐館吃飯。雖然不曾一起睡，但只要麻矢來訪，梶便會解下她的首飾，外出的時候再為她戴上，並親吻她的頸項。這些舉動，逐漸融解了麻矢處女的堅硬。事情發生在十月初某個極冷的日子。

「冷嗎？」

梶問進屋的麻矢，擦亮火柴，點燃小几底下的藍色陶瓷小暖爐。

「冷得像冬天。」

麻矢起身，雙手捧著臉望著這一幕。她忽然感覺到梶的視線，稍微後退，頰上的手掌滑到了唇上。梶在內心微笑。這是青澀處女的恐懼本能，是上帝傳授的技巧。梶想要挪開她的手掌，麻矢拒絕，扭身轉向後方。愛火在兩人體內燃燒著，麻矢糊里糊塗地，在長椅上和梶交纏倒下，疊在梶的身上了。麻矢羞得稚嫩的臉頰紅得像榛葉，不知所措地把臉埋進梶的頸脖旁，梶立刻翻身將她按到了身下。纏綿的吻持續著。梶的手溜過麻矢抵抗的手，巧妙地褪下她的衣物。不多時，在羞恥、燠熱、燃燒的情慾、倦懶的疲憊混合而成的汪洋中，麻矢被甫自外地歸來的士兵那精悍的力量與精妙的技巧給征服了。不知來自何處的菸草香，讓麻矢彷彿同時感受到父親與男人。這時，迷濛之中，麻矢望著剛好位在兩人頭頂的櫥櫃上頭熱帶植物的葉脈紋路，以及投射在牆上的影子等等，就彷彿望著某些神祕的事物。

不久後，梶改為趴伏，點燃菸捲。男子白皙的手指化成了不可思議的物體，令麻矢垂眼低眉。梶俯視麻矢問：

「新娘子累啦？」

麻矢在靦腆之中，露出隱晦的、帶著祕密的微笑。那是一種深沉的微笑。（麻矢已經成為女人了。）這樣的感動不由自主地衝上梶的心頭。梶就是深諳麻矢的聰慧，才會帶領她走到這一步。他來如風去無影的戀愛行為，總是迅雷不及掩耳，僅此一次，下不為例。這也是因為他的身邊有許多夫人或身分相近的婦人。如果有哪段感情曾經持續，那都是出於必要的。麻矢這樣的姑娘，當然是必須立刻放其自由的小鳥。這就類似梶這個男人的卡薩諾瓦[5]哲學。他知道麻矢會聽從母親和姊姊的話，梶早已洞悉這一點，並從一開始就拿穩了麻矢不會對他窮追不捨。即使暫時受他吸引，麻矢身處的社會階級，亦會要她非歇了這個念頭不可。她是個就連魅力亦無懈可擊的大家閨秀。後來，梶與麻矢繼續幽會了四、五次，讓麻矢耽溺在欲仙欲死的疲勞大海後，斷絕了與她的關係。最後一天，梶儘管意外地出於戀戀不捨而痛苦不已，卻還是為往後再也不會見面的麻矢穿上薄大衣，戴上首飾，將她釋放到街道上。事實上，梶也同意這點，即便能結婚在一起多年，麻矢亦不會令他生厭。但梶覺得婚姻這檔子事是不冷不熱、愚蠢而不快的行為，幾乎讓他作嘔。

麻矢確實不同了。那是連房客由里也能看出的變化。繪美矢似乎也感覺到了。麻矢魅人的深邃微笑泛出了更深的陰影，歌聲也變得更為柔和，彷彿聲帶終於成熟，細微沙啞的

---

5 譯註：傑可莫．卡薩諾瓦（Giacomo Girolamo Casanova，一七二五—一七九八），義大利冒險家及作家，為十八世紀情聖，著有自傳《我的一生》（*Histoire de ma vie*）。

嗓音幽怨地撩撥人心。麻矢的步伐確實成了女人的步態，散發出無可言喻的沉重魅惑。帕薩德納以銳利的目光看著麻矢的這些變化。帕薩德納那身帶紫的可可亞色軀體籠罩著憂愁的迷霧，一如既往地來找茱莉。一天，帕薩德納突然送了一整箱美國產品給繪美矢夫人，令繪美矢夫人笑逐顏開。木谷茱莉儘管對他的舉動感到不解，但仍為了對繪美矢夫人報一箭之仇的快感而興奮不已。每當看到茱莉在那張冒出皺紋的臉抹上美國水粉、輪廓分明地搽上高級洋紅，孤芳自賞；或是剛好和茱莉相偕出門時，看見迎面走來的梶擺出洞悉一切的嘴臉，對茱莉視若無睹，並面無表情地擦身而過時，由里總是對她萬分地憐憫。擦身而過的梶，連腳步聲都不太作響。由里回頭，發現梶正要回頭，便倏地把頭擺正回去。梶的背影看上去就像某種精怪，行經之後的路上彷彿留下了某種白色的有毒花粉。低調的灰色格紋夏季西裝，搭配胸口暗袋的白手帕，和繫著鼠灰色的白底深灰碎點領帶，呈現出把尚．嘉賓[6]飾演的黑幫角色打扮成正派人物的趣味，足以吸引由里的好奇。（這個人看起來不像學者，但作為和湖沼打交道的人，倒是合適的。會回頭看我，就像是在乎他人目光的日本版卡薩諾瓦。這並不是說卡薩諾瓦不好，而是日本版的不好。）由里忘了茱莉的可

6 譯註：尚．嘉賓（Jean Gabin，一九〇四—一九七六），法國電影代表男星。

憐，一派輕鬆地想著這些。冬季時節，外出採買回來的茱莉穿著黑色大衣，底下露出兩條腿，紅襪子底下踩著木屐，拿根長掃帚，就像地獄的惡鬼拄著根金棒。這樣的茱莉與她和美兵打交道用的花名名實相符，完全不像個日本人，她也全不在意麻矢與梶之間的感情之事，亦不會去穿鑿帕薩德納的心思。她擔心的只有自己的容顏、白髮已超過四、五根的頭髮是不是該染成褐色，以及金錢之事。現在她所關心的，是想要釣一個帥俊的美兵。這些問題在她的腦海裡輪番交替，因此當時亦是漫不經心地擦身而過。此外，無論梶是個多麼成熟有韻味的男子，對現在的茱莉來說，這位日本男性完全就是外國人，她從一開始就不抱希望。

確實，無論在任何方面，麻矢都是一匹純種馬。她就宛如一朵馥郁的花朵，在深處將與梶的經驗化為自己的養分，期盼掌握到真正的、魅力十足的幸福。繪美矢壓低聲音，問：

「妳去了梶先生那裡是吧？」

「是啊。怎麼，不行嗎？不過我不會再去了。我已經一個月沒去了，往後也不會再去了。」

她回答得就像個男孩般灑脫。繪美矢驚愕無語，三色斑駁的頭髮平貼的額際，伸出這女人總是隨時預備伸出的刺探觸手，覷看麻矢的臉，彷彿疑心「妳是不是被騙了」：

「這樣喔？」

與梶的情事結束後，麻矢的日子總有些不滿足，一個月後的十一月初，第三名男士出現在麻矢面前了。只消看上一眼，麻矢便感到心臟被一把抓住了。田宮亮太是第一個以熱烈的眼神迎視沼二的注視的人。他很快就和麻矢打成一片，親密無間。透過與梶的經驗，麻矢對田宮的男性特質感到親近與愛情。兩人之間毫無藩籬，你儂我儂。

田宮是麻矢的姊夫除村敬三的朋友田宮良吉的弟弟，說剛好在電車裡遇上，便帶他一道過來。去敬三家做客的麻矢，在與田宮的哥哥及姊夫等人說話時，感到了某種近似命運的安排，亮太亦有相同的感受。談笑之間，亮太會忽然沉默，看著自己的指頭，盯著夾在指間的菸捲前端累積的灰段，片刻之後，再挪到菸灰缸上頭撣一撣。很多時候他都別著臉，就彷彿不喜歡麻矢。但當麻矢針對他的發言提出問題，他便會望向麻矢，眼神宛如發燒的人，並且在回答之後，露出白牙微笑。亮太聲音渾厚，但音量不大。然而遇到好笑的事，他便會大大地露齒而笑，顯得快活極了。麻矢就是對他的笑容一見鍾情。亮太的眼眉罩著一層陰影，彷彿帶著幾分哀傷，卻又會大大地露齒而笑、歡快地笑。亮太和敬三一起進屋，從敬三身後探頭向惠麻微笑，這瞬間，麻矢就喜歡上他了。儘管不若父親信吉那般英俊，但麻矢認為亮太擁有某種信吉也具備的特質。這晚麻矢開口告辭，其實是萌生了無意識的心機。田宮問了地方，說「我送妳回去」。除村和田宮的哥哥良吉，都欣然同意兩人一道回去，兩人頓時開心起來，起身穿戴收拾。

外頭風大得緊。日本橋的大馬路上颳著十一月的風，店頭紅、藍、桃的裝飾燈籠在風中搖顫，行道樹的枯葉飛舞。亮太和麻矢豎起大衣衣領走著。即將開出末班車的都電忙碌的聲響及呼嘯的風聲交錯中，麻矢和亮太聆聽著彼此的腳步聲。某處書店的廣告單掀起，在風中劈啪吹得幾乎掉落，麻矢拱起了肩膀。

「這風簡直像魔鬼。」

麻矢忽然不安起來。她覺得必須更加挨近亮太，否則就太令人不安了。

「很冷吧？」亮太說。

原本凝神聆聽著亮太聲音的麻矢抬頭仰望他的臉。身軀高大、野獸般的粗獷之中，卻蘊藏著柔情萬千的性情。

「牙齒都要冷冽地打起顫來了。」

亮太俯視著麻矢微笑。那是狎暱的、不光是肉體，而是心靈相依相偎的人的微笑。

（為什麼我居然一直沒有遇見她？）

亮太納悶著。他的大衣露出像是手織的黑色高領上衣，臉上依稀可見鐵絲般堅硬的鬍渣。亮太似乎是早上刮了鬍子，傍晚就會冒出頭的體質。這些特徵對麻矢來說，都顯得親近無比。

「妳沒有戴手套吧？」

亮太說。走出大馬路時，亮太就注意到了。麻矢把自己的手套擱在姊姊家走廊的書架上了。亮太對麻矢說著，覺得自己的語氣應該更親近一些。（這個女人談過戀愛。）亮太想（而我也是）。但亮太那是與酒家女子日漸扞格不入的一段情。他很快就察覺了那段情是手段精明、莫名矯飾的。說些小說中的女子會說的話，執拗而纏人，讓亮太渴望離開。亮太從暗袋伸出雙手，搓了幾下，脫下近黑色的靛藍色毛線手套，默默地遞給麻矢。從接過手套的那一刻起，麻矢就在亮太的身邊了。雙手感受著他的體溫，令她感到潮水般的安心，就彷彿回到了小時候。麻矢很想伸出戴上手套的手，環住亮太的身體，把頭靠在他大衣衣袖擠出皺褶的粗臂上一道行走，但卻只能默默地低頭前行。兩人已經是一對戀人了。在十一月的風幾乎颳進體內的冷酷氛圍，以及直侵大衣內側的寒意之中，她卻是如沐春風。見麻矢歡欣地戴上手套，亮太感到說不出的心安。

「如果早點告辭，就可以上那兒喝一杯了。」

望向他抬手指示的方向，是賣黑輪和酒的小攤子，紅燈籠在夜色中渲染開來。

「妳去過嗎？」亮太忍不住問。

「去過一次。和除村姊夫還有家兄去的。我是貓舌頭，大家都笑我。」

無論何時，麻矢說起話來都像這樣有些大舌頭。

「我也是！」

亮太不禁迫不及待地接話說，就像個孩子。

「貓舌頭的人不多見呢。」

麻矢再次微笑仰望。兩人乘上都電，幸運地相鄰而坐，彼此都奇妙地感覺到，他們似乎從許久以前就認識，好幾次像這樣並肩坐在一起。

「我們好像從以前就認識了呢。」

亮太小聲說。麻矢默然，微微轉頭，將她飽滿但不寬闊的白皙額頭靠在亮太肩上，很快又挪開了。這個動作帶著幾分嬌豔和稚氣。亮太立刻察覺其中有某些文章。兩人從澀谷搭計程車，在水道路下車，亮太把麻矢送到家門前。風轉弱了幾分，星子就像冰晶一般，閃閃發亮。

「拜，下回見。」

亮太說，在黑暗中伸出手掌。麻矢的手被裹入亮太戴著手套、又大又暖的掌中。亮太握了那隻手片刻，就好像要確定捉在掌心的小鳥般，接著放開了。

約會一次接著一次。兩人搭車回來時，從門外便大聲笑著走進屋內。

「那兩個真是，不成體統。」

繪美矢老花眼鏡底下的眼睛吊了起來，望向正好來訪的敬三。敬三裝作充耳不聞，拿起威士忌酒杯。

「說起來，二十八歲就想結婚，像什麼話。」

惠麻也沉默不接話。

某天，繪美矢叫住正要出門的麻矢。

「麻矢。」

「什麼事？」

「聽說妳訂婚了？也沒跟媽商量一聲。」

「我再也找不到像他這樣的人了。反正媽媽一定會反對，有什麼好問的？」

「妳就這麼狠心嗎？媽媽辛辛苦苦地把妳養大……」

繪美矢三色斑駁的頭髮底下的額際充血。這時惠麻進來了。

「妳知道妳媽媽有多麼擔心這個家嗎？妳爸爸那個樣子，這個家又如此沒落。至於妳媽媽的衣服，在以前，她穿的可不是這種破布。還吵著要賣鋼琴……妳這孩子到底是像到誰？妳爸爸是心高氣傲，但也不像妳這樣一意孤行。妳一點都不會為妳媽媽想一想……」

繪美矢如干貝的眼睛滲出淚水。惠麻嘆了口氣，勸解道：

「媽媽的心情我懂，但田宮先生是可以託付的對象吧？」

對於亮太這個人，除村敬三的評論是：「技術還不到家，但在構想方面就像個天才。起碼絕非池中物。」

「才二十八歲的孩子，能託付什麼？反正妳媽媽很快就要死了。妳那個老公敬三也是，說是個什麼厲害的建築師，但每回蓋房子，錢還沒到手，就全部喝光了，那種人能有什麼像樣的朋友，真是！」

繪美矢的腦中再次懷念地浮現出光明的未來想像，那是過去靠著因麻矢的關係而得到的美軍贈禮，過著稱得上優渥的生活時，將夢想寄託在麻矢的婚姻上的未來展望。麻矢完全理解，但不舒服依舊是不舒服。麻矢以剛烈的眼神對著母親和姊姊，默然佇立，最後大大地嘆了一口氣，重重地頹坐在簷廊的藤椅上。那嘆息就宛如夜晚的庭院，一朵大花於無人的祕密時刻吐露的芬芳嘆息。她內心想著，（不管媽媽說什麼，我都要拉攏湖太郎哥哥和除村姊夫，離開媽媽。）湖太郎夫妻與敬三都婉轉地對繪美矢敬而遠之，因此一直頑強地主張她應該和麻矢的夫婿同住。繪美矢灰色的頭髮由於無從遏止的煩躁而顫抖，還想繼續申辯，但見到麻矢頑拗的態度，像是為時已晚地陷入絕望，只注視著女兒健康美麗的臉頰。應該要為她帶來最後的幸福的、這玫瑰花般的臉頰及紅唇，已經被那個野蠻人般的男人踐踏了。繪美矢陷入連話都說不出口的虛脫。她睜著白多於黑的小眼睛，只是坐在那兒，什麼都看不進去。繪美矢一沉默，一股難以承受的悲哀便湧上麻矢的心。麻矢把手插進外套內袋，默默地看著庭院。

「麻矢，妳不是有約？不會遲到嗎？」惠麻說。

麻矢進房間，取下鏡台的防塵罩，看了一眼，攏了攏頭髮，默默出門去了。

麻矢開始和亮太相偕回家的那時候，帕薩德納的心意再也壓抑不住了。與梶發生關係後，麻矢變得宛如流淌著蜜汁的花朵般，從那時起就成了扎在帕薩德納心上的一根刺。昏暗的屋內，人們行走的腳步聲咯吱作響。帕薩德納能從其中分辨出麻矢的腳步聲。每當這種時候，帕薩德納的心就再也難以壓抑。哀傷心情也在那頭濃密鬈髮底下的可可色額頭，刻上了陰影。帕薩德納敏感地感受到麻矢的哀傷，就是帕薩德納無法對麻矢死心使然。某天傍晚，在已經暗下來的廚房裡，帕薩德納一見到麻矢，便遞出一張像紙的東西。麻矢全

身緊繃，避開了帕薩德納的手，一語不發地進入起居間。繪美矢從麻矢那裡得知這事，找來茱莉，並委婉但嚴厲地要她以後只能在外頭和帕薩德納見面。自從這天起，帕薩德納便從這個家消失了，但他散發深切哀傷的身影，卻殘留在麻矢的腦海裡。麻矢在未來明亮的光芒中，得知了人類的悲哀與可怕。帕薩德納在麻矢的幸福光輝中投下了暗影。只要和亮太在一起，討厭的事物就會消失無蹤。麻矢與亮太見面得更頻繁了。

亮太的吻，就彷彿伴隨著鷲的振翅聲，如鷲一般的大鳥竄入麻矢的體內，以鷲一般的激烈制服了她，讓現實、瑣碎的小事全部消失無蹤。亮太彷彿總是將他愛慕麻矢的心，藏在那宛如板著臉沉默的人的嘴唇裡。亮太的大手不管是擦火柴點暖爐，或是一把抓來麻矢的鞋子時，都像是純真少年的手掌——比方說麻矢發燒臥床時，為她取來遠處的東西；或麻矢說想吃點什麼的時候，小心翼翼地捧來一顆水果的雙掌。那手掌多半時候握著解下的手錶、胡桃果等物把玩著，但有時會透露出某種粗暴，就彷彿想要把麻矢當成小鳥緊捏在那掌中，直到纖細的骨頭發出清脆的聲響折斷。暗色西裝衣領上是肌理粗糙、輪廓分明、雕像般的臉，以及套著褐底黑紋毛衣的結實粗頸，據說那毛衣是姊姊民江織給他的。從一旁看著亮太的側面，會有一團異於肉慾的親暱從心頭直衝而上。那是一種厚重的、有點灰撲撲的親暱。麻矢送了一樣玩意兒給亮太。是附有希臘文說明，據稱是幸運之物的玻璃珠。每當麻矢說了什麼或做了什麼，亮太布滿野獸般胸毛的厚實胸膛，就會變得像年幼的少年。以掌心接住玻璃珠時，亮太一雙眼睛就好像亮起了小小的燈光，注視著麻矢。

「亮太好像小孩子。」麻矢說。

「咱們半斤八兩吧？」

亮太微笑著。亮太時常必須克制自己。已經觸碰過麻矢身體的亮太，比起以為麻矢是處女的那時候，更強烈地感受到肉體的衝動。麻矢亦有些許這樣的感受。「妳都會去梶先生那兒了，我說不行也是白說。」繪美矢這麼說，公認了兩人的關係，因此麻矢有時會在約會的回程前往亮太家。但麻矢認為不要太常去比較好。自從和梶有過那一段之後，與男人共處一室、徘徊於即將跨越危險的一線，和只是在外頭碰面、在夜總會的階梯或暗巷接吻，這兩種關係之間，閨女模糊設下的隱形、厚實高牆般的隔閡，便消失無蹤了。而且亮太極為熱情。一點不經意的觸碰，就會讓兩人的手掌纏繞在一起，麻矢的手被裹在亮太的雙手中，兩人的手看起來就像一對和睦的生物，或兩隻獨立的動物，彷彿亮太與麻矢的心彼此結合相印一般。在亮太的住處，兩人沉默著，忽地出於習慣握住對方的手時，麻矢感覺到亮太危險的部分，縮回了手。有時兩人會驀地感到難分難捨，想要跳上計程車，就此遠走高飛。那似乎是比肉慾更強烈的衝動。麻矢已經感覺到自己每分每秒都在亮太的心裡。討論到兩人將來居住的房屋格局時，亮太的臉頰會興奮潮紅。亮太以他的大手笨拙地握著鉛筆，勾勒著夢幻般的設計圖時，麻矢便會換上熱烈的眼神，逐一提問。亮太回頭看麻矢的臉，又低下頭繼續說明。兩人翹首期盼的聖誕節快到了，他們預定在那天公開訂婚。亮太和麻矢一起去訂了戒指。亮太送給麻矢的雕刻著「Eureka」（我發現了），麻矢送給亮太的則雕刻著「Ad vitam aeternum」（永恆）。亮太聽說美兵贈禮的事，微笑道：

「他們有點可憐呢。」

「才不會。」

「明明就是。」

「沒這回事。他們現在已經有一堆女友了。」

「就算有，也沒有麻矢這樣的。都怪妳在別人的心中點燃了火。」

「壞蛋！」

然後兩人相視微笑。麻矢生性不怎麼會去思考世俗的事，但也知道亮太就算現在和她結婚，也毫無益處。即使不會和亮太結成親家，除村姊夫也打算挖角他。麻矢有的，只有父親那微不足道的地位而已，至於亮太善良的母親當然不用說，而對他的姊姊民江來說，這也不是什麼大問題。但民江在見過繪美矢，並看過這個家之後，卻不安起來，私下向丈夫真木山埋怨。麻矢清楚這些內情，因此很同情亮太，但她覺得對亮太說這些會傷害他，因此沒有提起。亮太沒有訴諸言詞，只明確地向麻矢傾訴「我很幸福」。麻矢將之與自己的心比較，感覺是全然相同的感情。每當如此感受，麻矢便將那些古怪的、世俗的想法拋諸腦後。亮太與麻矢個別準備了聖誕節禮物。亮太在銀座的八本木買了珍珠，雖然是仿造品，卻是最高級、最大顆的。亮太在暑期做翻譯賺了一筆錢，原本打算拿去買建築書籍，現在全用來買了珍珠。麻矢打了一雙搭配毛衣的深褐色手套，並個別放入像鐵製的三葉草男戒，以及吐著紅舌的瑞典木雕熊。

聖誕節當晚，前晚的雪停歇了，幽淡的陽光自雲間灑下。亮太像長靴般套在西褲外的鞋子沾上了雪，並豎起被雪浸濕的厚大衣灰毛皮衣領，走進玄關，凌亂的瀏海底下，是壓抑著滿溢笑容的臉龐。

「我遲到了？」

「大家都在等你。團小姐也來了。」

亮太抱起麻矢腳邊的卡美說：

「卡美也有禮物喔。」

他解開大衣鈕釦，摸索腰間的暗袋。麻矢打開他遞過來的小紙袋，裡面是一條絲帶。

麻矢以前說過，這種深樺木色格紋和卡美金色的眼睛很相稱。

「快請客人進來呀。」

繪美矢的聲音傳來，接著人出來了，但麻矢不理會，慢條斯理地在卡美的脖子繫上絲帶。

「媽媽，怎麼樣？」

「嗯，很棒。」

夫人漫不經心地應著，向亮太寒暄，隨即領頭走向會客室。麻矢搭住亮太西裝厚實的肩膀，背著繪美矢，把額頭按上去。抬頭一望，亮太緊抿的嘴唇就在上頭，感覺得到他正深情俯視的眼神。好想就這樣遠走高飛。有時會籠罩兩人的衝動再次席捲上來，他們在彼此的心中看出了如鳥兒振翅的愛意。會客室裡香菸的煙霧繚繞，隱約飄散著洋酒的氣味。質地厚重而老舊的窗簾束起，中層的白花蕾絲簾透入戶外的夜色。暖爐裡柴薪熊熊燃燒，而房間窄狹，因此幾乎讓人覺得熱。橄欖色立燈的燈罩全褪了色，就像女孩身上的百褶裙，圍繞著圓桌、有浮雕花紋的長椅和椅子也一樣，除了邊緣以外，原本的橄欖色幾乎全泛了白，但爐火與人們的談笑聲，使得被焦褐色花紋牆面圍繞的房間顯得豐饒。除了湖太郎和敬三兩對夫妻以外，還有兩、三名男性親戚，男士們在談笑之間，伸出粗壯的手拿取三明治或起司。似內敲門進來，將盛著散壽司的大木桶放到小桌上，接著惠麻端來黑漆的托盆，上面是一疊鑲紅紫花紋的西洋盤子、兩雙主筷和一把免洗筷。桌上蘇格蘭威士忌的大酒瓶只剩下三分之二，有些男士不取食物的那隻手一刻也沒有放下酒杯。

「節子的臉也醉紅了。」

繪美矢夫人對長媳說，滿場施展早已化為習性、滲透在臉部皺紋裡的客套的笑。麻矢和亮太進來後，男人們同聲招呼，正中央的敬三作勢起身：

「來這裡坐。」

但麻矢卻說：

「啊，我們坐這兒。」

偕同亮太一起坐到角落的立燈燈光下了。

「今天是你們宣布訂婚的日子，怎麼能躲在角落邊？還是那樣才好蜜裡調油？」

敬三說，男士們聞言全笑了。

「今天可要禁止你們學那種花街柳巷裡的話。」

惠麻將散壽司盛到盤子裡，走到亮太那邊說。

「蜜裡調油罷了，現在的年輕人才不會見怪呢，對吧？喔，這可不是在說麻矢。」

「我大概知道意思，但這是第一次聽到。」

麻矢說。繪美矢對於麻矢和田宮沒有問過自己的意思，便強勢訂婚一事，有著發不完的牢騷，但那是對親戚和男士們的說詞，在這個家的起居室，她則是宛如平白大虧一筆的勢利老闆娘，成日赤裸裸地宣洩她的憤懣，因此田窪家的氣氛隱含著一股風雨欲來之勢，在腐敗的狀態中，呈現出少見的活力。應酬了一陣之後，由繪美矢再次鄭重宣布兩人的婚約。接著繪美矢補充道：

「外子已不在人世，真正教人遺憾無比。雖然戰爭時期，我也多次慶幸他不用經歷那些拮据的日子。倘若外子在世，今天他肯定……」

然而不比房客更熟悉這個家氛圍的、疑似親戚代表的男士們，全都只是一臉猜疑地點點頭而已。至於對繪美矢的憤懣一清二楚的湖太郎、敬三夫妻、麻矢，還有知悉梗概的亮太等人，對繪美矢那番矯揉造作的演說，都當成了耳邊風。就這樣，對於麻矢和亮太婚後要搬出家裡的下一個問題，眾人皆各自懷抱著憂愁。麻矢與亮太決定熬過二十四日，接下來兩人單獨過聖誕。由里等於被捲入了古怪的氛圍。麻矢和亮太在聖誕樹旁，就像兩隻小鳥頭挨著頭，說些漫無邊際的話，一起笑著。兩人手牽著手。聖誕樹下的那一隅，以訂婚而言過度熱情的某些事物在燃燒著，兩人共度永恆僅限某個期間確實點燃的、只屬於戀人的時光。

「深夜的時候，聖歌隊會過來。電線桿有貼告示，你看到了嗎？」

「看到了。幾點的時候？」

「記得是十一點。」

「真晚。」

眾人以敬三為中心，聊著建築話題；兩人聽見他向亮太攀談：

「聽說田宮戰時在蘇門答臘？」

「對。」

亮太轉向敬三，表情像從沉思中醒來。

「我上次在報上看到，說蘇門答臘和其他地方也有芋頭，那裡是原產地？」惠麻問。

每個人都覺得這段話是預先準備好的話題。

「真的嗎？原來芋頭是蘇門答臘來的……？」

敬三驚訝地說。

「田宮，你在那裡吃過芋頭嗎？」

「不是我們隊的，但有人吃了田裡長得像芋頭的根莖，嘴巴裡變得黏黏的，所以認為是芋頭的一種，但形狀應該不同。我沒有吃過。」

繪美矢看著惠麻，說：

「咦，是這樣嗎？我一直以為芋頭是國產的……」

繪美矢睜大欲睡的、充滿古怪媚態的細眼，語帶訝異地說。敬三帶來的外國葡萄酒上桌後，麻矢起身，從惠麻手中接過放酒杯的托盆，注入琥珀色的酒液，遞給每個人。亮太嘴唇抵在杯緣，看著麻矢。麻矢穿著色彩柔和、宛如摻了牛奶般的深玫瑰紅圓領針織衫，下身是深藍與綠色中帶有暗玫瑰紅的粗花呢格紋裙，繫著深褐色腰帶。麻矢的臉頰泛著紅暈，好似在燃燒。專注地斟酒時，搽了珊瑚色口紅的嘴唇微張。這種時候，麻矢的嘴唇顯得稚氣極了。看著麻矢，亮太想起了約一星期前，在夜總會跳舞那晚的接吻。他覺得比起那天的深紅色喬琪紗小禮服，現在這身裝扮更適合麻矢。亮太從聖誕樹解下來替麻矢戴上的銀蔥帶，在她的針織衣上鬆鬆地繞了兩圈。兩人已經說定，等他們私下獨處時，再拆開禮物，因為今晚麻矢要讓亮太開敬三的吉普車，把她載回家。麻矢看著由里微笑：

「團小姐，妳也要喝吧？聽說這酒叫Graves Sec。」

敬三說：

「啊，不是什麼大不了的酒。好貨都賣光了……」

「買不到好酒讓你鬆了口氣對吧？敬三。」

湖太郎之妻節子調侃，眾人都笑了。麻矢為由里斟酒，讓由里感到開心極了。（連女人都會愛上的女人，才是貨真價實的女人。）由里心想，望向亮太。

「這位小姐是……」

繪美矢正欲介紹，一名男性親戚說：

「啊，我知道令尊的大名。只要身在實業界，沒有人不知道他的大名。妳是團精吉先生的長女對吧？」

「是的。」

由里答道，曖昧地微笑，心想今晚又要聽到只要處在人群當中，總免不了會聽到的客套話。如今，團精吉的家也成了普通的上班族家庭。更何況由里只是後妻之女，每當聽到地位比她更低微的一群人口稱「妳是團精吉的千金」，她都有種扞格不入的古怪感覺。亮太垂下注視著麻矢的目光，那張臉充滿了熱情，嘴唇抿得就像生氣鼓起腮幫子的人，有種揪心的味道。只要麻矢離開身邊，亮太就會感到空虛，而此刻他也沉浸在這樣的空虛之中。（麻矢只能在我的心中，就連一分一秒，都不能離開我。）自從和麻矢發生過一次關係後，如此蠻橫的情感便吞噬了亮太。敬三夫妻送了一大盒巧克力，以及金鎖鍊浮雕墜

飾。湖太郎夫妻送的是搭配麻矢身上所穿裙子的深紅色腰帶，節子補充說：「穿白色上衣時搭配吧！」麻矢親吻了每一個禮物盒，開心得幾乎跳起來。

「麻矢，妳怎麼老像個小嬰兒？」

繪美矢規勸愛女說，但由里看出那雙小眼睛裡閃爍著幾分敵意。

「送給媽媽的毛衣，晚點我再拿出來。」麻矢說。

「這個人已經穿上身了。」惠麻說。

「我這個妹妹就是這副德行，還請你多多擔待，田宮。」湖太郎說。

「不會啦。」

亮太挽起焦褐色的粗織毛衣袖子，摸了摸頭髮，望向麻矢微笑。

「亮太也是個小嬰兒呀。」

麻矢說著，走回亮太旁邊。麻矢的手提包裡偷偷藏著昨天傍晚沼二在樓梯下送給她的、像是裝著巧克力的小盒子，以及R字胸針。因為她知道只有亮太會為她開心。

「亮太很能幹，可以放心地把麻矢託付給他。」

敬三說，像是在說給母親聽。繪美矢按捺著憤懣的款待，令每個人都感到如坐針氈，這場宴會也沒什麼人要求再添碗散壽司，不到十點便陸續有人告辭，十點五十分，麻矢和亮太為彼此穿上大衣，步下玄關。麻矢穿上香檳色外套，正要從暗袋取出手套，停頓了一下，做出輕摟繪美矢的動作，接著轉身背對她，戴好手套，穿上鞋子。麻矢敏感地察覺惠麻正以帶著些許嫉妒的眼神看著她，便向惠麻揮了揮手，與亮太相偕離去。亮太默默地看向繪美矢，沒有特定對象地說：

「多謝招待。再會。」

他隨即跟上麻矢的步伐。略為俯首的亮太拉上門把後，再次以眼神致意。高大的亮太肩後露出麻矢的帽子，這是繪美矢和惠麻最後一次看到麻矢。因為活生生的亮太與麻矢，就此從兩人——從湖太郎和敬三——從每個人的面前消失了。兩人在歸途上，剛從水道路開上農道時，便遇上了意外——一場可怕的車禍。不知怎地，繪美矢和惠麻就是覺得兩人好像即將就此遠去般，默默地站在門口目送著。兩人最後看到的麻矢，是隔著亮太的肩膀看見的美麗的帽子。那是一頂暗沉的淡玫瑰紅長毛平頂帽，硬挺的木紋緞帶是深玫瑰紅，是美兵彼得寄來的禮物，顏色正好搭配麻矢的上衣。

「好像蛋糕。」

從盒中取出帽子時，惠麻這麼說。

「聽說這顏色和加入搗碎的法國果實framboise[7]做成的冰淇淋顏色一模一樣。」

收到帽子四、五天後，麻矢得意地把從亮太的哥哥那裡聽來的這件事轉述給惠麻聽。惠麻一直沉浸在這段回憶裡。

亮太與麻矢離開玄關後，一走到暗處，便立刻相擁，交換了短暫但激情的吻。接著兩人牢牢地環抱住彼此，走出這天一直敞開的大門。亮太離開麻矢，打開敬三留下的吉普車車鎖，兩人一同上了前車座。亮太發動引擎。麻矢將肩膀抵在亮太的肩上說：

「我一點都不冷……」

「那是因為妳醉了……回程一定又會冷到上下排牙齒打顫了。回程披上我的毯子吧。」

兩人乘坐的吉普車緩慢地爬上路面積雪濕滑的坡道，來到水道路。穿過水道路，拐向田間小路。這條路在白天亦十分荒涼，前方是聚在一處的人家，宛如一片森林。兩側是成片田地，僅能勉強容兩輛轎車擦身而過的小路直線延伸而出。道路兩側的草叢不知為何，稀稀疏疏地豎著燒焦而彎曲的木樁，上面繞著鐵絲，就像國境的鐵絲網。雪已經停了，深

7 譯註：即覆盆子。

藍灰色的天空高遠，在低處繚繞，宛如刷上去的靛藍色雲朵，彷彿要遮蔽天空似地流過。好想立刻從這兒遠走高飛，這種誘人而不可抑制的衝動又在兩人心胸升起。兩人的肩膀感受著彼此的體溫，但是為什麼呢？不知怎地，就是有股陰鬱之感。隔著大衣，亮太確實地感受到麻矢肩部的溫暖，卻覺得不好好地抱緊麻矢，實在令人不安。有輛吉普車不久前就在前方遠處，車身的黑影徐徐靠近，奇異地加快了速度。兩輛車子距離拉近時，麻矢萌生了一股不可思議的躁動不安。麻矢在那輛車子看見了黑色的意志，一股漆黑的、窮凶惡極的意志。在應該毫無瓜葛的那輛車身上，麻矢明確地感受到了那股氛圍。她離開亮太，微微張唇，想要吸氣。對向來車不僅沒有減速，反而直衝而來。亮太急忙轉動方向盤要閃，但當他發現對向來車毫無閃避的意思時，為時已晚。不知道是哪一輛車子發出的，煞車聲撕裂了夜黑，下一秒鐘，兩輛車像飴糖般扭曲變形並停住了。麻矢和亮太都是當場死亡。因反作用力而後仰的麻矢雙眼微睜，右手伸向亮太。因為她想在亮太放開方向盤的瞬間抱住他。亮太的臉和前額撞得稀爛，宛如石榴，伏在方向盤上，雙手環抱著方向盤。

路經的附近男性居民報警，並通知麻矢的家人，然後很快就說人不舒服而離去了。那是位時常看見麻矢的鄰近上班族。

接到警方來電，繪美矢渾身顫抖，一站起來便又踉蹌坐倒，只是雙唇不住地打顫。惠麻打電話給湖太郎和敬三，但兩人都還沒有回到家。惠麻用發抖的手在冰箱抄下兩支電話號碼後，便拿著便條趕到現場。她遠遠地看見兩輛車子的殘骸，當場癱坐在路上，兩名警察發現跑來，一人雙手撐住惠麻的腋下，一人抬起她的腳，陪著她到現場。

「是我妹妹。」

惠麻看了一眼，好勉強才說。

「男方呢？」

「是她的未婚夫田宮。」

「路這麼寬卻撞在一起，對向來車的駕駛一定喝了酒……」

幾乎昏厥過去的惠麻聽見警察這麼說。

「是黑人……」

接著又聽見警察唾棄的口吻。瞬間，惠麻彷彿轟雷掣電。她沒有勇氣去看那團血肉模糊的東西，但先前她在電話裡聽見那位對向車的駕駛亦當場慘死。

「帕薩……」

帕薩德納——惠麻原本要喊又噤聲。她依然讓人從身後扶著。

「妳說什麼？」

「沒有。」

惠麻立刻說。

「剛才……我打過電話給外子和家兄……但他們剛從我家離開，還沒有到家，這是他們的電話。」

惠麻將捏在右手的便條紙遞給警察，說家裡有電話機。

「我還會再打……」

惠麻說這話時，尖銳的鳴笛聲響起，遠方出現救護車白色的車體。

「我要回去了……」

「好的。我們打電話過去，辛苦妳了。」

惠麻默默地就要折返，腳步卻一個踉蹌。一名警察使了眼色；惠麻身後、之前攙扶她的警察立刻跨上前去，想要拉起她的手，但惠麻的腳已經軟了。另一名警察靠過來，就像先前攙扶她時那樣，把她又攙回去了。麻矢和亮太的屍體一起被送入白色的救護車中。在黑暗中仍一片濕亮的路面，血跡點點延續到車子入口。麻矢的內臟破裂了。搬出亮太的身體時，一個發亮的球狀物體滾出地面。一名警察瞄了一眼，伸腳踢開，就像在說：「什麼東西？」麻矢送的玻璃球玩具在地面滾動了一小段距離，停在草叢旁邊。

這天晚上，帕薩德納從車站打了兩通電話給木谷茱莉。他就是從茱莉口中聽說聖誕夜將宣布麻矢訂婚消息的事。早上帕薩德納說好要在深夜偷偷去找茱莉。他從車站打電話過去，確定客人已經離開，訂婚的小倆口也出發。最後帕薩德納亦在車禍中全身骨折死亡。

隔天早上八點，由里踩著微微顫抖的步伐走下樓梯。她提心吊膽地經過萬頭攢動的會客室前，幸而只在半開的門內看見兩個重疊的男性大衣背影，以及在玄關看見卡美可憐的身影。由里提著木屐從廚房後門離開了。至於家具雜物，她打算叫弟弟家派人來取。她實在無法向繪美矢、惠麻和敬三道別。警察可能會找她問話，她想要避免，但最重要的是，由里根本不願意待在所有一切都會讓她觸景生情、想起麻矢慘死的這個家裡。昨晚已經沒有電車了，因此她只得忍耐。由里走出後門時，看見沼二的房間。沼二人在房間裡。霧面玻璃映出一條長長的影子，他似乎以額頭抵著玻璃，對著這裡站著。由里跑過屋旁，來到屋子正面。經過玄關時，由里不由自主地回頭望向裡頭。模糊的玻璃窗內側，朦朧地透出沼二那幅波提切利的畫，宛如散發著哀傷。

由里用力將視線從那幅畫移開，奔出了田窪家的大門。

（發表於《群像》昭和三十六年一月號）

戀人們的森林

戀人們的愛火
在無豔陽亦無明月
由暗金的果實與淡紅的花朵
其光輝所照亮的
黑暗華麗的森林中熊熊燃燒
那火焰永生永世，終古不熄
——義童

乘坐公車，從澀谷深入若林，有一處北澤町；公車路線旁，有條右側盡是寺院土地和森林的小徑。

這條小徑是上水道兩旁諸多小徑之一，上水道連繫了澀谷與若林間的公車路線，以及新宿和三軒茶屋間的公車路線。小徑一隅有一小片沙石場，旁邊有棟不知道是什麼的建築物，有時會有一輛玫瑰紅的車子停在那裡。仔細一看，是一家叫羅森斯坦的銀座糕餅店的配送處兼烘焙坊。瞭解之後再一瞧，屋頂後方的確有座漆成淡綠的生鏽煙囪。建築物外觀簡陋，但整體是灰色的，門口突出的遮雨棚亦是黯淡的綠及淺灰粗條紋，營造出煞有介事的時髦感。

一天午後，一名年輕人從建築物裡走出來，跳上玫瑰紅的車子。

年輕人身材纖細勻稱，動作如魚兒般輕巧，脖子一縮，細腰一扭，人已經閃進了駕駛座；朝車前一瞥之後，轉頭探出車外朝後方瞄了一眼，縮進頭來發動引擎，隨著噠噠噠噠的聲響，一下子便揚長而去。年約十七、八，還不到十九。年輕人迅速掃視車子前後的一雙妙目美麗絕倫，如夢似幻，其中卻有著冷漠的光。那雙眼睛鑲嵌在精雕細琢的美貌上微翹的精緻鼻梁深處，宛如為擁有銳利面貌的美術品畫龍點睛的寶石。那是一雙柔順而冷淡，卻機靈敏捷的眼睛。儘管看上去意志薄弱，但若是為了自己的慾望和快樂，也並非無法發揮些許意志力——看起來就像如此。比起年紀相匹配的對象，更適合偎在慵懶地躺臥的年長女人身旁，或愛撫他的男子身旁。年輕人有著這樣的氣質。

而年輕人果然是這樣的人。

現在，年輕人正躺在羅森斯坦的烘焙坊不遠處的某個房間裡安睡著。是與年長的情人幽會之後的深沉睡眠。若林深處的住宅區，公車路線旁的巷道內，有一棟木造洋樓公寓。就是公寓的其中一戶。

拂曉時分的房間仍一片昏暗。來自夜晚的沉重空氣看似籠罩了四下。房間掛著鳥和樹葉圖案的窗簾，牆壁和地板都是褐色的，空間大部分都被木製床鋪給占據了。同樣是褐色的、亮絲滾邊的毯子與白色的大靠枕之間，年輕人頭陷在其中，臉對著牆壁。偏褐色的亮澤髮絲壓得就像狗兒躺過的草地。年輕人名叫巴羅。本名是神谷敬里，但他的情人義童都叫他巴羅。昨天巴羅和義童很早就在外面用了晚餐，因此床邊的矮桌上還扔著不鏽鋼托盤，上面有上床後從冰箱裡取出來吃剩的火腿、留有咖啡殘渣的白色茶杯、褐色牛奶壺及麵包塊。陶瓷菸灰缸裡，菲利普莫里斯牌的菸蒂黏附其上，就像堵塞排水管下方洞穴的落葉。這是巴羅習慣用指頭用力捺熄菸蒂之故。這並非他原有的習慣，而是在模仿義童的過程中，無意識地變得如此。每一根菸捲前半段都整個捺扁了。這也是與義童的愛情生活中培養出來的習慣。

義童的父親安托萬・德・吉許已經故世，母親珠里為日本外交官之女；他舉手投足間皆散發出奢靡與浪費的味道。義童供應巴羅金錢用度。不管是上街用餐、酒館的帳單，都是義童付帳。皮鞋和西裝全是量身訂製，風衣、皮帶、背心、毛衣一樣不缺。

Roger&Gallet的香皂、巴黎製的髮膏、淡紫色透明的固體潤膚膏、四七一一號古龍水。這些玩意兒陳列在巴羅放鏡子的台子上，將他天生的姿容打造得益發出眾動人。

巴羅在床上輾轉反側了兩三回，微微睜開了眼睛。他刺眼地眨了眨細長的睫毛，彎起伸長的胳膊，把手遮在眼睛上。手部投下的陰影中，美麗的雙眼這回明確地睜開了。一抹淡影般的喜悅之色掠過唇上。先前盡情伸展的雙手撐住後腦，低垂的眼神停佇在空中一點，滯留了片刻。這是占據了幸福位置、恬然自處的年輕人的眼神，但其中有著火焰般的情感，不似薄情之人的雙眼。與手臂一同伸展的腳，踹開毯子，淡藍色睡衣的胸口釦子解開，露出胸脯。結實的黝黑胸膛上，銀色鎖鍊搖晃了一下，一只圓形相片盒露出背面，停留在頸脖下方。上面雕刻有古土耳其國旗般的半月與星形，溝紋鑲嵌著碎鑽。是義童從弟弟路易那裡偷來送給巴羅的墜飾，古色古香，精緻華麗。巴羅朝窗戶望去，露出天真無邪的眼神，吹起口哨來，吹完後，嘴唇漾起了微笑，他慵懶地撐起上身，摸出菸捲袋子，趴在床上點火。抽沒幾下，隨即捻熄了菸，慌慌張張地起身點燃瓦斯爐，放上水壺，著手沖咖啡。時鐘顯示八點。巴羅再次趴回床上，啃著昨晚吃剩的麵包和火腿，喝了熱咖啡，脫下睡衣，手臂轉動了兩、三下。

褪下睡衣後，只剩下無袖圓領襯衣，以及長及膝下的襯褲，巴羅用手掌粗魯地抹了抹三面鏡表面，把臉湊上去。彷彿上了墨的優美眉毛底下，睜大的雙眼在半面受光而呈現深濃陰影的臉上宛如洞穴。他曾與酒家年長的女人，或同一棟公寓的女人，在不知不覺間發展成難分難捨的關係，幾次經驗之後，他學會眼睛不再左顧右盼，而是挑釁地看人。此時那雙眼睛充斥著稚嫩的不安，以及若隱若現的強烈自信，在優美的鼻梁兩旁，射出陰翳的罪火。憂愁的眼神由於潛藏著稚嫩的不安，使其魅人的光采更形強烈。稚嫩的不安，這是巴羅微弱的善意。它或許和巴羅從未想過，亦未曾目睹的上帝相通。

巴羅露出對義童的愛情依賴而自信的表情，似笑非笑地揚起唇角，拿起梳子整理頭髮，洗過臉後，拿起淡紫色水晶般的潤膚膏。這是義童送給他的巴黎貨。巴羅將其對著明亮的光線欣賞了一下，從臉頰往下巴抹。接著用手撫摸了兩三回，再次睜著晶亮的眼睛對鏡而視，套上放在床上的褲子，以及淡藍色的襯衫。褲子是深灰色的牛仔褲。自從義童稱讚他這樣穿就像個巴黎青年以後，巴羅便以此自居了。

「小敬，你今天真帥氣！」

「這陣子真是招搖啊。」

穿著配送所日式短外套的女孩們七嘴八舌地鼓譟著。巴羅眼風朝她們一掃，默默地將裝糕點的硬鋁盤子搬出去。

「反正，喏……？」

「就是說嘛。」

有兩個女孩噘起嘴唇，互睨似地對望一眼，把插在口袋裡的手一張一合，面露嘲諷的微笑。

「女人真聒噪。」

聰明的巴羅會敷衍她們一下。

「是在哪兒買的？」

「一定是別人送的吧。」

「我才沒有女的朋友。」

巴羅那不屑的口吻認真極了，因此就連遲鈍的坂井幸子和金丸豐子瞬間都愣了一下，開始幫忙巴羅搬糕點盤。

沒多久，巴羅便以他敏捷的動作，跳上玫瑰紅的車子。車子一眨眼便穿過寺院與大宅之間，來到公車路線。巴羅的車超過宛如淡水魚水槽般藍色透明的自用車、醜陋的計程車、一群群的機車，將它們逐一拋在身後。眼角才剛瞥見和義童一起去過的小中華蕎麥麵店，那紅框裡鑲著毒豔牡丹花的玻璃門側面，下一秒已來到超越公車一站半的地點了。駕駛技術絕佳的巴羅，幾乎等不及說好和義童去兜風的日子。一想起這事，胸口便悸動不已。義童開的是勞斯萊斯。這天，巴羅在尾張町的十字路口被紅燈攔下，擰起了優美的眉頭，朝停在一旁的車子瞥了一眼。那是一輛嶄新得發亮的新車。

（是德國的施密特……）

巴羅原本額上擠出的直紋消失，眼睛像女人一樣亮了起來。駕駛座的男子轉頭，隔著穿著像黑色針織衫的寬闊肩膀望了過來。瞬間，與義童相同的、如同義童所擁有的特質，自那雙深邃黝黑的眼中散發出來，射在巴羅的臉上，令巴羅一陣心驚，把臉轉回了正面。完美的側臉染上了驚惶與羞恥，雙眼忽然變得如少年般童稚，不知所措地眨了眨。男子比義童年長許多，應該四十有三。號誌的切換拯救了巴羅的無所適從。他的車子猛地向前駛去，甩掉隔壁車輛的瞬間，他內心暗想糟糕。（應該要落後他才對。）巴羅暗自咂嘴。男子那雙黝黑的眼睛，讓巴羅感覺到雖然與義童相似，卻遠過於義童的強烈光采，以及殘忍。其中應該有著義童的強壯、睿智及見識，這一切卻都被散發出昏暗光芒的眼底那宛如漆黑的執著所塗蓋過去了。（這傢伙不得了。）巴羅喃喃。車子來到羅森斯坦附近，巴羅匆忙摸索旁邊。他把店內制服的白色上衣捲起來擱在一旁，快到的時候，再停車匆匆套上身。巴羅討厭這件會遮住他水藍色襯衫及深灰色牛仔褲的白色制服。

黑衣男子在巴羅的車尾看見羅森斯坦的字樣，經過十字路口後，便往築地方向駛離。才一瞥的工夫，男子便已看出巴羅有個富裕又有手段的男情人，並察覺羅森斯坦的店員身分八成只是個幌子。雖然現在已經出現同志酒吧，這類男性並不缺對象，但論到屬於逸品的圈外人，其珍稀價值甚至更勝鴿血紅寶石，因此大體來說，是怎樣的年輕人或者又是怎樣一個人，總是能聽見一些風聲，同類之間皆已瞭若指掌——不過這裡所說的同類，指的是有錢的一群。因此儘管男子一眼便被巴羅奪去了心神，卻無法率爾出手，只能遠遠地靜觀其變。在這個圈子裡，對年少情人的嫉妒心相當可怕。其中有部分似乎亦是來自於他們的珍稀價值。

巴羅第一次見到義童，是在下北澤站附近的酒吧「茉莉」。

巴羅坐在門口右側深處的高腳椅上，這裡是他的老位置。他的衣服口袋裡，裝著這天傍晚領到的薪水。巴羅以纖細的指頭扶著高球雞尾酒杯，輕輕搖晃，又舉起來對著昏暗的燈光觀看，或將手肘倚在桌面，噘起側臉微尖的下巴上的嘴唇，就像個意識著女人目光的年輕人，一雙閃爍的雙眼緊盯著杯子另一頭，做出睥睨的神情，下一秒左手又在腰間口袋摸來摸去，攪得鑰匙嘩嘩作響，手一抽，順勢舉起來撫摸光亮柔順得宛如剛洗過的頭髮，一刻也不得閒。他放下杯子，輕敲出響聲，這回左手托著腮幫子，微微噘起嘴唇。接著雙眼半瞇，玩味地看著陳列起司盤等樣品的玻璃櫃，或突然趴到桌上，以掬取般的眼神張望周圍。

從剛才開始，就有一名男子目不轉睛地觀察著巴羅的一舉一動，那就是義童。義童坐在巴羅正面深處的高腳椅上。他是位三十七、八歲的美男子，頸脖粗壯，帶有顯著的法國人特徵，但膚色黝黑，說一口道地的日語。他的額頭散發出豐富的學識氣息，但並不寬闊，頂著一頭濃密的黑髮。法國人常見的渾圓大眼帶著一點輕佻，同時又有種南洋島嶼毒蛇的味道。看著這名年輕人，就宛如疊影一般，浮現出一七七〇、八〇年代的法國書籍裡，蘋果樹枝纏繞著英文字母的插圖。讓人聯想起天鵝羽毛筆、羊皮紙書籍、一圈圈纏繞在脖子上繫成花朵狀的白絹領飾；或是巴士底監獄的床鋪、馬拉探出半裸上身的陶瓷浴缸；或穿著過短的長褲、頭戴徽章貝雷帽，高舉寫有Liberté, Egalité, Fraternité（自由、平等、博愛）標語旗幟的無套褲漢等民眾。看似具備智慧與睿智的年輕人，內在確實潛伏著法蘭西的榮光與法蘭西的淫蕩。粗頸上的衣領略髒，但似乎是這天午後新換上的，整體還

算清潔。灰色毛呢背心與衣領之間探出的領帶，是深淺靛藍斜紋穿插著血紅色細絲的款式。年輕人則是一身黑西裝外套，及深灰底配黑細紋的貼身西褲。寬格圍巾從後頸覆蓋上來似地垂在胸前兩側，手肘撐在桌面，托著下巴，右手從剛才就直插在口袋裡。年輕人似乎喝了不少，但看起來毫無醉意。唯一與平時不同的，僅有臉色略為蒼白，一雙黑眼顯得有些渙散而已。兩人之間有一名客人起身付帳時，望向那裡的巴羅目光，正好對上了義童的。義童的眼睛不由自主地浮現微笑。同時巴羅一驚，感覺到輕微的悸動。轉瞬之間，巴羅便悟出這名擁有深不可測迷人魅力的高大男子，從許久前便關注著自己的一舉一動。巴羅的態度總有些僵硬起來，開始顯得矜持，令義童再次微笑。片刻之後，巴羅偷窺地將眼神朝義童一掃，隨即收回了視線。義童那雙有些駭人的黑眼睛溫柔地蕩漾開來。那種眼神，像是已經嚐過那名女子的肉體，深知那具肉體的甜美，腦中浮現某種妄想並注視著女人時的眼神。肉慾的微笑在綻開的嘴唇抹上深濃的影子。

「琴費士。」

巴羅聽見這句話，目光再次飄了過去。這回男子看著服務生。巴羅那雙美麗的眼睛，眸子挑往斜上方，隔著眉毛望過去，隱藏著些許的不安和小小的恐懼，瞬間定在義童的側臉上。上唇起伏、下唇畫出美妙弧線的嘴唇緊抿，兩側擠出小窩，散發出冷峻的美。巴羅迅速地別開了目光。他有些難為情，想要離開，卻總捨不得這麼做。巴羅更頻繁地撩頭髮、東張西望、撈動鑰匙串了。同時他納悶那樣的男子會喝什麼琴費士嗎？這時，服務生的手倏地伸過來，放下琴費士的酒杯。巴羅的目光再次望向義童。

「喝吧，我請客。你喜歡琴費士吧？」

男子說。他那具備懾人力量，卻又輕佻戲謔的眸子定在眼角，注視著巴羅。巴羅不自覺地微笑了。他很清楚自己這模樣有多可愛。天真無邪的微笑中，一雙眼眸湧出憧憬之色。巴羅欲言又止，抿起的嘴唇兩端羞怯地擠出酒窩。他珍惜地端起琴費士的酒杯，對燈端詳後挪到唇邊，對男子展現羞澀的微笑。領帶、背心、圍巾，那身服裝一望可知要價不菲。男子毫不保留地展示自己的富裕。儘管巴羅看不出源於何處，但男子有種高級感，這家名為「茉莉」的小酒吧角落因為有了男子，變得彷彿別有城府。巴羅因醉意而濕潤的眼睛忽然嚴肅起來，嘴唇抿成孩子氣的形狀，目不轉睛地望向男子。在感到深受男子吸引的同時，巴羅想到了自己大學中輟，過著完全不讀書的生活，自慚形穢起來。

「你都來這裡？」

「嗯。」

巴羅把手放在偏褐色的亮澤頭髮的鬢角一帶，撩起了髮鬢。男子蒼白的臉緊繃著。那是陷入愛河的人有時會顯露的表情，彷彿承受著寒顫或苦澀，臉頰和嘴唇緊繃著。原本往下盯著鼻尖的眼睛忽然掃向牆邊，定在那裡。那眼神就像狙擊著麻雀的老鷹，彷彿發著高燒，黑眸的陰影甚至泛到眼白處。巴羅被連自己都無法理解的憧憬所驅動，陶然地望著那張側臉。那裡是一片暴風雨中的灰暗天空，傳來敏捷地掠過空中追逐雀鳥，並以尖銳的嘴喙撕裂空氣的老鷹的振翅聲。義童最後點了杯雙份高球雞尾酒，喝完後看了看身後的柱鐘，比對了一下腕錶，掀起外套摸索後口袋。他忘了帳單壓在手肘下，一邊摸口袋，目光一邊在桌上和腳邊逡巡。服務生把手伸到後頸，以眼神指示手肘下說：

「在那裡。」

「嗯。」

「再見……」

男子起身時，從斜上方俯視巴羅。

他微微舉手，指尖纖細而白皙。巴羅從剛才就知道帳單在哪裡，看見服務生以手繞頸提醒，這時他抬頭眨了眨眼，又再次垂下目光。男子一離開，巴羅頓時覺得坐在那兒無趣極了。

「那個人是常客嗎？」

服務生須山瞪起一眼：

「這陣子常來。是個怪傢伙，很厲害。」

「怪傢伙？」

「看就知道了吧？而且好像非常富有。你很有一手，要多常來啊。咱們不管是哪邊付錢都好，還請多多光臨。」

巴羅默默起身，手伸向後口袋。

「帳已經付清了。」

另一名服務生語氣輕佻地說。（沒見到他問，但我喝了幾杯他都看在眼裡。）巴羅頓時感到一股被盯上的羞恥。

「我會再來。」

巴羅說著，抓起掛在後方椅背的外套，迅速穿上，以纖細的雙手合攏前襟，踩著敏捷的腳步，一眨眼便消失在門外了。

巴羅走出只有模糊霓虹燈的巷弄，剛才的男子原本正在約十間[8]前方處緩步行走，這

8 譯註：間為日本傳統距離單位，一間為一．八一八公尺。

時突然回頭停步。他的下巴動了動，似在頷首，接著再次背過身往前走去，就像在叫他跟上去。巴羅腳步遲疑了一下，但隨即跑了過去。不知為何，一股宛如兄弟的懷念壓過了一切。巴羅追上以後，義童俯視著他微笑，是親近但祕密的微笑。巴羅感到安心極了，同時又有一種彷彿被喚醒的感覺。巴羅扭動了一下手並插在後口袋的腰部，瞥了男子一眼，低頭繼續走。

「你住這附近？」

「更遠處……在松延寺那裡。」

巴羅低著頭說。

腳邊亮了起來，抬頭一看，兩人來到了路燈底下。義童停下腳步。巴羅抬頭仰望的眼睛帶著羞赧，與義童的眼神交纏在一起。巴羅雙眼皮的眼睛輪廓分明，宛如以銳利的雕刻刀所雕成，好似散發出淡紫色的火焰。義童把手搭到巴羅肩上。那動作極其自然，就像是兄弟，或高級裁縫師。

「明天來我家好嗎？我請你喝馬丁尼，還有起司。然後去幫你訂做衣服。」

男子的手若即若離，沿著身體線條，撫摸似地從肩膀朝腰部滑去。

巴羅沒喝過馬丁尼。他只是模模糊糊地感覺到有如夢似幻的事情發生在身上了。

「你要來吧？」

「嗯。」

巴羅的聲音就像少女般輕柔。

自從北澤的酒吧那件事以後，巴羅的生活很快地變得與義童密不可分。只要是愉快的事，巴羅這個人就彷彿毫無意志一般，隨波逐流。義童本身以及他的生活，都充滿了吸引力。因此巴羅只是順著平時隨波逐流的作風行動罷了。然而巴羅逐漸被義童所吸引，除了沒特別意識到的功利想法外，亦開始真心仰慕起義童來了。

巴羅的父母還在世的時候，他上過一年大學，但他生性怠惰，對任何事都沒有動力，只能順從本能而活。巴羅會開車，因此靠著義童的門路，進入羅森斯坦當駕駛員。之前他在洗衣店送貨，但老闆娘開始對他拋媚眼、送秋波，害他被革職了。洗衣店有股怪味道，而且忙碌，但是在有許多公寓的北澤一帶，住在那裡的中年太太或年輕酒家女常會在門後塞給他百圓硬幣，甚至是五百圓鈔票，成了他的私房錢；因此離職那天下午，他為了洩

憒，在隔簾後方摟抱住胖老闆娘的胸脯，與她接吻。老闆娘豐滿的胸脯激動起伏，突出的雙眼瞪著半空，氣喘吁吁，巴羅放開她，瞥了她一眼後，逃之夭夭地奔離現場，抓起鉤子上的手巾，將預藏的小費迅速塞進口袋，離開店裡。後來他向婚後住在函館的姊姊住子打秋風，用這筆錢在北澤一帶遊手好閒，差點加入不良集團。他對姊姊住子說，自己在義童那裡幫忙翻譯。從曉星中學畢業後，巴羅讀了一年法文系，但後來學業徹底荒廢，因此不可能幫得上義童，但由於義童是東大講師，住子儘管半信半疑，卻也覺得弟弟終於改邪歸正了。

月輪帶暈、徐風和暖的四月過去，樹木綻放綠意的五月也隨之離去，進入六月的某個午後，義童正坐在寢室，一旁，巴羅把身體折成L形，雙腳併攏伸出，柔情地依偎著他。巴羅的薄上衣是滴入咖啡般的牛奶色澤，臉上的雙眸黝黑晶亮。義童的手溫柔地撫弄著巴羅帶栗色的髮絲。

這裡是義童的工作室兼起居室。義童的本家在田園調布，住著寡母珠里，但義童自己另蓋了棟僅有寬闊的房間、大廳、寢室、陽台和廚房的奢侈房屋居住，除了參加法事和雜務等難得回本家一趟以外，其餘時間都一個人生活。這棟屋子位在公車路旁巷道進去四、五町的地方。巴羅就在義童家附近租屋。

「蒙娜麗莎的臉真讓人不舒服。」

巴羅輕輕拂開義童的手，從一旁仰視義童說。

「你說樓梯的？」

義童的手往下滑，作勢要捧住巴羅小巧的臉龐。

田園調布的本家，在上去義童書房的內梯盡頭處的牆上，掛著蒙娜麗莎的複製畫，巴羅去辦事時看到了。

「那有什麼魅力嗎？聽說那是永遠的謎？」

「那是傳統的長相，有它獨特的趣味。」

「是嗎？你覺得她有魅力嗎？」

巴羅粗魯地拂開義童的手，離開去到窗邊的長椅，柔軟的身體趴在上頭，鑲嵌在形狀姣好而高挺的鼻子兩側的眼睛像寶石般閃閃發亮。義童放下懸在半空的手，上面還殘留著巴羅的髮絲觸感，右手朝巴羅伸去。巴羅立刻抓起桌上的Navy Cut菸草盒和火柴拋過去。

義童視線緊盯著巴羅，接住之後，抽出雪茄點燃，望著天花板深深抽了一口。

「前天我遇到一個好厲害的人。第二次了。」

義童慢慢地將視線挪回到巴羅臉上，說：

「或許是我認識的人。」

「怎麼可能？我什麼都還沒說呢，你怎麼知道是誰？」

「稱得上厲害的傢伙可沒幾個。怎樣的人？」

「嗯，就像頭黑色的獅子。頭髮濃密，臉、額頭和兩頰都鬆垮垮的，膚色像印度人，嘴唇也是黑的。臉看起來頗油膩，脖子也是。然後他的眼睛……」

「那傢伙我見過。」

義童以帶著苦澀的表情微笑。

巴羅像隻靈巧的貓，觀望了義童的臉色後說：

「那傢伙很討厭，一直看我。」

巴羅沒有提到嶄新的施密特車。

下一瞬間，巴羅的表情就像忘了這回事，托著腮幫子，扭頭慵懶地望著天花板，噘起嘴唇，用口哨吹起向義童學來的曲子。

這天星期二，隔天就是約好和義童見面的星期三。巴羅把車停在羅森斯坦，人站在有樂町的車站月台。他要替義童去神田的書店跑腿。巴羅望向對面月台，看見了那名黑色男子。在實際看到那男子之前，他似乎就有了一股預感。巴羅迅速地將眼睛挪向斜下方，裝出若無其事的神態。這是巴羅常會在令他生厭的中年女子面前擺出的姿態，義童形容為「宛如美麗的藝妓表情」。「現在的藝妓幾乎看不到這種神態了。但巴黎的高級娼妓倒時常這麼裝模作樣。」義童說。「我有這麼厲害嗎？」當時巴羅聽了也不怎麼開心地說。巴羅已愈來愈有自信，一點小事是無法讓他有好臉色的。那位男子也與之前有些不同。第一次見到時，男子在後視鏡反射著正午豔陽的駕駛座上，如猛獸般隔著黑衣的肩頭以炯炯目光看著他，但這回異於第一印象，他削瘦了些，以寬闊額頭底下異樣篤定的眼神凝視著巴羅。那眼神就像失去了叛逆、轉為沉穩的狂暴囚犯。（有地位的人真厲害。黑道流氓他根本不放在眼裡吧，可是他沒有魅力。義童比他棒多了。）巴羅在心中喃喃自語。成為黑色男子視線焦點的搔癢感並沒有持續太久。因為電車擋住了男子與巴羅之間，當電車再次離去時，男子也像被抹去了似的，不見蹤影。他是什麼時候、從哪裡來的？留神一看，黑色男子剛才站立的位置後方，義童正倚在柱子上。巴羅的表情就像撞了鬼，下一秒，嘴唇開心地漾起了笑。義童淡褐色的Burberry大衣立領露出橄欖綠底義大利花紋圍巾，手插在口袋裡，那張臉即使遠遠地望去，五官輪廓亦分明立體。義童走上月台，從後方看見黑色男子站在那裡後，隨即注意到巴羅，接著躲到柱子後面去了。那雙漆黑的眼睛確實地捕捉到巴羅，卻帶有一絲陶然，儘管如此，其中也有著激烈、灼熱的成分，嘴唇亦顯露出恍惚的表情。義童用下巴朝巴羅努了努。巴羅挪動細長的長腿奔下月台樓梯，在下一道階梯三階併做兩階爬上去，來到義童身邊。

「你要去神田？」

「嗯，義童你呢？」

義童的嘴唇掠過苦澀的微笑：

「我看見你說的黑色男子了……真是惺惺作態。」

義童的第一句話，讓巴羅瞬間露出小孩子想到陰險壞點子時的表情，但下一句話顯然讓他鬆了一口氣，破顏微笑。

「他一下就走了，不過真是個怪傢伙。」

「今天時間不多，但我們出去一下吧。會餓嗎？要不要吃點什麼？」

「我只吃了莫納的三明治，什麼都行。」

「今天怎麼這麼客氣？」

義童說著，領頭走了出去。

「吃通心粉好嗎？」

「嗯。」

很快地，兩人踏上新橋附近的通心粉餐廳「義大利人」的階梯。巴羅穿著絲質白襯衫，搭配深灰牛仔褲，焦褐色的風衣頸脖處束緊，穿得像披風似的。他脫下風衣，掛到椅背後落坐。偏褐色的亮澤髮絲、緊實的胸膛、滲入襯衫衣領的雨滴；在七月的微風中，巴羅就像株鮮嫩的樹木，清新無比。義童想起剛才下著小雨。巴羅偏褐色的髮絲也沾上了閃亮亮的水滴。

「你脖子上的項鍊呢？」

「路易或許會在這一帶出沒呀。」

「沒事的，他在哪裡我都知道。」

「是嗎？」

巴羅略低著頭，一雙眼睛掬起似地上望，露出眼白：

「對植田夫人不好意思吧？」

這是指植田邦子這名人妻，是義童認識巴羅前的情婦。兩人心照不宣，這天義童原本要去見植田夫人，卻把幽會的時間拿來像這樣和巴羅在一起。植田夫人現在已經成了義童的燙手山芋。

「少在那兒裝乖了。要吃什麼？」

「老樣子。」

義童的神情變得平靜許多。餐點和奇揚地紅酒上桌後，義童拔掉軟木塞，替巴羅斟酒，也給自己斟了一杯。義童的視線定在巴羅抵在杯緣的嘴唇上。白天的時候，那兩片嘴唇有些乾燥，隱約的皺褶之間呈現淡紅，雙唇相觸的深溝處則是深紅。上唇中央有一小塊圓鼓的突出，相合的時候，下唇的該處亦讓步地隨之凹陷。除了肉慾之外，義童亦以不同的角度觀賞巴羅那宛如厚實花瓣的嘴唇。那雙唇是清潔無瑕的。若發現上面有一點灰塵，義童便會立刻以手帕沾水拭去。義童常說，那是羅馬女神米娜瓦的嘴唇。

「這就是奇揚地紅酒呀。」巴羅說。

「喝到這酒，我就會想起以前在羅馬城址喝過類似的酒……以後我帶你去見識見識。」

「嗯。」

巴羅忙碌地眨著眼，垂下頭去，嘴唇抵在紅酒杯上。

「羅馬固然不錯，但威尼斯也很棒。威尼斯要在嘉年華會期間去。包下一艘大貢多拉船，雇人在船緣彈奏吉他。如此一來，就能聽見街上的喧鬧聲。整個城市都在為慶典沸騰。」

「什麼時候？」

巴羅雙頰泛著紅暈，雙眼陶然地望著義童，低下頭問：

……………………

義童撢掉菸捲的灰，沉默不語。

「今天你可以在『茉莉』等我嗎？十點的時候。」

「好是好……」

「可是？」

「義童，怎麼了？我只是納悶這時間也太晚了。」

「那九點半，可以吧？」

巴羅在義童的語氣中感覺到烈火般的熱情，頓時湧出一股羞恥的不安。

義童是在五、六年前，自巴黎返國的飛機上看見那名黑色男子的。最近他才得知，男子名叫沼田禮門，原本是一名心理學教師，由於通姦問題，遭到同儕糾彈，離開了校園。

兩名男子對望的瞬間，便讀出了彼此的出身和品性。禮門一樣是日法混血兒，母親是法國人。在聽到巴羅提起前，義童就知道禮門人在東京一帶。義童在帝國飯店的大廳看過他，也曾在橫濱中華街遠遠地看到他。自從巴羅提到目擊過一位疑似禮門的人物以後，說警戒是過分了些，但義童心底偶爾會湧出某種感覺。畢竟義童這輩子，多次被偶然這回事改變了命運。義童看見禮門站在月台看巴羅，那身彷彿法國漁人裝扮的鬆垮黑色風衣和白色亞麻西褲，在映入眼簾的瞬間，他對巴羅的熱情染上了輕微的嫉妒之色，彷彿舌頭沾到熱帶的咖哩，熊熊燃燒不可收拾。

時隔三日再次見面，義童對巴羅的高亢熱情依舊不減。晚上六點，義童推開「茉莉」的門入內，喝完一杯純酒後，立刻帶著巴羅回去北澤的家。夜晚，年輕的樹木在暴風雨中碰撞、交纏，樹枝受雨洗滌，閃耀生輝。年輕的樹木在水中彎成美麗的弧度，宛如竄逃的蛇，倒伏的樹木依舊倒伏，看似永無起身之時。在如此的歡愛時刻之後，入夜的房間裡連一絲最沉靜的聲響皆無。

義童敞著白絲襯衫胸口，手肘倚在書桌上，一雙精悍的眼睛對著巴羅。

「我有個好消息。」

這天，義童為巴羅帶來一個工作機會。既然與義童交往，巴羅的生活仍過得極盡奢靡，義童希望巴羅能培養一些謀生能力。義童與一班富豪有著通家之好，這些人會前往銀座的畫廊、普利斯通美術館、百貨公司等展覽會買畫。其中有些人不喜歡畫商介入，想要直接和畫作主人買賣，但由於彼此不相識，想要以適當的謝酬，要找個適當的外行人，而且是可以輕鬆差遣的年輕人來居中斡旋。他們不想任由半桶水的傢伙平白削一筆。義童就是要推薦巴羅來擔任這個仲介人角色。這些富豪裡面，也有些人買了畫，兩、三年後膩了，又賣出再購入別的畫。由於客群有限，並非什麼大生意，但經手的都是精品，一旦成交，報酬亦不少。巴羅聽義童說完，兩眼發亮，卻又有些不安。

「這我應該能勝任吧？」

巴羅原本躺在窗邊長椅看《*Life*》雜誌，這時像貓一樣跳了起來，走到義童旁邊。義童坐在嵌入與窗戶直角的書架牆中的書桌前，雙肘擱在扶手，倚靠在旋轉椅背上。

「巴羅應該是最佳人選。」義童說。

厚實的緹花窗簾裡是幽靜的夜。巴羅的額頭難得罩上一層沉鬱，是嚴肅思考的神情，在夜晚的房間裡，又看似沉浸在深深的感動中。他的瞳眸色澤變得更深，嘴唇緊抿，就像剛服了苦藥的孩子。

「畢竟我仍欠缺威嚴感。如果是義童你的話，就無話可說，不管是魯奧、盧梭，還是更早以前的畫家，你全都認識。」

「這對我又有點大材小用了。他們都知道你外行，也瞭解這情況，只想要一個感覺對的幫手。」

義童微笑地看著巴羅說。

「這樣。」

巴羅離開義童身邊，沒有脫鞋，在長椅抱起雙腳坐下來。

「他們都是有錢人吧？好厲害。」

「就試試看吧。你為人機靈，他們一定會中意你的。有錢人大抵上都沒什麼耐性，你要老老實實地幹，繃緊神經才好。因為你本身就夠討喜了。」

巴羅臉上難得顯露出安分認真的少年心性，義童見狀抿嘴一笑。那是一種看到年輕少女而不禁莞爾的中年男子的笑，也像是哄嬰兒時的慈愛微笑。巴羅也笑了，是意識到義童微笑的笑。忽地，義童的臉泛出苦澀，嘴唇被某種感情給蓋了過去，只有那雙眼睛依然帶著笑意。

「或許會有人招你做駙馬喔？只要不花心，就能順利躋身豪門。」

巴羅兩眼使勁瞪著義童，幾乎都快擠出眼淚來了，可愛的雙唇緊緊地抿成了一字形。

他撩起落在額上的瀏海，默默地看著義童。

「怎麼啦？玩笑話罷了。」

義童凌厲的眼神放緩下來，化開似地微笑。巴羅愛慕義童、一往情深的愛意，讓他如同歇斯底里的女人般激憤起來了。

「真像個女人。」

義童起身從書架取出一本厚書，回到椅子上，又再拿出厚厚一疊、裝訂成冊的紙，放到膝上。

「冰箱裡有馬丁尼吧？去看看吧。」

義童的心思有一半已沉浸在工作裡，這又刺激了巴羅。

「義童你自己才可疑吧？」

義童望向巴羅：

「你說植田夫人？唔，隨你怎麼想吧。你自己不是也有女人？那是哪一家的小姐？你一定不知道公車裡也有我的眼線吧？」

巴羅露出打從心底震驚的表情。

「原來你知道？……真過分。」

「那個小姐很可愛。」

義童微笑。巴羅嘔氣地躺了下去，眼珠子朝下睨著義童。

「是長得不差啦。」

「長相無可挑剔，不管從哪個角度看都很端正。」

「沒錯，這是她的優點。……但我只是個小混混，我跟她之間什麼也沒有。你的女人是個很厲害的富家太太吧？再說，也是她主動找上門的。」

「我也是啊。」

義童說。那張剛滿三十八歲、下巴到臉頰布滿刮過鬍子後的青色痕跡的臉，額上的雙眉忽然不耐地糾結起來。

巴羅改為趴姿，抽出壓在手肘下剪報用的剪刀，盯著它說：

「不過那個太太很厲害吧？」

「你想看看她本人？」

「嗯。」

巴羅轉向義童說。他眼尖地瞥見義童眉間的縱紋，心情已經好轉了。

「你明天到食品超市來看看。」

「你要去那裡買吃的？幾點的時候？」

「五點十五分左右好了。」

「好。」

巴羅輕輕拋起剪刀，靈巧地接住。

「你先安靜會兒吧。」

義童說，著手讀資料去了。穿著煙灰色毛巾料室內拖鞋的腳放在矮几上交疊，讀起膝上的一疊稿子。巴羅又翻起《*Life*》，忽然一骨碌爬起來，從書桌後面的邊櫃取出鑲金邊的橄欖綠威尼斯玻璃杯，再去冰箱取了馬丁尼，邊喝邊回長椅，也為義童端到他的唇邊去。義童連同巴羅的手按住，喝了一口放開，巴羅回到長椅，手肘支在椅面躺下來，以口就杯。

「上面的燈要關嗎？」

「嗯，不用。」

「Je te ordonné, asseoir ici.」（要過來這裡坐嗎？）

義童銳利地望向巴羅，背靠在書桌上，凝目注視著巴羅柔軟的身體線條，但微微地抬起了右手。巴羅瞥了義童一眼，發現矮几上的鉛筆，拋過去給他。

巴羅工作順利，偶爾也會送些小禮物給義童，巴羅與義童之間維持了一段和平愉快的日子。

進入八月以後，義童說要帶巴羅去北奧白的別墅。大學的暑期課程也會在那裡舉行。

東京車站裡擠滿了大批旅客，登山的年輕人和避暑客混雜其間，九點四十五分發車前往奧白的準急行列車天鵝號修長的鋼鐵胴體，正停靠在月台邊。其中一面車窗露出疑似義童的一張男子的臉。仰靠在座椅上的那張臉覆蓋著黑色鴨舌帽，但他似乎並沒有睡，而是以鴨舌帽來阻隔月台的喧囂。他的雙腳肆無忌憚地伸進對面座位底下，放在膝上的卡其色風衣露出暗綠色大格紋內裡，一只似乎裝了換洗衣物的文件袋及明治屋的包裝袋丟在座位上。八月三日這天，幾乎要把一切事物蒸熟的暑熱，讓僅著一件襯衫的義童的背部到胸口滲出汗水。下身是高級的黑色嗶嘰西褲，寬領結的灰色領帶與其說是繫上的，更像是穿過去交疊起來，垂掛在肩膀下方。他還沒看見應該會敏捷地跳上車來的巴羅。

義童原本說好這趟旅行要開車載巴羅去，但出發前夕，才想到車子容易引起注意。前往湘南地方的人，有許多都認識義童，他們每一個都開車，並且認得義童的黑色勞斯萊斯。這趟旅行，表面的目的地是拜訪九州的朋友佐山，這番說詞是為了牽制植田邦子。佐山是義童從中學就認識的摯友，對他完全毋需隱瞞，從旅行地點寫給夫人的信，只要裝在信封裡掛號寄給佐山，他便會代為轉寄給夫人。

義童才剛與植田夫人道別不久，感覺夫人那肥胖醜陋的軀體仍執迷且沉重地壓在頭頂上。一躺臥下來，那具軀體便在床上豐碩地壓將上來。兩隻乳房如發燒般發燙，乳頭及乳暈宛如紫紅色的樹莓；從心窩到腹部平緩的小丘，由於未曾生育而未見鬆弛，重疊上來的下肢形成深深的陰影，底下富有彈性的下腹部，隱藏著和義童已持續了兩年多的祕密。但這些到了最近卻有變化，夫人突然癡肥了起來，線條逐漸鬆垮，在義童認識巴羅以後，夫人更是魅力盡失。燈光下，如此的肢體在隱藏著倦怠的義童的眼下蠕動著；這些早已令他厭倦無比的場面，在嚐過還要兩個月才滿十九的巴羅那青澀柔嫩的樹木般清新的肉體後，更顯得逐漸散發出腐敗果實的氣味。這種狀況已經持續四個月了。散發腐敗氣味的果實皮膚內側，是時時刻刻都在熊熊燃燒的瘋狂猜疑與嫉妒。要與其對抗，只能搬出義童魔法般的魅力來壓制。義童在東上原中部一棟旅館住了三晚。這家旅館原本是某沒落上流家族的別墅，二戰剛結束的時候，幾乎每晚都有美軍將校的車子停駐在此處。義童為了避免被看出他的倦怠，對植田夫人說兩人已像是一對老夫老妻，言外之意是在暗示倦怠乃是理所當然之事。但他幾乎已經對全以演技應付的幽會感到厭倦了。

這時，巴羅那雙穿著白灰色牛仔褲的雙腳，以宛如遭人追趕的母鹿般的敏捷，奔上了八號月台黯淡的階梯。他的上身穿著可可色的夏威夷風襯衫，衣領敞開到幾乎看見心窩，底下露出黃金細鍊子。動作雖然迅捷，巴羅的態度卻顯得有些抗拒。今天巴羅並不願意早到。他依著義童放置的手帕記號，飛快地衝進車廂裡，同時發車的鈴聲響徹四下。

「你差點錯過火車。」

義童彷彿從沉思深淵醒來，眼睛射向站在那裡的巴羅。巴羅躲開那眼神，望著自己的胸口，亮澤的髮絲似乎剛經過洗滌，在額頭飄拂。因為趕著上車，淡黃的臉龐從耳朵到臉頰一帶染上紅暈，與柔和的可可亞色相映成輝，美麗極了，但垂視的眼睛和微翹的鼻子透露出他隱藏的不滿，淡紅的嘴唇也微噘地緊抿著。他把手伸向後腦，接著抹了抹人中旁邊。「就像有條紋的蛇的眼睛。」巴羅曾如此形容義童的眼睛。當自己理虧心虛的時候，那雙眼睛便教人害怕極了。但巴羅實在是壓抑不了對取消開車前往的不滿，所以他才不願早到。他也清楚義童早已識破他這種心理，畢竟垂首消沉的眼神裡藏有著演技。義童深諳這一點，態度放軟了：

「風衣呢？」

「忘了。」

巴羅在義童對面坐下來，手再次伸向後腦，望向窗外。義童心口灼熱的情感流入了巴羅低溫的心臟。

「因為……」

巴羅說到一半，淚水冷不防奪眶而出。義童笑了。巴羅注意到了，淚光閃閃的眼睛也笑了。略帶灰色的黑色眼睛微笑，玫瑰紅的唇間露出白齒，義童的心胸湧出歡喜。列車無聲無息地奔馳著。似乎起風了。

「這是那個吧？」

「嗯。」

巴羅打開明治屋的紙包，取出糕點盒，裡面是包杏仁的巧克力。他靠在椅背上，將巧克力放入口中。又取了一顆，以眼神詢問，義童搖搖頭。

「酒吧正在營業吧？」義童問。

「要去嗎？你應該渴了吧？」

「現在還好。」

「喝威士忌嗎？」

「嗯。」

義童從窗邊挺直身體，點燃菸捲，接著靠到椅背上，以完全擺脫倦怠的表情看著巴羅。巴羅望著黑暗中仍零星可見的市街燈火，好似在享受列車的晃動，但下一秒便脫了鞋，將穿著黑薄襪的腳放到座椅上，抱住立起的膝蓋，接著又伸長了雙腿，撐在車窗底下，又彎折起來，人靠在椅背上（好像帶了隻小猴子）。義童內心莞爾。坐立不安地躁動了一陣之後，巴羅規矩地坐好，與義童面對面。他叼起義童遞給他的菸，朝車窗一瞥，目光又嬌憨地回到義童的眼睛上，將菸捲塞回他的嘴裡。

「東京車站有賣菲利普莫里斯嗎？」

義童摸了摸長褲口袋，將一盒未拆封的菲利普莫里斯菸丟到巴羅腿上。

「從植田家拿來的……你看到她了吧？」

「嗯，身材好有份量。不過好像有點可憐……義童太厲害了。那時候她彎著腰在看貨架。」

「你演技很好呢。」

「深藏不露對吧？我在旁邊觀察。你不是去看後面的貨架嗎？夫人往這邊看，所以她那張臉我看得一清二楚。你是故意離開的吧？……她很愛你呢。」

巴羅說著，眼中帶有幾許刁難的神色。義童覺得有趣地笑著。巴羅白他一眼，從義童口中一把搶過菸捲，扔到車窗外。穿越夜黑的列車震動聲中，巴羅與義童的幸福感靜靜地高昂起來。

不久後，列車駛入奧白站內。奧白站一片幽暗，散發著灰泥的氣味，大鐘盤面的指針停在十一點五十分，分外顯眼。巴羅一下子就跑進黑暗當中，但看見義童對著大型計程車指著車站，便也迅速跳進車子裡。司機看見抱著風衣、灰色寬幅領帶在風中飄動的義童，露出遇到熟人的眼神，在駕駛座頷首致意。車子在風中開了老半天。夜黑中開始聽見海浪聲不久，車子便放慢速度，艱難地爬上沙丘。前方出現一幢建築物，外形宛如展開翅膀的大鳥。巴羅坐不住，直起身來，兩眼發亮地盯著建築物。

「就是那裡？」

「對……到這裡就好。」

義童掏出三、四枚銅板遞給司機，跟在跳下車的巴羅身後，踩上沙地。義童靈巧地轉動鑰匙，發出流暢的聲響，就連這聲音都讓巴羅怦然不已。他雙手插在褲袋裡，吸了滿腔的海潮香，低低地吹著口哨。

穿過寬闊的大廳，走上螺旋階梯，義童再次以鑰匙打開深處的房門入內，開啟空調開關，流暢地穿過椅子、腳凳、桌子之間，在深處一隅沿牆設置的固定式皮革長沙發坐下，伸長了雙腿，伸手摸索一旁的牆壁。牆壁只有一角呈明亮的橙色。巴羅仰望陰暗的壁畫，踩著柔軟的步伐繞過桌子，探頭看有熱帶魚游動的大水族箱。

「你看沙上。」

「啊，有山椒魚……」

「角落有冰箱，拿威士忌過來吧。你想喝馬丁尼吧？」

「在火車上沒喝到。」

「杯子在那邊的餐具櫃裡。」

巴羅以銀色托盤端了酒杯、冰桶和霧白色的威士忌酒瓶過來。

「馬丁尼呢？」

「我也喝威士忌。」

義童和巴羅個別斟了酒，交換酒杯，喝了起來。

「那道門出去是陽台吧？我想看。」

「先休息一會吧。」

義童眼睛深處湛著光，目光落在巴羅的頸脖上，巴羅一回頭，義童便抓住他的肩膀，摟進胸懷裡。冰塊自然地溶化滾動，相觸的聲音在一片靜默之中響起。

隔天早上巴羅下了床，穿過昨晚的大廳，興沖沖地從帶來的一串鑰匙當中，挑出一支開了門，跑出陽台。放眼望去盡是沙丘，昨晚的風吹出來的皺褶，形成纖細的波浪紋路，盡頭處，白色的浪頭平緩地反覆起伏。露天陽台可見不規則的石頭間冒出雜草，上面只擺了造型簡單的法國風鑄鐵桌椅。百葉門外的角落邊，龍舌蘭探出厚實的尖葉。巴羅上身倚在扶手上，瞭望大海片刻。昨晚進入臥室以後，義童問：「看到山椒魚，你有沒有想到什麼？」巴羅被問了個出其不意，答不出話來。義童面露揶揄地笑，眼中卻閃動著某種光芒。看到山椒魚的時候，巴羅確實想起了那名黑色男子，但他沒有說出來。因為義童半帶揶揄的口吻總有些執拗，巴羅已經疲於像魚一樣閃躲了。如果你真的不覺得有什麼，大可以說出來啊？義童這麼說，責怪巴羅。義童正要收起話中的利針時，巴羅說了：「你不可能真心對我動氣，對吧？」這滿懷篤定、天真而赤誠的甜言蜜語，讓義童徹底投降，並在心中點燃了新的火苗。但此時義童已經知道巴羅由於認識了他，培養出對他這類男人的嗅覺，即使對黑色男子不感興趣，應該也懷有幾分敬慕，這一點刺激了義童。巴羅沉浸在言歸於好後的甜蜜回想和疲倦當中，處在好似被掌握在巨掌中的幸福感裡。

不久後，義童出來說：

「我們去海邊吧。」

等巴羅沖完澡後，義童脫到只剩一件黑褲，和巴羅一起從一樓大廳朝沙丘開放的門跑向沙灘。兩人拉開約一肩遠的距離，伸手似要牽住彼此，又似觸非觸地分開來，對著天空朗聲大笑，朝向大海直奔而去。掛在脖子上的毛巾，巴羅的是白底鑲深紅色塊及黑紋花樣，義童的則是搶眼的黃。

在義童的別墅待了三天後，義童依著巴羅的要求，住進海岸的飯店。義童認為住飯店太危險，卻拗不過巴羅的撒嬌。飯店整個一樓連著長長的陽台，底下不到半町之遠就是海灘。蕈菇般的一群海灘傘，在熾烈的豔陽下反射著光線，形成海灣的大海散發著淡光，如泳池般靜謐。義童得開始工作，因此巴羅一個人出來，游了一趟之後，縱身躺在形似甲板椅的布躺椅上，刺眼地蹙起雙眉，堆積著情事餘韻的嘴唇神氣地抿起，望著大海。深褐色的夏威夷風絲質襯衫沒有扣上，袒露胸膛，雙腳慵懶地呈八字形伸展。那條白金墜飾鍊子在黑亮的胸上幽幽地反著光。巴羅覺得似乎有人在看他而在意起來，回頭仰望二樓房間，順帶飛快地四下掃視，卻沒有發現任何人。應該在陽台的義童卻不見人影，只餘徒然反射著白光的陽台。巴羅將視線移回大海，垂下的右手撈著沙子把玩著。他浸淫在與義童共處的時光，夜晚的記憶讓他的面龐顯得蒼白，雙眼圓睜，唇角緊抿，幾乎在臉頰擠出深窩，怔怔地看著虛空。義童不知道什麼時候過來了，躺在躺椅腳邊，手肘撐地，將漆黑豐盈的頭髮及後頸對著這裡。巴羅伸出女人般纖細的手，想要勾住義童的脖子，義童輕輕撥開，躺了下來。洋溢著倦怠與好色的大眼貫注在巴羅身上，就彷彿直搗他的心底。巴羅羞澀地垂下目光，掬起沙子灑到義童胸上。

義童忽然起身，一骨碌站了起來。

「工作沒什麼進展。太熱了，去喝點什麼吧。」

「嗯。」

巴羅像蚱蜢般跳起，修長的腳踢開沙子跑了出去。他是要去洗臉，並披件衣服。義童一手插腰，悠然尾隨上去。人潮混雜之中，一張極黝黑的面龐轉過來目送著兩人。是那名男子。他的膚色令人懷疑是否摻雜了黑人的血統。黑色男子勾勒著一圈陰影的雙眼，對著似乎比自己年輕近十歲的義童那油亮的胸膛凹處的胸毛，以及第一次看到的巴羅那緊實毫無贅肉、如魚般敏捷的身體，一瞬間放射出近似憎惡的目光，但最後又將義童那意識著優越感的傲慢臉龐，吞進了苦澀的微笑之中。

入夜後的餐廳裡，巴羅終於發現了黑色男子。

「你發現了嗎？義童。他在看我們。」

巴羅迅速地從黑色男子臉上別開目光說。

「他想看，就讓他看個夠。明天回去沙丘的別墅吧。」

「明天開始要上課了呢。雖然只有下午……」

巴羅不滿地說著，用叉子將要求整瓶送上桌的魚子醬送入口中，但同時心中充滿了以義童為傲的心情。（義童性感多了，而且beau（俊美）。那個黑色的傢伙肯定沒有義童這麼好。）

「他一點都不beau。」

巴羅說，望向義童，但義童的眼睛盯著黑色男子，放下叉子，右手撫摸著白葡萄酒杯。自信十足的眼神滿含無限的魅力，染上肉慾色彩的嘴唇神氣地揚起，彷彿正與對方進行一場無聲的決鬥。其中又加入了巴羅尖削的稚嫩臉龐，美麗的雙眼其中一邊，眉毛微微挑起，好似正誇張地表現出他的不以為意，那是傲慢的、美麗的藝妓常有的神情。確定向黑色男子充分示威之後，兩人對望，親密地開始用餐。義童替巴羅的麵包抹上魚子醬，巴羅把冰上的哈密瓜叉給義童，交換冷凍葡萄。吃掉一半的果實時，有個女孩步下階梯而來，水藍色的上衣沒有紮進去，放在深藍色的褲裙外，是個面容清麗、神情聰慧的女孩。義童看見巴羅的視線，也跟著回頭。

「真是巧啊。」義童說。

「……抱歉。」巴羅說。

「不礙事。」

原來是巴羅在羅森斯坦旁邊的「莫納」認識的梨枝。梨枝走到樓梯一半就注意到巴羅，小巧的臉蛋綻放出一口白亮的牙齒。她向樓梯上方的同伴揮揮手說了什麼，看到義童，略為遲疑了一下，但還是跑近巴羅和義童的桌邊。兩、三名少女下樓來，向義童和巴羅的桌位瞥了一眼，走向階梯另一邊的座位。巴羅拉了把椅子到兩人中間，看著義童，為兩人介紹：「吉許老師，這位是梨枝小姐。」梨枝看到義童，羞紅了臉，手在桌底下摸到巴羅的手，捏了他的手背一把。

「我和朋友來親戚家。我有寫明信片給你。……」

「這樣啊。我臨時要幫忙老師的翻譯工作，不好意思。我也有寫明信片給妳。」

義童叫來服務生，詢問梨枝愛吃什麼，替她點菜。

梨枝和巴羅已經在飯店幽會過幾次，這是因為巴羅不符合結婚的條件，兩人才發展成這種關係，梨枝是所謂的大家閨秀。巴羅原本就老練世故，卻巧妙地隱瞞這一點，再逐步揭露本性，因此梨枝對他愛得死心塌地，心中早已決定非他莫屬了。巴羅在本性上還是個孩子，因此儘管有些內疚，卻仍被梨枝如小媽媽般溫柔的愛情所打動。餐點送上來後，梨枝開始用餐，看到巴羅愛吃的東西，便切成小塊叉了送進巴羅口中。義童淺啜著吩咐侍者送來的威士忌，將巴羅這副模樣全看在眼裡，偶爾露出安撫般的微笑。梨枝忽然望向義童說：

「現在是大學暑期班的時期吧？」

「對，明天開始。」義童應道。「妳有親戚住在這附近？」

「對，延覺寺旁邊。」

梨枝的眼睛回到巴羅身上時，巴羅正在用餐巾擦嘴，但那雙眼睛看著別處，浮現不良青年的冷漠。

　　風扇的聲音慵懶地作響，巴羅杯中的冰塊溶化後，露出光滑的一面。一股看不見的情緒忽然籠罩了梨枝。這是源自於何處的感情？一股奇妙、蕭瑟的情緒，即便是與巴羅愉快進餐的期間，仍無孔不入地鑽了進來。這股冷風般的情緒來得無端，將自己連同這張餐桌團團包圍了。這時，義童起身對巴羅說：

　　「那我去訂房間。門禁是九點喔。」

　　說完後，義童便離開餐廳了。巴羅對梨枝說：

　　「老師說會替我另外訂一間房。妳要過來嗎？來嘛。」

　　是巴羅一如往常的柔情眼神。我是在做夢嗎？梨枝在不可解的情緒籠罩下，對巴羅清澈魅惑的眼睛看得入神，點了點頭。她的下巴布滿了柔嫩的汗毛。巴羅的手疊在梨枝怔怔地握著刀子的手上。這份空漠，梨枝總覺得和直到剛才都坐在巴羅對面的吉許有關。那名一個眼神便享盡所有崇拜的出色男子，看著她的目光中藏有詭祕的情感，總讓她掛意。梨枝幾乎沒有看他那裡，但不自覺地映入眼簾的吉許那有如凱撒般英勇的臉龐、魁梧的胴體中伸出的粗頸，以及漆黑的頭髮，這種種在她與巴羅的快樂時光中注入了某些事物，伴隨著風扇的低吟聲，讓梨枝有些害怕起來。巴羅感覺這張明亮的餐桌不容分說地照亮了自己殘酷的立場，這是過去他與梨枝在一起時完全沒有意識到的，同時他也覺得就這樣打發梨枝回去太可憐了，或者說萬一被她發現什麼蛛絲馬跡就糟糕了。他確實有這種利己、不可解的想法，並感覺義童亦有這個想法。對於傷害梨枝純潔無垢的心，他也感到虧欠。巴羅將混亂的思緒強壓在細長睫毛的迷濛雙眼中，輕按地握住梨枝的手。

一進入房間，巴羅立刻回身，手中傳出扣上門鎖的輕響。

「敬里，我不要。」

「為什麼？妳在生什麼氣？」

「我沒有。」

「那為什麼不要？」

巴羅拉著梨枝的手倒向長椅，梨枝趴臥在巴羅身上，但又爬了起來，微弱地反抗著，在長椅邊緣坐下來，依偎著巴羅。巴羅執起她的手。

他目不轉睛地注視著梨枝的眼睛。

「我說，敬里，吉許先生是不是知道什麼？」

「知道什麼？」

「你的事。你跟別的女人……他怎麼會一下子就替你訂房間……」

「吉許老師跟我們的事無關。……我的事他大概都知道啦。我幫忙他的工作，但我大學只讀了一年，所以他教了我很多事。吉許老師會訂房間，是因為他要工作，沒空跟我們應酬。別在那裡瞎操心了，妳就是心眼太多。」

「可是……」

梨枝停下試圖掙脫巴羅的手的動作，以深邃的眼神看著他。

「我做錯什麼了嗎？」巴羅問著。

他的雙眼由於深底隱藏著罪惡意識，因而散發出更加魅人的光輝，望著那雙眼睛，梨枝忽地整個人酥軟了。與她總是手牽著手走在路上的巴羅，那溫柔的手越發使勁，梨枝任由他一扯，頹倒在他的胸懷裡。巴羅那雙熟悉的寶石般帶灰色的漆黑雙眼，將梨枝深處泛著青澀的心胸化成了沒有思考能力、沒有悲哀，甚至沒有喜樂的空無。面容如壁畫天使般的巴羅，雙手解開白色襯衣的釦子。二十歲恰似春花吐豔的肉體，在巴羅的擺弄下，如暴風雨中的玫瑰般嘆息；羞赧難耐的時光過去後，梨枝把臉伏在長椅上。纏繞著濕髮的細頸偎在布滿汗珠的渾圓肩頭之間，上方的巴羅垂眼注視著她，那孩子氣的臉龐讓人不敢相信方才那火熱的一刻，僅有唇角隱約上揚，透露出幾許情慾的痕跡。梨枝忽然撐起上半身，眼中射出銳利的光芒；然而刺探巴羅的視線，卻又再次敗在巴羅以幾分演技隱藏的天真眼神和溫柔擁抱之下，這對如保羅與維珍妮般[9]不斷地對彼此發誓著永恆，宛如夢囈，再次如同一對愛情的塑像，片刻也不分離。

同一時刻，一個人在房間查資料的義童起身撳了叫人鈴，要侍者送來威士忌和冰塊。他在以某種白色塗料印上「卡巴拉飯店」字樣的杯中放入冰塊，注入酒液，端至唇邊，那雙眼睛忽然暗光一閃。這暗光並非源自於巴羅與梨枝熱戀的一刻。這一點很快就清楚了。義童沒有去地下室的酒吧，而是叫人送酒上來，都是為了避免和黑色男子狹路相逢。因為偏深黃的淡褐色毛皮上分布著焦褐色斑點的花豹，與黑得發亮的黑豹，會在卡巴拉飯店的一室，或是昏暗酒吧的角落，在沉重的緘默中展開生死鬥。即使看不到，義童也知道，巴羅將半邊臉偎在稚嫩少女如水蜜桃般的肩頭與細頸形成的深谷時，那雙眼睛也對著樓上的

9 譯註：《保羅與維珍妮》（*Paul et Virginie*）是雅克—亨利．伯納丁．德．聖—皮埃爾（Jacques-Henri Bernardin de Saint-Pierre）於一七八七年發表的小說，以模里西斯島為舞台，描寫大自然與純愛。在日本有許多譯本，廣受閱讀。

自己，投射出天使般無辜的思慕。義童的心思分成了兩邊，被巴羅汗濕柔韌的肉體，以及黑色男子眼底悶燒的情感這兩者所拉扯著。

　　這天夜晚的床上，巴羅的臂膀溫柔地勾住義童的脖子，柔情地捧住他的臉，以一邊臉頰蹭上他的臉頰，那可愛的模樣委實惹人憐愛，用不著說，義童以發誓永恆之愛的力道，輕憐蜜愛地環住了巴羅彈力十足的背部。盛夏無花果樹的濃蔭底下，溫柔的小蛇收起了其金黃色的幽光。

　　義童出門上課期間，巴羅一個人待在山丘上的屋子，但由於百無聊賴，他心情有些不好，甚至興起了想邀梨枝出門的念頭，然而憚於黑色男子，他連海邊也不能去。巴羅咂了一下舌頭，將義童珍視的德製剪報剪刀，藏在陽台旁邊的石牆凹處，或是將義童剛動筆、寫得十分起勁的部分散文手稿，塞進床鋪的被褥間。義童就像個已婚的副教授，在山丘上的家與奧白車站附近的高中之間規律往返了三天，到了九州之旅該結束的時期，義童與巴羅再次搭乘夜車回到了東京。巴羅俊美的相貌受到青睞，現在在羅森斯坦的咖啡廳當侍者，加上他因在義童那裡幫忙，因此請假起來頗為容易。

巴羅浸淫在義童的愛情當中，深沉、安穩地呼吸著，除了微不足道的一點不滿，他的日子宛如浸淫在幸福的鐘聲裡。巴羅在北澤町的住處模糊的鏡子，再次倒映出主人的眼眸，不論是早、午，或是傍晚，兩隻眼睛皆散發出比旅行前更為冷豔的火焰，在鏡中閃爍著帶紫羅蘭色的光彩。義童買來的許多熱帶植物在旅行期間變得委靡不振，巴羅僅著薄襯衫和室外鞋，早晚穿梭在它們之間澆水，那身影之惹人憐愛，幾乎令人心痛。與義童的幽會，每隔兩日或三日，在午後的陽光或夜晚的燈火下持續著。巴羅的情感愈來愈深地纏繞在義童的心上，以蔓草纏繞樹幹、暗夜般的愛情形態，在秋涼的每一天之中，讓義童的心更不可自拔地陷入深淵。

植田夫人四十八歲的肉體已經步入了女人的斜陽時刻。盤踞在這具肉體中日漸慘澹、不斷地催逼著她的煩躁，究竟是對不知不覺間開始冷落她的義童有著閨怨，還是對失去女人水嫩樣貌而憎恨？夫人岌岌可危地走在兩者的境界線上。這份失落帶著一種正確的格律，每分每秒確實地侵蝕著她。就宛如夫人深愛的科爾托[10]的鋼琴演奏那般確切，甚至是美麗的。面對有蘋果枝條雕刻的生鏽金色大鏡子，如夫人殘影般的年輕姿色，分分秒秒越過夜晚這片黑色湖泊，緩緩行過明亮閃耀的每一個白晝，自夫人全身的每一個角落脫落。夫人原本以她纖細如鞭的肉體為傲，如今每一處卻都長出了贅肉，散發出醜陋的腐肉氣息。現在夫人出浴之後，已不願再佇足於鏡前了。

義童是夫人最後一個男人。夫人為了力保年輕，不分晝夜，試盡各種美容手段，然而開始變得醜陋肥胖的肉體仍激起年輕的義童輕微的嫌惡。這讓夫人感到萬箭穿心，在需要更多技巧的夜晚，或是午後的狂亂之中，夫人豎起也繃緊著全副神經。短短一年前，義童看著她的胸脯仍熱情如火。鮮活的近期記憶裡，義童那熱烈的愛撫，告訴她過去一切的情事，不過是過眼雲煙。現在的義童眼中，有著夫人不願看清，卻又非認清不可的濃濃倦怠。不久前的過去，那曾撩起激烈的情慾和歡喜的義童的後頸以及他油亮的厚實胸膛，現在卻勾起了夫人的憎恨，並化成了各種酸言酸語，自夫人的唇間發出。然而這些話完全撼動不了義童雄壯的側臉與粗頸。不僅無法撼動，看起來甚至全數被反彈回來。義童巧妙地

10 譯註：阿爾弗雷．科爾托（Alfred Denis Cortot，一八七七—一九六二），法國鋼琴家及指揮家。

隱藏冷卻的愛情，但夫人讀出他的眼神深處近來隱藏著某人的身影。義童矢口否認另有新歡，他的否認具備堅定的自信。夫人以不出臆測範圍的尖銳言詞盤問他的新歡，但這些射出去的利箭全數落空了。嫉妒攻心的夫人想像起虛構的對象，某次不意之間，曾在食品超市看見的美貌青年的臉，浮現她的腦海。那張驚鴻一瞥、如夢似幻的巴羅的臉，怎麼會浮出夫人的腦海？年輕時候，夫人有著一張纖細的臉蛋，與巴羅有幾分神似。原本纖細緊緻的面龐日漸鬆垮軟塌，現在已成了夫人生平最為痛恨的中年婦女臃腫的臉。夫人對過往容姿的鄉愁，讓她把驚鴻一瞥的巴羅的臉和想像中的女人，連結在一起了。

但是對夫人而言，義童的新歡已無關緊要，那只是一種近似模糊倦怠的感情。占據夫人心頭的，是粉白黛綠的青春的喪失，以及闖入她與義童的恩愛之間、如帶刺的軟布拂過般的痛楚，即使說夫人的全副心神都被對義童的憎恨所支配亦不為過。已然單純淪為慣性的狂亂雲雨之中，夫人啃咬著義童手指、老貓般的牙，已不再是愛情之牙，而是銳利的憎恨之牙。夫人執著於不願放棄義童的肉體，因臃腫而變成單層的眼皮底下散發出陰惻惻的光，那眼中的執著從一開始就令人無法忽略，讓義童感覺到宛如在病狗眼前晃動生肉的殘忍，連早已熟悉愛情殘忍的他，都不禁為之心驚肉跳。

每一個時期，義童身邊總有著沒定性的美貌年輕男子相伴，巴羅是其中最稚嫩、纖細、敏捷的一個。那宛如英國男子與法國女子混血般的美貌，讓義童湧出片刻不願分離的執著，同時巴羅無辜的惡德及狡猾的特質，也為義童帶來玫瑰刺般柔韌的刺痛。巴羅就像玫瑰莖上最先冒出頭的淡紅色尖刺，義童如是想。他是個壞東西，帶有毒性卻毫不自知。是有毒的小罌粟花，把我變成這副模樣。他是大麻。雖然沒有查過族譜，但巴羅應該帶有歐洲人的血統。那甲蟲般漆黑的瞳眸裡的灰色，不是日本人會有的顏色。義童一個人在房間裡，為原本想藉此與夫人一刀兩斷的巴黎之行因大學事務而稍微延期，感到煩躁不堪，這時他想起了童稚美麗的巴羅。夫人的執著讓義童感到危險。植田夫人不知怎地隱約察覺了義童陷溺於巴羅的心，無庸置疑地，這使得夫人被不肯放棄的執拗火焰所焚燒，在異常的憎惡煎熬中痛苦翻滾。

同一時刻，巴羅正走在羅森斯坦的工廠附近。與義童共度的奢侈夏日、讓義童寵愛的種種華麗的場所、事物與食物，這些更進一步侵蝕了生性怠惰的巴羅，義童也愈來愈驕縱，讓巴羅今天也翹了班，流連於「茉莉」或跑去打柏青哥，隨意遊蕩。但他受不了肉體的疲憊慵懶，衝動之下去公共澡堂泡了澡，才剛離開那裡而已，白色絲質夏威夷衫罩在深灰色牛仔褲上，他用和擦身體的毛巾成套的淡青色濕毛巾抹著脖子，只搽了髮膏的頭髮任意披散，赤腳趿著拖鞋。今天義童應該會打電話來。光想到這件事，巴羅就如同少女般心花怒放起來。巴羅頂著一頭濕髮，眨著與光鏡相閃爍的灰黑色眼眸，經過羅森斯坦前面，抬頭望向圍牆裡熟悉的櫟樹枝椏。他想著義童送給他、才剛開瓶的香水在鏡前熠熠生輝的檸檬黃液體，快步趕往公寓，這時忽然感覺有人，回頭望向身後。

梨枝就站在那裡，彷彿憑空冒出來一般。巴羅一個措手不及，暴露出絕不會讓梨枝看到的狼狽糗態，正覺懊惱，結果反而膽大起來，擺出道貌岸然的神態，傲視著梨枝的臉。梨枝神情僵硬，看起來莫名蒼老。

「嚇了我一跳……怎麼了？」

第一次看見巴羅甫出浴的美貌，宛如在翠綠的樹木中散發清香的涼風，梨枝忽地一陣欲醉，下一秒又變回蒼白的臉色。她表情怯懦，看似立下決心要來和巴羅攤牌。

「我住的地方就在附近，要來嗎？不過很亂。」

梨枝受牽引似地點了點頭，走近巴羅。

「妳怎麼了？上星期真抱歉，法文打工突然改期了。我後天會過去……」

「沒關係。」

梨枝聲氣微弱地說，並肩走了出去。巴羅明知道提起義童只會搞砸結果，卻刻意要提。他正打算慢慢疏遠梨枝。與梨枝的相處，讓已經徹底迷戀上義童的巴羅感到無趣極了。但他也覺得帶梨枝去自己的住處未免殘忍。畢竟房間裡有許多義童送給他的東西、義童自己的東西，以及與義童共用的東西，義童對他生活上的援助有哪些，也是一目瞭然——即便梨枝對此應該是遲鈍的。就連被梨枝嚇了一跳、正覺得氣憤的巴羅，亦覺得這有些過分了。

「我們去哪裡坐一坐吧。」

巴羅放柔了嗓音說。

「要去哪裡？」

兩人走在通往公車路線、兩側是寺院與住宅的小路上。陽光穿透枝葉傾灑，在石磚道射下向晚的紅，描繪出細碎的斑點。

「去吉許老師家一下吧。我開車載妳。」

梨枝並未把義童視為巴羅的戀人，但認為義童與巴羅的親密，以及義童這個人的背後，隱藏著巴羅的某些祕密。梨枝昨天立下決心，要查出這個祕密究竟是什麼。

「去吉許先生家？」

「只是去開他的車。那，妳去卡美歐等我，我開了車過去。」

「我跟你去。」

巴羅搭在梨枝肩上的手一度垂下，隨即又抬起來柔柔地扣住梨枝的下巴。巴羅俯視的臉，以通透的綠葉樹梢為背景覆蓋上來。梨枝如靈敏小蛇的眼睛，敏銳地窺探巴羅的眼眸，但巴羅細長睫毛半垂的惺松大眼的深處，只是充滿了誘人陶醉之物。聽見車聲靠近，兩人分開雙唇，巴羅說：

「真的就像吉許老師說的，在東京的街上親吻，簡直就像在警察四處巡邏的地方當扒手。」

不快再次擴散在梨枝的心胸。聽到巴羅提起吉許這個人，漸漸地讓梨枝感到不舒服。在奧白巧遇之後，接下來的幾次幽會，巴羅對她幾乎是低聲臣服的，那態度讓梨枝無比地滿足，卻也反過來讓她不安，理由她心知肚明。兩人經過以前去過的巴羅的公寓，再過去兩町左右的地方，有一幢附車庫的奢豪木造房屋，屋後似乎有庭院或陽台。巴羅打開車庫鎖，跳上駕駛座，開出車子，讓梨枝坐上副駕駛座，車子無聲無息地駛過住宅區的石磚路，開上公車路線，以宛如黑甲蟲般的車體，睥睨群車地稱霸所到之處（這台車好像義童）。巴羅想。剛才巴羅見到梨枝那副模樣，察覺到她的不安，害怕與她面對面談話，才開車載她；但梨枝說要去卡美歐，巴羅只好把車停在高蒙電影宮所在的馬路拐進巷弄的轉角處，推開模仿義大利浮雕寶石的大招牌底下的小門入內。現在這時間，義童不可能來光顧。但萬一義童在，就得向他使眼色，通知現在的梨枝埋藏著某些危險要素。

巴羅挑了角落的桌子，讓到一旁，想要和梨枝並坐，但梨枝在他的對面坐下來，目光對準了他。巴羅的臉上有著隱藏的不安。有著做了壞事、面對母親的少年的心虛。梨枝的眼中，母親的奶香和女人的憎恨彼此激盪著，令巴羅畏縮。梨枝突然發難了：

「我遇到一個奇怪的夫人。」

（植田夫人什麼時候看見義童和我在一起了？又是在哪裡看到我和梨枝在一起？）巴羅倉皇地眨眼，眼神陰沉地望著梨枝。

「敬里，告訴我實話。……你認識那個厲害的夫人對吧？」

（如果夫人看見我和義童，還有梨枝和我……她那樣火眼金睛，肯定已經看透一切了……）對義童安危的擔憂化作烏雲，在巴羅的心胸擴散開來。

「什麼夫人？妳在說什麼？」

「得了，你明知道我在說誰。」

「我是真的不懂……」

「那個夫人認識你。說你常去吉許先生家裡。」

巴羅的腦袋飛快地轉動。

「啊，可能是吉許老師母親的朋友。……她曾經對我示好，跑到吉許老師家想要找我。但我不可能喜歡上那種老女人……妳說是吧？」

「你騙人。」

「怎麼會？我怎麼可能騙妳？我請吉許老師別讓她去家裡，所以她才惱羞成怒吧。」

「騙人。從夫人的表情，可以看出你們兩個有多親近。敬里，你以為我有那麼傻嗎？」

（可惡的植田夫人。）巴羅怒目，面色鐵青。分秒必爭，得快點和義童商量才行。這時，圓形吧台角落的電話刺耳地響了起來。鈴聲愈響，巴羅的悸動也隨之愈強，幾乎可以聽見怦怦心跳聲了。酒保以眼神示意，巴羅跑了過去，同時感覺梨枝悲傷的眼神緊貼在背後。

「吉許老師？……有事嗎？對，我把車子開出來了。好的。」

「你要去哪？」

「吉許老師說要用車，去跟出版社的人見面。我馬上回來，妳在這裡等我，我真的去去就回。」

巴羅毛躁不安地看梨枝。梨枝默默起身。

「別走！」

梨枝已跑向出口。巴羅留給酒保一句「我馬上就回來」，追了上去。

巴羅上了車，雙手扶在方向盤上，就這樣靜靜地把頭抵在上面。這時陷入憤怒與哀切的梨枝，看著那樣的他。巴羅的腳踩上油門，任由臉伏在抓住方向盤的手臂上，彷彿敬拜一般，然後大大地、緩慢地轉動起來。如甲蟲般閃亮的車體丟下梨枝低沉而細微的喊叫，轉瞬間便遠離了綠意盎然的街道。

有些陷入錯亂的植田夫人開始打開車窗，開車在義童會經過的駒場附近和北澤町的義童家一帶繞來繞去。義童和巴羅這兩條魚彷彿躲避著夫人撒下的網，一次都不曾現身，但梨枝和巴羅碰面的十天前，夫人的車正從駒場開往銀座，經過澀谷的葵坂時，她銳利的眼睛捕捉到正從通往高蒙電影宮的大馬路走來的兩人身影。此時夫人當下便認出義童身邊的，就是先前食品超市的那名青年，發現自己中了圈套。當時只是驚鴻一瞥，青年的態度也沒有特別古怪，但三天後，夫人為了準備贈禮，必須前往銀座的和光百貨，買完東西走出來時，看見巴羅和梨枝站在外頭的馬路旁。

這是植田夫人頭一回清楚地看見巴羅。夫人的眼睛沒有放過巴羅那充分帶有女性成分的某種氣質，以及看似躍動的魚般敏捷的肢體，與此同時，她亦明確地看出與梨枝在一起的巴羅總有些意興闌珊，彷彿裱框畫裡的戀人，缺乏如玻璃般堅硬的執著。和女人在一起的這名青年，幾乎感覺不到一絲情色的氣味。巴羅搭著梨枝的肩膀，正要攔車，眼神不經意地瞥向夫人所在之處；目睹那雙彷彿散發紫色光芒、如寶石般美麗的眼睛，夫人一陣天旋地轉，全身血液直衝腦門，好似從耳後燒起來一般，下一秒又如墜冰窟，冷得哆嗦。夫人失魂落魄的視野，映入巴羅與梨枝攔車坐上去的一幕。夫人額際的皺紋，以及左右兩鬢形狀優美、梳理成宛如能彈奏出纖柔音色的樂器絲弦，但卻光澤盡失的染黑頭髮，在在展現出老態；這樣的夫人踩著病人般的步伐，舉步維艱地走向停車場的車子。

「擔心又能如何？沒事的。我會應付得很好，你就甭瞎操心了，好嗎？」

「嗯。」

在義童常去的飯店裡，兩人情事之後，巴羅躺臥在床上。義童的狂熱，以及深藏在他厚實胸膛裡對自己的溫暖情愛，讓巴羅有如嫩葡萄般的雙眼洋溢著滿足，但深底泛著些許苦澀，眼睛底下，還有年輕的臉頰，都因為光線的關係而顯得有些浮腫，稚嫩的唇周也帶有苦惱的痕跡。片刻之間，巴羅以藏著不安的撒嬌雙眼注視著義童，隨即又垂下目光，在細長睫毛底下沉思著什麼。冷不防地，巴羅睜大了雙眼瞪著義童。眼周散發出酒醉般的淡紅：

「我不要變老。我情願死掉……」

「說什麼傻話？」

義童撐起上半身，抬起檯燈燈罩。

「好刺眼……關掉啦。」

巴羅以裸臂遮擋眼睛，翻身背對他。義童的手繞住他的纖頸。

「如果義童把我殺掉就好了。……你現在處境危險。」

「怎麼又歇斯底里起來了？好端端的，說什麼殺不殺的。我們怎麼可能拋下彼此？我們的社會，唯一的優點就是治安良好……。別說了，後天你會來吧？」

「嗯，一定會。」

巴羅扭身翻過來，雙手捉住義童的手，親吻他的掌心。

這天晚上，椿山莊舉辦了義童的散文集《葡萄祭》的出版紀念會。彎曲的小橋、大片的假山都已沉浸在夜黑之中，但宴會場上一片燈火通明。開場之後已經過了許久，休息室裡香菸煙霧繚繞，人聲鼎沸，談笑聲不絕。巴羅一個人坐在角落的長椅上，他的美貌足以吸引人們的關注。

巴羅悄悄地瞄了一眼手錶，仰望天花板。

這天早上，巴羅去了義童的住處。他們說好要聯袂出席。九月的金色燦陽灑在雨後的屋後陽台，很快地即將抹去石板窪處的濕意，以及籬笆旁灌木叢下的水色。微風徐來，清爽的色彩充斥著義童的起居間和陽台。半濕的石楠杜鵑花、瑞香、三葉草等簇簇綠葉不時微微顫動。三把白漆鐵椅，以及相同樣式的細腳厚玻璃桌近乎刺眼地反著光。桌上放著兩只用完咖啡後的早茶杯及奶壺，是義童愛用的巴黎製藍色杯子。巴羅從屋後木門跑進陽台，雙手在身前捏著白色鴨舌帽，站得直挺挺的，衝著義童笑。美麗的雙眼湛著嬌憨，淡膚色的嘴唇勾勒出弧線，在臉頰擠出幾許笑紋。微翹的上唇與薄薄的下唇間露出白牙，唇周泛著甜蜜的色彩，就彷彿在蝴蝶的親吻下滾滾湧出蜜露的花朵。瞬間，義童的目光被巴羅的嘴唇吸引，漾起法國人特有的甜蜜笑容，卻忽然瞪也似地看向巴羅，似有深意。

「你的歐斯底里已經好了？」

巴羅眼神羞赧地看著義童。昨晚義童打電話給他，告知他與植田夫人相處的狀況一如平常，但義童愉悅的微笑裡有所隱瞞。

巴羅看著義童刮鬍子，自己在毛巾噴上古龍水擦了擦手，說：

「今天有點熱呢。」

「嗯。」

義童將宛如阿爾薩斯人的剛毅側臉靠近三面鏡，睜大眼睛，用力擦拭鼻翼。

「口紅？」

「嗯。」

「我看看，擦乾淨了……」

義童褪下居家服，換上略長的黑色外套及灰色背心，底下是深灰底細黑紋西褲，打上銀灰底上遍布鋸齒狀紋理的塔夫綢領帶。他望向大布穀鳥自鳴鐘，眉間擠出直紋，戴上巴羅遞給他的錶，同時看向錶面。義童那身有些老派的正式服裝，散發出學識豐富的男子的沉穩氣度，令巴羅沉醉，眼中充滿了憧憬之色。

「時間還來得及吧？」

「嗯。」

「啊……」

這時一道振翅聲響起，一隻鳥掠過閃爍著後院明亮綠意的門口上方飛走了。不知道是什麼鳥，尾巴是白色的。巴羅也像隻鳥兒般飛奔而出，那穠纖合度的雙腳動作，宛如躍過水面的小青蛙，令義童賞心悅目。

義童雙手插在褲袋，來到門口，巴羅背對著他仰望天空，好像難掩失望的模樣。

「好了，差不多該出發了。」

義童搶先開口，免得巴羅說出「幸福飛走了」之類的話。這時夫人打電話來，義童向巴羅使眼色，表示他會應付，上車離去。因為有這一段經歷，巴羅對義童的遲到掛心不已，坐立難安。

「那是誰？」

窗邊的一群人正在品頭論足。從剛才就以泛紅的胖臉直瞅著巴羅側臉的文學家八津把臉轉回來，說：

「那是吉許先生的變童。」

「咦，我是曾經耳聞，哦，原來就是他啊。」

出版社的卷田說，看向八津：

「那麼，八津老師也好此道嗎？」

「算是略有資質吧。」

「太危險了，您可別太靠近菊井。」

「不過他可真是個尤物。以馬來比喻，就是紅寶石皇后。真想讓尚・考克多[11]看看他。」

「聽說法國那邊的文壇，有許多大家都愛好此道呢。」

---

11 譯註：尚・考克多（Jean Maurice Eugène Clément Cocteau，一八八九—一九六三），法國詩人、小說家、藝術家，在文藝及繪畫、電影方面活躍。

「文壇和劇壇似乎都有。大抵上似乎都是薩德侯爵[12]和馬索克[13]之流。」

巴羅清楚人們的視線集中在他身上，卻恍若無事，只摸索褲袋，掏出菲利普莫里斯菸點燃。他發現侍者似乎在找人，站起來又坐下。侍者來到附近說：

「有電話找神谷敬里先生。」

巴羅聞言，向侍者打了個手勢，大步走出去。他一身白絲圓領襯衫、深藍條紋西裝，打著明亮一些的同色蝴蝶領，那身姿宛如年輕的香魚般，游過人群之間消失了。

「跟那個叫雀的，已經分了嗎？」

「老早前就沒看見了呢。」

「聽說還把某家的夫人玩弄在掌心？」

「某家啊……」

「哎呀，原來老師知道？」

---

12 譯註：薩德侯爵（Donatien Alphonse François de Sade，一七四〇—一八一四），法國貴族、哲學家及作家，以情色描寫的著作聞名。為ＳＭ中Ｓ（薩德主義，Sadism）的由來。

13 譯註：馬索克（Leopold Ritter von Sacher-Masoch，一八三六—一八九八），奧地利作家。ＳＭ中Ｍ（被虐癖，masochism）的由來。

「你以為我是誰？」

「是我有眼不識泰山。」

「不過他也真是個風流債主，不愧是法國文學的副教授。但他原本就是法國混血兒。那位老師的糜爛生活，簡直觸犯法律。」

「文章也散發出悖德的氣息。」

其他小圈子之間，半帶嫉妒的細語亦如拂過草原的風般作響。

義童的來電讓巴羅的表情明亮起來。義童說他一直和植田夫人幽會到現在。電話是從駒込車站打來的。巴羅不夠精明，沒能揣測出這是夫人讓人卸下心防的手段。不久後義童現身，逐一向來賓殷勤寒暄，走到休息室中央。他看到巴羅，展露微笑，向他舉手。巴羅毫無懼色，走到義童身邊，人們露出某種表情看著巴羅。

「這位是神谷敬里，幫忙我的翻譯工作，下個月的後天就滿十九歲了。」

巴羅的耳周冒出火燒般的色澤，收起一腳行禮，接下來便轉向旁邊，手插在褲袋裡。那出眾的容貌與姿態，彷彿為場上帶來一陣清冽的風。

「花了幾個月的工夫呀？在輕井澤費了不少時間吧？」

八津問著，以好奇和臆測的眼神，從巴羅的服裝一路打量到應是特別訂製的黑漆皮鞋。

「今年沒有上山。我開了冷氣。」

「那麼，是去了奧白嗎？」

「對。」

義童的眉毛罩上一層淡影。山田曾根彥、瀧達郎、山木信雄、野方己四雄等和義童交好的同儕亦圍攏上來，義童所在的一群人提出法國小說作品名稱等等，大肆評論，玩笑伴隨著哄笑聲響徹全場。巴羅坐在椅子上，散發著意識到他人目光的豔羨，不時朝黑衣集團中義童的笑容投以焦急的眼神。

不久後，義童走到長椅坐下，主要的幾人也或坐或站地圍在一旁。義童打開雙腿，菸捲放在膝上，手掌壓在上面，拇指與食指張開來，另一手比劃著手勢，微翹的下巴高抬，似乎正在賣弄某些諧謔。右手無名指戴著一只義大利純金戒指，深藍色的玻璃表面浮現白色的字母A，那是他的父親安托萬的遺物。這是巴羅第一次看到義童與同儕議論風生的模樣，眼中充滿如少女的憧憬。（即使是在日本成長，還是掩飾不了法國人的特質。）巴羅想道。

（義童，你不可以死。）

巴羅在內心吶喊著。眼前浮現早晨的陽台，白尾的鳥從巴羅的手搆不著的高度掠過，振翅聲亦轉眼間便飛向高空，化成灰點消失無蹤的一幕。（真正相愛的，就只有義童和我……）義童額際的黑髮帶著自然的鬈度，眼唇散發出令人傾倒的高雅性感氣息，出眾奪目。（這裡是義童的主場，每個人都嫉妒著他。這裡的人不管再怎麼了不起，都還是一副老粗模樣，像義童這樣的人，是獨一無二的。）巴羅再次心想。

白色桌巾散發出潔淨的光輝，在義童的要求下，中央花瓶插滿了溫室堇花，餐具周圍亦點綴著小巧的花莖。這些桌子縱橫錯落於人群之間，透明酒杯林立，銀色刀叉泛著微光。宴會場地的華麗氛圍讓巴羅目眩神迷。他興奮不已，從緊鄰主桌前方的桌子角落看著正面對著他的義童，一下微笑，一下裝出眼神銳利、嘴唇緊抿的表情。對於相鄰而坐、已認識的出版社人員三谷幸子，以及對面甍書房的鮎澤二郎等人，則是露齒做出少年般的微笑。義童不時關注著巴羅這些模樣。義童簡短地致詞後，接下來是一連串來賓們語帶幽默的祝賀，其中也有一些讓義童苦笑的，或是勾起他的倦怠。

就在開始切甜點冰淇淋的時候，巴羅處在閃耀白布上的織紋光澤，以及各處輕盈作響的餐具碰撞聲之中，忽地感覺到一股突如其來、好似已埋伏多時的奇妙冰冷和寂寥，瞬間泉湧而出，彷彿要滲透心胸的每一處。巴羅求救地望向義童，義童也有了不祥的預感。他覺得白桌、堇花和閃亮的餐具，都像要把他的身體帶往某處，身體失去重力，即將被牽引到某處。某處是何處？一個安靜的地方，什麼都看不見、聽不見的地方。義童強硬地告訴自己，他是在做惡夢，試圖明確地看清現實的世界。他和巴羅四目相接了，他緊盯、注視著巴羅的眼睛，胸口一陣絞痛，彷彿被凶狠地撓抓一通。巴羅微張著玫瑰紅的嘴唇想要訴說什麼。

（巴羅！）

義童緊盯著巴羅，甚至捨不得眨眼。連綿不斷地響起的眾人談笑聲團團圍繞著兩人的寂寥，在餐具碰撞聲中發出死亡之聲。這時一道聲音傳入兩人耳中：

「我想敬義童・德・吉許一杯！」

兩人站了起來。義童目不轉睛地看著巴羅的眼睛，舉杯至眼睛的高度，巴羅不安地眨眼看著義童，杯子在白皙的手中微微晃動。

搬演義童翻譯作品的新劇演員晚了許多才趕到會場，巴羅接過他們送的花束，獻給義童時，相機閃光燈此起彼落。義童接下花束，巴羅垂眼接過他手上的酒杯。注視著這一幕的人當中，也有反義童派在內，他們即便不情願，也不由得在其中看見古希臘的男色貴族美青年、以及納西瑟斯[14]般的少年影子。在親密與嫉妒交混、如同遠雷的掌聲之中，巴羅跑回座位，臉頰散發出羞澀的淡紅。

這天夜裡，義童把車子駛進大門停妥之後，繞到屋側，打開玻璃門鎖入內，卻在前方的門前看見一團朦朧的黑影，瞬間下腹部感到一道沉重的撞擊，緊接著是火燒般的疼痛。義童想要摀住，卻膝蓋一軟，肩膀與額頭撞在柚木地板上，整個人趴倒下去。途中他稍微轉身，變成頭朝右下側身趴臥。細微的呻吟聲中，傳來手槍落地的堅硬聲響。植田夫人背靠在通往起居室的門上站著。在射入屋內的月光映照下，那道黑影與其說是站立，更像是懸吊在那裡。很快地，彷彿斷線一般，夫人屈膝跪倒在地，手在地板上亂扒，但看起來已無力再做出任何事了。

夫人原本打算守在義童身旁，也射穿自己的咽喉追隨他去，卻下不了手。可憐的夫

14 譯註：納西瑟斯（Narcissus），希臘神話中的美青年，愛上水中自己的倒影，最後化成了水仙花。

人，她丟下等待期間抽過的菸蒂、喝過的酒杯，踉蹌準備離去。此時是深夜兩點。夫人打開屋側的玻璃門鎖，進入屋內後，從玄關出去，再繞到外面鎖上玻璃門，接著靠在玻璃門對面的門上，打算守株待兔。義童平日便不走玄關，而是從屋側的玻璃門進出。玻璃門共有四片，耐火玻璃中嵌有鐵絲。夫人把車停在屋前巷弄約二町遠的深處。她跌跌撞撞，花了老半天才回到放車的地點。夫人向來只在外頭和義童碰面，並變換各家飯店和旅館，但她要求義童打一把備份鑰匙給她，發誓只用在事跡敗露、被丈夫發現等緊急時刻使用。聽到夫人目擊巴羅與梨枝在一起的場面時，義童首先想到的，就是這把鑰匙。不必等到巴羅提起，義童也猜到夫人應該早就目擊他和巴羅同行的場面了。他知道某天他屈服於倦懶，將幽會延期時，夫人跟蹤了離開駒場、前往「茉莉」的他。他也明白夫人看見他和巴羅，以及巴羅和女孩後，便悟出了一切。他以為夫人抓住梨枝問話，應該是不幸的巧合，但其實那也並非偶然。夫人看見巴羅與梨枝那天，她把自己的車開到和光百貨對面，正準備在尾張町的十字路口右轉，這時發現剛才眼角瞥見的兩人乘坐的深紅色私家車被紅燈攔下，停在和光百貨的對角線轉角。夫人拚命尾隨上去，查出梨枝就住在澀谷後方的深見町的計程車公司巷子裡。她抓住站在計程車公司前方，看上去好奇心旺盛、有點地痞流氓樣的年輕人，塞錢給他，問出梨枝在葵坂大馬路的洋裁店上班，經常來找她的年輕人是羅森斯坦的店員。義童不走玄關，而是走玻璃門進出，則是某次她來訪義童的住處，停留約十分鐘的期間，義童在開門的時候，親口對夫人所說。

翌日早晨，巴羅來了。他一如平常縱身躍過門旁的柵欄，跑向屋側，同時為屋中死寂的氣息萌生出一股不安。巴羅在屋中看見了趴伏僵硬、已然沒了呼吸的義童。巴羅拚命挪動發軟的雙腿，抓住玻璃門，這動作製造出來的聲音異常地響亮，讓他倒抽了一口氣，又短促地吐氣。透明的玻璃門反射著晨光，清爽的秋季微風拂過，在這當中，巴羅看見了與這些事物過於異質、黑暗而寂寞之物。義童的黑帽還戴在頭上，精悍的側臉蒼白褪色，右臂壓在身下，身子扭轉，手掌上翻的左手腕上，瑞士錶的玻璃錶面在朝陽下閃耀著。化成屍體的義童令巴羅害怕。巴羅想要逃，咬住打顫的嘴唇，在發軟的膝蓋使勁，一步又一步，朝玄關走了五、六步，但就在這時，義童的遺體，還有義童的家，散發出一股撕扯巴羅心胸的氣息，讓他的腳定在了地上。我再也不能踏進這個家了。巴羅使盡全力折返回去，進入屋中。他經過義童的房間和廚房。牆面的固定式桃心木書架上，塞滿了失去主人的書籍，陳列著慕尼黑的杯子，還有巴羅送他的玻璃貓。書架旁是一幅畫著不知位於何處的孤島與汪洋的裱框畫。起居間角落放著暗綠色的大玻璃壺。起居間與臥室之間四方形的短廊上掛著義童的母親珠里、阿姨克莉絲汀的肖像畫，以及義童自下方角度拍攝的、巴羅垂視噘唇的照片。這一切種種，都在目光渙散的巴羅的眼前不停地旋轉著。最教巴羅痛苦不堪的，是起居間的書桌上，義童寫到一半的法文紙頁。義童說他是在修道院學的字，書體也是清晰易讀的修女式，但特徵十足，線條處處捲翹。紙頁上各處以紅色鉛筆畫線，有一處畫了圈。廚房抽屜櫃上，有義童每天早上使用，且極為鍾愛的亮藍色厚咖啡杯、厚實的牛奶杯，及又厚又圓的大湯匙。巴羅屏住呼吸，碰了一下大湯匙，隨即又放開了。

（義童！）

隨著義童朗聲大笑的錯覺，巴羅一個踉蹌，手撞到抽屜邊角，發出巨大的聲響，嚇得他整個人跳起來，逃之夭夭地穿過起居間。經過義童的遺體旁邊時，他沒有看屍體，學義童畫了個十字，連滾帶爬地奔出玻璃門。巴羅的手上緊緊地握著義童寫的紙，和撕下來的他的照片。他在籬笆前確定四下無人，移動再次開始哆嗦的雙腳，心急如焚地不斷往巷弄深處走去。巴羅因為擔心義童，穿了丟在衣櫃外的舊外套就過來了，那副模樣就彷彿一下子變回了認識義童之前的那個堪憐的美少年。他的手在發抖，緊緊地抓住立起的外套衣領，一邊往前走，一邊為了有人追上來的錯覺而心驚肉跳。巴羅往巷弄裡走了一大段，來到公車站，跳上剛好到站的公車。他實在沒辦法回家坐在房間裡。他在澀谷轉搭都電，在日比谷下了車。露天長椅圍繞的音樂堂，是義童第一次為他訂製西裝、襯衫和長大衣那天走過的地方。巴羅正要走出車站，注意到都市電車剛好從另一邊駛來，驚嚇地縮回了腳。這時，從帝國飯店走來的人群中有兩人睜大了眼睛，交頭接耳：

「喂，那不是昨晚那小子嗎？今天怎麼一副落魄樣？看來出了什麼事。」

「臉色也不大對勁。」

兩人詭祕地對笑。外界的一切完全無法進入巴羅眼中，因此他既沒發現這兩名男子，也沒發現黑色男子正在一步之遙的後方盯著他看。巴羅在黑色男子的注視和兩名男子回望的視線中，橫越馬路，進入公園。巴羅看著那些油漆剝落的椅子，在曾經和義童一起坐過的其中一張坐下來，無意識地伸手掏菸，結果摸到義童的寫作紙，慌忙縮回了手，改為摸索外套內袋。他摸出一根壓扁的光牌菸，掏出出門時放進口袋的打火機，想要點火，才發現喉嚨乾得不得了。看到認識義童之前抽的、已經彎折的光牌菸，還有法國製的打火機，他這才第一次想到，義童的死與他現在的處境之間不幸的關聯。巴羅只有嘴唇隱約恢復了淡紅色，但臉色依舊蒼白。一雙美麗的雙眼，光采彷彿沉入了深淵，沮喪地垂視著腳下。巴羅拋開菸捲，打火機收回暗袋裡，無力地起身，走了出去。他受不了靜靜地坐在一處。

（如果義童現在從對面走來，我一定會飛撲上去。不管任何時候、不管發生任何事，我都會緊緊地抱住他不放。）第一次，淚水滾出巴羅的眼睛。他急忙掏出手帕，發現是昨

晚道別時，和義童交換的他的手帕。這勾起了他的回憶，昨晚巴羅原本要和義童一道回去他的住處的，但義童卻好說歹說，硬要他一個人回去了（他是想要讓我放心）。巴羅把手帕收回原處，心痛如絞，強忍嗚咽，用手背揩著眼淚，離開音樂堂，走向公園後門。這時腳步聲引得他抬頭，瞬間他以為是義童，結果是黑色男子。男子應該一直在觀察巴羅，卻恍若無事，慢慢地與他擦身而過。經過之後，男子回頭，拿破崙式的頭髮與寬厚額頭底下的雙眼含著笑意，那微笑柔和得令人意外。沼田禮門在十字路口發現巴羅時，便發現他經歷了劇烈的變故，也察覺他和義童的感情應是起了變化。巴羅的模樣一清二楚地呈現出被拋棄的孤單孩子的陰影。另一隻鷹隼知道，將這隻垂著翅膀飛過的小麻雀據為己有的良機到來了。巴羅坐在公園椅子上時，禮門一直坐在後門附近遠遠地看著，他打算萬一發現巴羅就是凶手時，要伸出援手。看到巴羅完全如女人般方寸大亂的模樣，禮門胸口深處的愛情烈火熊熊燃燒起來，幾乎一發不可收拾。禮門也明白，承受過義童的寵愛之後，僅靠店員的收入過活，對巴羅來說是多麼殘忍的一件事。並且禮門透過三番兩次碰面，瞭解到巴羅儘管畏懼著他，卻並非厭惡到無以復加。禮門的微笑，反映的是禮門的慈愛，以及對新的獵物的興趣。

巴羅沒發現自己餓了，早上他只喝了一瓶牛奶。他踩著無力的步伐，不停地走出人行道，穿越馬路，鑽過人群。不知不覺間，來到了靠近新橋的河邊。巴羅憑靠在橋欄杆上，望著沉沉地反光的灰色河水，或是繫在岸邊、骯髒的船隻內部，他注意到心底有了直到上一刻都還沒有的感受。一盞小小的微光在心底深處亮了起來。那到底是什麼？連仔細思量都教人害怕。因為就連向來不太會去顧及道德的巴羅，也明白這太對不起義童了。巴羅仍畏懼著義童。儘管義童已經成了一具死屍，但他總覺得屍體會爬起來找他。然而另一方面，他亦感覺到不同於恐懼的另一種情感，正被往某個方向牽引。直到前一刻，巴羅那沒有悲哀、空無一物的痲木心胸，還在遙遠之處，隱約感受到巨大的哀傷。那哀傷卻連上了某個小小的現實，破殼而出。瞬間，別的感情蜂擁而入，讓他感覺到某種甜蜜與寵幸。就在這一刻，巴羅變回了巴羅。沉浸在與義童的愛情當中，感傷而歇斯底里地動盪不安的巴羅的心，又恢復成他生來的本性了。巴羅不知道是否該立刻縱身躍入其中。因為他身上還有義童給他的零用錢。義童一直想要留下揮霍不盡的東西給巴羅。然而絕望已經過去了，甜蜜的哀傷開始淹沒巴羅，也是一種帶著甜蜜疼痛的悔恨。巴羅忽地抬頭，他的嘴唇恢復了美麗的淡紅色澤，整張臉亦重現幾許生機，彷彿花莖浸入水中的鮮花一般，不消多少時候，就會再次散發出直到昨晚以前，隨侍在義童身邊時，宛如寵妓般帶有某種驕傲的美。

巴羅將雙手插進後褲袋，離開欄杆。他踩著變得有力一些的步伐過了橋，往新橋的方

向走去，這時他的唇間忽然傳出低沉但輕盈的口哨聲，是義童教他的歌。口哨在晴朗的金色空氣中拉出動人的尾音流過。巴羅的眼睛望向四方，或仰望天空，就像個從不知名的遠方生還歸來的人。那是仍有些晦暗、受罰的孩子的目光。

（《新潮》昭和三十六年八月號）

枯葉的睡床

——唱誦那送葬之歌——

愛倫‧坡

厚木街道的外圍，藪內郡群聚的住宅區之外，有一戶宛如遺世獨立的獨棟住宅。自大馬路延伸而出的小路，向下大大地曲折兩次，穿過一片荒蕪的旱田，那塊田地亦很快就走到了終點，盡頭處便是那棟宛如大爐灶的建築。

櫟樹林遮蔽了建築物，只留下右邊的車道，正面右邊的庭院延續至夏季仍布滿枯葉的森林。鋪滿黃磚的車道一側嵌了一排白石，以供深夜辨認之用。原本似乎是一棟大農家，左後方有間以短梯登上的小屋，以前似乎養著雞或兔子，現在則堆滿了暖爐用的柴薪。

相較於處處剝落的外圍，內部隱藏著豪奢之物，比方說窗戶，模仿西班牙城堡造型的鐵格子鑲嵌著厚厚的玻璃，呈鱗狀牢牢地組合在一起。建築物分成兩棟，以圓頂相連，面向森林的前方是臥室及浴室，後方是書房及書庫、套間。中央的空地一片陰暗，從後方望去，右邊庭院裡，空無一物的花壇土地、鐵椅、種在葡萄酒木桶的月桂樹沐浴在陽光下，對面坐落著一團黑魆魆的森林。晚間會關上左右的鐵門，在有百公尺長的圓頂底下留下半圓形狀。鐵門比人稍高的位置開了一扇嵌格網的小窗；白晝期間，門板以附近的石塊擋住內側。圓頂天花板上的電燈泡以粗糙的粗鐵條圍起，大多時候都忘了熄掉，鎮日亮著。

街道似乎傳來大車駛過的聲響。窗中石材圍繞的房間正中央，四平八穩的橡木床上，一名男子手肘倚在枕上，身在繚繞的寶馬菸煙霧中，眉間擠出縱紋，眼眉擠成一團，臉頰到嘴唇扭曲，似在微笑。他把望向街道的目光挪回原位，頭部再次壓上枕頭，半裸的身體沉入蓋被底下。

——男子名叫義蘭．德．洛希福柯（Guylan de Rochefoucaud），今年三十八歲又三個月，是一名美男子，父親是南法托爾努別爾的貴族，母親則是聰慧健康的日本人女僕。父母都已經離世了。義蘭指派菲利普在父親的祖國管理龐大的遺產，並寄錢過來。義蘭是法文副教授，同時亦是一位知名的中堅作家，身為富裕又有閒的香閨小說作者，亦惹來部分人士的反感。碩大的雙眼皮眼睛帶有堅毅的氣質，卻是個天生的耽美主義者，厭倦一切的陰霾遮掩了他的光芒。——

彷彿從天而降一般，一名青年的背影出現在小徑上，步入朦朧地透出屋影的櫟樹林。腰部隱約嬝娜擺動，步態宛如少女，但體型纖細緊實，動作機敏。黑色的尖頭義大利皮鞋踩過枯葉，靈巧地深入森林。是義蘭與青年踩出來的、若有似無的小徑。

——青年名叫山川京次，就讀於成城學園，但課卻愛上不上的，鎮日想陪著義蘭，相伴於床上或兜風、泡夜店和夜總會，或一同狩獵。義蘭給他起了個名字：茘於。——

茘於總是邊走邊隨手攀折樹枝，因此自茘於的身高以下，樹枝都變得稀稀疏疏。義蘭聽見腳步聲，朝床頭望去，上翻的眼珠讓一雙大眼露出了大半的眼白。那雙就像眼睛進沙的人那樣，泛著血絲的眼睛瞬間睜得老大，彷彿欲裂。是灼熱的眼神。

將明未明的陰暗森林裡，樹梢編織而成的朦朧細網，很快便遮蔽了青年穿著皮外套的背影。

來到釘上打橫的舊木條、狀似爐灶口的門口前方時，遠處的森林傳來鳥囀聲。

仰起下巴的小巧乳白色側臉，鮮明地浮現在曙色中。年約十七、八的臉部輪廓比起青年，更像少年。薄透的白皙肌膚、眨動的沉灰的黑色眼睛、微翹的精巧鼻子、如剛剝開的果實般濕潤的臉頰，彷彿剛用力咬過的圓鼓小巧嘴唇，像是由接吻催熟的果實。那唇上泛著一絲微笑。

茘於一個轉身，躡手躡腳，搬來靠放在柴薪小屋的三段矮梯，繞到右邊的窗戶。將梯子靠上窗框後，穿著炭灰色牛仔褲的雙腳就像猴子般輕巧地攀爬而上。

撐起上半身的男子，在他眼中一映入在窗外半彎著腰、手掌貼在玻璃上的荔於的身影，立刻變成了招架不住的微笑表情。是整張臉以巧緻的鼻子為中心皺起來的笑容。

義蘭的眼睛朝窗戶睜得大大的，眼底漾著笑。荔於知道窗子沒鎖，抬起窗框，跳進屋內。鞋聲滑過石地板，他一手扶著牆，脫下了鞋子。

義蘭撐起上身，手肘再次倚到枕上。

「你來得真早。」

「我不是說要來還車？」

少年如樹苗般的稚嫩被包裹在丹寧布的氣味中，伴隨著清晨的森林空氣流入房間裡。

荔於柔軟地偎到義蘭的肚腹一帶，溫柔地把臉頰蹭上他的手臂，抬頭微笑，又以另一側臉頰摩擦，冰涼的小指勾住義蘭的小指，緊緊地圈住。

「車子鎖了嗎？」

「放心。」

穿著淡藍色外套和丹寧褲的荔於，整個人騎到義蘭身上，義蘭抬起荔於的上身，讓他的臉來到自己正上方。義蘭俯視的灼熱眼神集中在荔於的唇上，突出的下巴上微噘的嘴唇像催促著親吻。

荔於的手捧住男子的臉頰至下巴，淡紅的嘴唇展現稚拙的技巧，被吸引過去似地貼在了義蘭的唇上。四唇分開的輕微聲響，之後，荔於將泛紅的臉頰貼到男子的頰上，抬起陶醉的雙眼，再次俯視，纖細的食指沿著義蘭的鼻梁，一路滑向雙唇合攏之處。男子的嘴唇迅速含住那根指頭，輕啃的牙齒逐漸使勁。

「別、別……親你就是了，別咬。」

義蘭以粗獷的手指扶著柔嫩的纖指，啃了兩三下，接著捉住青年的下巴，說：

「Allons, embrasser.」（來，再一下。）

兩顆頭再次如楔子般嵌合在一起。荔於的身子逐漸虛軟，義蘭環住他背部凹處的手靈巧地將他的身子摟在身下。

斑羽的禿鷹，將飛進窗戶的小鳥一舉壓制在肉慾的利爪之下。

漫長的時間過去，男子撐起上身，底下的荔於雙眼上翻，無力地癱臥著。義蘭將手繞至荔於的背，將他抬起。荔於的身子呈弓狀後仰，嘴唇半張，垂視著男子，而男子眼睛眨也不眨地承受著他的視線。片刻空檔後，男子全身燃燒起來。雙唇被吸引過去，畫出大大的弧線追趕著荔於欲逃的嘴唇。義蘭緩緩地褪下荔於的衣物。

房間外漸次明亮，森林和街道皆轉醒過來，太陽的淡金籠罩爐灶形狀的屋子時，兩名男子背靠在床頭上並坐著。

散發著嬌羞的荔於一手覆在裸胸上，眼睛朝上看著男子。義蘭雄壯的一手繞在後頸上，展現出男神般的側面，充血的眼睛注視著荔於的胸膛。

荔於垂下目光，又再次抬眼看男子。

「不行，喏，真的不行了……」

荔於交叉手臂，如翅膀般抱住胸膛看著義蘭，但接著鬆開了手，在後腦勺交抱，露出腋窩，以古靈精怪的眼神看著義蘭微笑。

男子的手冷不防伸過來，一把摟住了荔於，兩具身體如蛇般絞纏在一起，再次倒向床鋪。

兩具活生生的雕像或上或下，彼此纏繞，左右翻滾。在義蘭的愛撫下，童稚的米開朗基羅的「奴隸像」痛苦翻滾，幽微呻吟，在激烈的翅膀拍動聲中，小鳥的折翼、顫慄，尖銳的啄刺聲之間，摻雜著荔於短促的喘息。

通往浴室的門邊有座暖爐，上面的時鐘指針經過十二點時，兩人進了浴室，站在深處的隔簾內，對著並排設置的兩座蓮蓬頭沖澡。

「今天我本來想早點開車出去晃晃的。」

荔於說，抬頭看著嵌在天花板上的鏡子，搓洗著滿是泡沫的頭髮，睨向旁邊的義蘭。

「時間還早。而且都是你害的。」

「說那種話，我要去跟別的老頭睡了。」

「不准。」

荔於開始洗著胸膛。

正擦洗肩膀和手臂的義蘭，目光落向荔於的腰際。那裡有著被Coty的鈴蘭皂泡沫所包裹的堅硬、稚嫩的果實。義蘭的眼睛在剛結束的情事中摸索著。

（「還沒有祕密。」）

正在洗背的荔於，眼睛透過腋窩的暗叢訝異地偷瞥了義蘭一眼。

「怎麼了？……等我泡完澡就去吃飯吧。」

荔於披上檸檬黃的浴巾走出簾外。嘩嘩水聲中，摻雜著荔於的口哨聲，接著是歌聲。

Il était un petit navire
Qui n´avait ja-ja-jamais navigué
Qui n´avait ja-ja-jamais navigué
（那是一艘小船，
從來不曾出海、從來不曾出海……）

義蘭進來，肩上掛著靛藍色毛巾，指頭繞上少年纖細的頸脖說：

「快點出來吧，馬上就要吃飯了。」

然後走出浴室。

荔於對著義蘭的背影聳了聳肩，慢慢地將身子沉入淡藍的浴缸裡，隨興地擦洗著肩膀、頸脖和胸脯，同時噘起嘴唇，將浮在水面的肥皂泡吹向另一頭。

義蘭一腳踩在皮革長椅上，手肘倚在膝頭，掌心托著伸出的下巴。

他穿著黑色高領衫、卡其色木棉居家褲，眼皮低垂，懶洋洋地看著對方。坐在前方椅子上的是寶石商陳裳雲。

這裡是義蘭位於東京的住家，玄關旁的大廳。

「也沒這回事吧？」

「不，那方面我已經完全疏遠了，多半是藥物的關係。」

如此說著，往上看著義蘭的陳，眼睛亮起奇妙的光芒。陳從同業的劉那裡聽說義蘭在「耶路撒冷」和荔於在一起的事。

「我可以進去嗎？」

陳聞聲回頭望去，正反手關上亮澤的褐色門板的荔於，全身映入眼簾。剛出浴的皮膚帶著濕氣，潮濕的褐髮因汗水而貼在額頭和耳周，從耳朵到臉頰都散發著紅暈。

荔於瞄了陳一眼，手肘整個倚在義蘭膝上，一腳立起，另一腳伸長，接著便以義蘭的膝蓋為枕，整個人伸得長長的。他雙手捉住義蘭繞住下巴的手仰躺著，以下巴比了比陳那裡：

「誰？」

「你猜猜看。」

樣。」

「Bijoutier（珠寶商）對吧？」

「你怎麼知道？」

「你不是說過嗎？小時候你爸爸在倫敦時，都把珠寶商叫到飯店。訂製皮包也是這樣。」

荔於用下巴夾住義蘭再次繞向下巴的手，轉向陳那裡：

「拿來我看看。」

陳一雙眼睛變得呆滯，彷彿全身上下只剩下眼睛，差點無法從荔於的姿態移開目光，聞言這才垂下了眼皮。

荔於用小指勾著義蘭的指頭拉扯。

陳發出吞嚥的聲音，低頭站起來，拿起後方小桌上破舊的皮包，屈著身子坐回原位，打開拉鍊。寶石現身了。

荔於的眼睛異樣地閃亮起來，他推開義蘭的手，起身往前探去。隨著一道輕微、堅硬的聲響，一顆一克拉有餘的鑽石放到桌面，因接收到房間光線，更璀璨晶亮。是帶橄欖色的寒色鑽石。

荔於捏起寶石，頭再次靠到義蘭膝上，拿起來對著窗戶端詳，接著放到另一手的指頭上比對，嘴唇半張，看得陶然入神。

片刻之後，荔於如夢初醒地坐起來，深處泛光的兩眼專注在雙手捧著的寶石上，把它挪近嘴唇親吻，宛若獻祭。義蘭觀察著這樣的荔於，眼神彷彿凶鳥般獰猛、苦澀，藏著利針一般，破壞了與微笑的雙唇之間的平衡。那是難以壓抑心中情火的男人的微笑。

荔於淡淡地一笑，拿起寶石，舉在義蘭眼前。義蘭一把搶過寶石，眼睛盯著荔於的雙唇，親吻掌心上的寶石。荔於想要打開他的手掌，義蘭抗拒，將寶石挪移到右掌，遠離荔於，並將嘴唇湊過去，這時荔於白皙的手卻飛快地搶走了寶石。在荔於高舉的手底下，義蘭微笑著往後靠去。荔於露出一口白牙，就像剖開淡珊瑚色的果實一般，滿臉童稚淘氣的笑，幾乎像要發出溫柔清脆的笑聲，他將寶石藏在握起的拳頭中，繞到身後，迅捷地退到長椅邊角去。

「義，你這個傻蛋，人家在看呢。」

「有誰在看？」

「那個人啊。」

「陳裳雲。」

「陳？」

「裳、雲。」

「是喔。這要做成墜飾對吧？」

「嗯，明天送去吧。比起美津野，飯店的話，義大利人的店比較好。」

「明天？那什麼時候可以做好？一個星期？」

「差不多。」

「那麼，我先告辭了。」陳聲音沙啞地說。

「嗯，辛苦了。你等一下。」

「我去拿。」

茘於把寶石放到桌上，身輕如燕地飛奔而出，取來了支票本和義蘭的鋼筆。義蘭一面簽名一面問：

「有沒有鴿子蛋？」

「最近應該會進，如果進來了，我再送過來。」

「可不能轉讓給別人。價錢貴一點無妨。」

「是，絕對不會。多謝惠顧。」

陳將支票對折了兩次，收進懷裡的皮夾，並抓起皮包站起身來。

耳朵火燙的荔於撩起鬢角邊的頭髮，從長椅上站起。他溫柔地推開環在腰上的義蘭的手臂，走到暖爐鏡前，拿起台子上的小梳子梳髮，散發暗火的眼睛盯著鏡面，瞬間臉頰擠出酒窩，接著指頭抵在緊抿的唇上，往旁邊一抹。

義蘭來到後方，雙手搭在他的肩上。

「那就六點半，行吧？」

「嗯。」

荔於回首點點頭，義蘭起身，輕輕捏住他的下巴，以手背一抬，對那張臉送上難分難捨的凝視。

荔於低頭把下巴往下擠，就像要夾住義蘭的手，眼神上望，就這樣以雙手摘下義蘭的手捧住，親吻並微笑。義蘭的臉掠過甜蜜的陶醉帶來的疼痛。荔於放手後，走出門外。

義蘭追了上去，搶到前頭，將荔於按在門後的牆上，雙手撐牆，嘴唇湊上去，劃出弧線追趕荔於閃躲不迭的唇，重疊、嚙咬之後，很快便分開了。

玄關鈴響，兩個男人對望一眼，義蘭大步去開門了。是岩淵夫人故意提前到了。吉淵佐喜江是貿易商岩淵義逸之妻，對義蘭糾纏不休，先前她原本為了忘掉義蘭，去了香港，但一星期前又回來了。茘於躲到大廳，想要避開兩人，但夫人隔著義蘭的肩膀，飛快地望向屋內，眼尖地看見了茘於露出深紅色襯衫領、如女款般合身的黑色西裝外套背影。

「誰在裡面？」

夫人尖細的聲音，讓茘於在關上的門後瞬間屏住呼吸。

「是誰又有什麼關係？」

伴隨著義蘭的聲音，兩人的腳步聲走近，停在門前，茘於一雙美目亮起，倏地把門推開，如魚兒般穿過兩人前方，從對面的衣架拎起黑色短外套穿上，將暗紅及深靛色條紋圍巾俐落地繞到脖子上，白皙的手指插進下巴底下稍微拉鬆，朝著被義蘭挽著手，此刻怔立原地、表情因驚愕與疑惑而扭曲的夫人，拋了個醉夢般的媚眼，他摸索褲袋掏出寶馬菸和打火機，悠然點火，轉身背對，留下吐出的煙霧，步出玄關，反手關上了門。

茘於走下通往鐵柵大門的階梯，從車庫裡開出車子的同時，想到義蘭可能是故意錯開時間，唇角揚起一絲微笑。

（這麼說來，他剛才的眼神有點詭異。心眼真壞。）

茘於心中喃喃，跳上灰色的勞斯萊斯。中央如鏡般漆黑的車頂，扭曲地倒映出紅磚屋的頂部，發動引擎後，那團暗紅的色塊便晃動起來。荔於故意把油門催得震天價響，入檔之後抓住方向盤，美麗的臉龐伸出窗外，回望二樓窗戶，投以冷酷的眼神。

荔於的車子遠去之後，大片烏雲從上方、四周圍住夕陽淡黃的餘暈，節節進逼。那天空顯得有些駭人，一清二楚地襯托出伸出煙囪的紅屋子形狀，那紅影子漸漸地在荔於的身後變小，終至消失。

女人似乎回去了，義蘭站在紅磚屋的臥房和書房與交界處。中央沒有門，是一個挖空的出入口，以堅固的橡木勾勒出門狀的長方形，區隔兩個房間。義蘭靠在其中一邊，叼著寶馬菸的臉湊近打火機的火焰，吸了一口，叼在嘴裡走進書房，經過種在入口邊角的木桶中的山柰，步至窗戶旁的書架，手撐在上頭，瞥了一眼架上的懷錶鍊，接著左手取下嘴上的菸，在煙霧濛濛中微微擰起了眉頭，俯視的眼神漫不經心地盯著架上的書，接著放手抓起銀鍊子，看了一下時間。那是一只古雅的懷錶，打開鍊子前端的骷髏頭下巴，便會露出嵌在下巴處的錶盤。

前些日子，義蘭在麻布大道巧遇寶石商陳，說好要他送鑽石過來，但陳提到有個貿易商以五顆翡翠換了一顆鑽石，聽他形容那男子的樣貌，感覺很像兩個月前，於九月時，在「耶路撒冷」注意到荔於之後，便以執拗的眼神緊盯著荔於不放的墨鏡男子，這讓義蘭感到一股難以壓抑的不安，就彷彿原本在遠方的威脅突然兵臨城下。荔於近來一下子變得老成許多，逐漸褪去稚嫩的氣息，那柔韌的肉體誘惑把義蘭變成了一團燃燒的慾火。他那隻把菸按進菸灰缸的手使勁下壓，彷彿要將其制服，接著義蘭抬頭，嘴唇染上了苦澀、肉慾般的深沉色澤，下一秒又像舔舐蜜汁的人那樣鬆弛開來。荔於的嬌態在義蘭的唇上點燃幻影之火，義蘭的眼神變得像禿鷹的嘴喙般銳利，臉頰泛起粗獷氣息，依舊鬆弛的嘴唇好似抹上了被咬傷的荔於的血。

義蘭像要轉換心情，繞到工作桌，打開抽屜，抽出一疊稿件，大步走進臥室，躺到床上，撐起上身拿取小几上的鉛筆，望向稿子。不久後，他開始劃掉一些字句，或拉線至欄外寫下一些註解，但那雙眼睛再次露出凌厲的色彩，停留在半空中。

義蘭起身，再次走到書架，取下架上的白蘭地酒瓶，注入小酒杯。

荔於白皙的手滑過鐵扶手，鞋跟敲擊著地面，一步步走下石階，將外套和圍巾掛上角落的掛鉤，穿過店內，步至深處的長椅落坐，雙腳伸展成八字形。這裡是一家叫「阿爾及爾」的酒吧。

室內昏暗，頃刻之間，周圍晦暗不清，天花板和每根柱子都有僅具螢光燈形式的電燈，這些光線中，先是看見反光的桃花心木地板，漸漸地看清在圍攏的長椅聚集或離開的人，以及站在一旁與長椅上的人聊天的人，或是蜷背穿過店內的人。外頭一派聖誕節將近的年關氣息，但「阿爾及爾」店內卻是個寂靜地帶。店老闆會田長年在巴黎生活，這家店感覺也像是出於興趣而經營，不知道資金來源是哪裡。開幕後已有六、七年的時間。就像狐狸發現洞穴，馬上就有了流連這類場所的人物聚集，多半是歐洲人，但也有日本人；譬如嗅到此種氣味而來的某些富裕老人、中年人、落魄男子、生活無以為繼卻又奢侈揮霍的男人、涉足毒品走私的人、球僮、有錢人的司機、做那類行當跟蹤客人而來，後來開始自己一個人上門的傢伙等等。常客都是這類人，聖誕節的兩天也只是人多了些，平時總是空蕩蕩。店裡準備了六、七種報紙，還有英文報、兩、三種巴黎報、各國週刊雜誌等，角落則是酒吧。酒吧的對邊角落有一架鋼琴，一名似乎是來自非洲的黑人正彈著蹩腳的爵士樂。打聽他是哪裡來的，說是領了一支盲人樂團去到上海，中了賭博圈套，樂團四散，他就流落到這裡。老闆會田亦加入客人當中，泡在裡頭。問是否和白粉有關，會田也只是露出不置可否的笑。

義蘭去九州參加學會不在的期間，荔於發誓要安分守己，不是去上課，就是去酒吧消磨時間，或是帶咖啡店的女孩出門散步，並讓她看看義蘭的照片，就說是打工地點的法國人。不過十二月四日是後天，即義蘭就要回來的這天，荔於來到他被義蘭相中的那間俱樂部「阿爾及爾」。

不知道是誰點的曲子，鋼琴聲大作，兩對帶著女伴的男子來到中央，身體貼在一塊跳起舞來。接著又有兩對加入，不過都是男的。阿爾及爾是一家特殊的俱樂部，有許多男色愛好者光顧，圈子裡的人都知道；老闆會田與酒吧男侍過從甚密一事，亦是周知的事實。帶女伴上門的客人也是心知肚明而光顧。有許多中年的好此道者。而不知情上門的一對男女情侶，則在這裡顯得格格不入。

三年前的同一時期，荔於穿著橄欖褐的短外套——是他私下拿了父親的衣物去改的——一手插在口袋裡，穿著牛仔褲的兩腳踏過阿爾及爾的店內，那眼神飛揚的自戀側臉，吸引了義蘭的目光。當時荔於翹課，加入一群阿飛，義蘭去找他那些朋友，要他們和荔於分道揚鑣，並讓荔於搬進杉並的公寓。荔於知道義蘭找他朋友談判，有些瞧不起他，以為一定是拿錢了事；但沒多久他又在街上再次遇到那夥朋友，一起幹下恐嚇案，被拘留在杉並署。看到來保他的義蘭與警官談判的模樣，荔於才得知除了黑道以外，也有其他狠角色，開始對義蘭心生敬畏。當時荔於才十四歲。他糊里糊塗地替人跑腿買賣海洛因，不知道這是特殊俱樂部而踏入「阿爾及爾」，惹來一身好色的眼神。那身懷邪惡種子卻一臉稚氣的模樣，無可救藥地徹底圈縛了義蘭。義蘭讓荔於受洗，聖名是塞羅特。

他讓荔於上了車。第一次在明亮的地方看到他的臉時，義蘭立刻發現他的眼睛之所以如玻璃珠般冰冷，並非全是個性的緣故。荔於和年少朋友隨興抽起一種叫佩菸的東西，因此茶色眼瞳中黑褐色的瞳孔，總有些如夢似醉似地渙散不定。巴掌大的美麗小臉中，雙眼散發出連荔於自己都未意識到的冰冷光芒，義蘭在那眼神中發現了異常，立刻讓荔於住院，接下來一段時間仍不著痕跡地監視著他，並以絕食的懲罰讓他戒除了癮頭。

荔於很快地親近了義蘭。義蘭撬開了他天生如緊密的貝殼般冷漠的個性，但打開來一看，發現裡頭只是個單純的孩子。不過天性的冰冷，使得荔於成了美神與惡魔的寵兒。無意識的魅惑如黏絲般纏繞住義蘭的心臟，將他拖入無底的洞穴裡。荔於的出身似乎相當不錯，沒有任何義蘭一開始所懷疑的、不幸的境遇所導致的竊盜等惡習。但荔於本身對義蘭就是個可怕的誘惑，從看到荔於的第一眼，他就發現荔於將會把他導向破滅。剛開始在義蘭森林裡的家過夜，或陪他一起出門尋樂的某一天，荔於說「每個大人都瞧不起我」，眼神癡迷地望著義蘭，讓義蘭不禁苦笑。

荔於很快就意識到，自己把義蘭的精神、身體，連骨子裡都融化殆盡了，但義蘭當初的手段，讓荔於直到現在依然對他保有敬畏。那是荔於生平第一次感受到的、他自己全然不識的崇敬之心。

十六歲的夏天，在穗高的山中小屋與義蘭一同品嚐祕密的果實以來，荔於內在維持著童稚，外在就這樣逐漸老成，化成了散播白色的毒粉、誘惑義蘭的邪惡天使。義蘭深知自己是真心愛上了荔於，卻將荔於催熟至極限，一點一滴地招來自身的破滅。荔於不太提自己的過去，但從他難得說溜嘴的內容綜合來看，他的父親是外交官，有個不守婦道的母親，母親似乎行蹤不明，而荔於似乎也不是母親和父親之間正當的孩子。荔於沒有提過母親的名字，但看看他的眼睛和膚色，顯而易見，母親的對象是個混血兒。山川京次這個名字也並非本名，而是以前幫派頭目早庭把過去的女友名字改成男名，給荔於新起的名字。

彷彿永恆的歡樂時光讓荔於腐敗，他學業落後，義蘭強迫他每天做功課來彌補，並擔任他的保證人，讓他搬進成城的公寓，但近來對他過於驕縱，供他恣意揮霍，使他墮落為床第遊戲的玩伴，學校成績勉強維持在及格邊緣。荔於腦筋不差，但精神無一刻集中，對一切都沒有恆心，也毫無耐性。對於義蘭的生活、義蘭告訴他的法國小說的情節、電影的影響這些，荔於會近乎過敏地反應；唯有法文，他現在仍毫不排斥地每天用功，表現出一反常態的積極態度。有時被義蘭督促功課，荔於便會縮縮脖子說「沒關係，反正以後我要當口譯」，把手肘深深地靠在義蘭的腿上，他在義蘭的唇上讀出溺愛的影子後，便把臉埋進腿裡，或抱住他的雙腿嬉鬧。

「你才當不成口譯呢。」

「嗯，那去外國人開的店當店員總行吧？」荔於抓起義蘭的手，對指頭送上小鳥羽毛般的親吻。

「你有辦法每天上班不遲到嗎？」

結果荔於細聲說：

「都是義，連要上學的日子都不肯放過人家。」接著閃亮的雙眼仰望義蘭，讓義蘭成了受迷戀的俘虜。然後兩人開始討論起要去哪裡出遊。

荔於從正在讀的報紙移開目光，望向舞蹈起來的人群，但正要收回視線時，感覺到一道強烈的視線灼灼地射在右頰上，遂轉頭望向那裡，發現一名壯漢正筆直地盯著他看。男子皮膚黝黑，就好像長年待在阿爾及爾等地方曬出來的。他顯然是義蘭的同類，而且好像之前就看過自己。

一股神祕的戰慄竄過荔於的身體，莫名的恐懼爬上腦袋。自從義蘭搭訕他，把他帶出這裡之後，茘於沒有再和義蘭一起來過，「阿爾及爾」對他來說，似乎成了某種禁忌之地。現在茘於已經十七歲了，成了個服裝考究的青年，對此志得意滿的他，把「阿爾及爾」視為獨立的年輕男子會來的地方，忽然想過來坐坐。義蘭沒有告訴他，這裡是特殊人士流連之處。（不該來這裡的。我只喜歡義蘭一個人。不過那傢伙是誰？）

意識到自己受人矚目，一股快感油然而生，也令茘於無法招架。自從認識義蘭以後，讓社經地位不凡的男子成為自己魔力的俘虜，帶給茘於一種持續的、心癢難耐的歡愉。反正義蘭人還在九州，儘可以放大膽子。要是在哪裡碰到，裝作沒這回事就行了。看一下臉也無妨吧……不過跟他親吻？太可怕了。

染上羞色的白皙臉上，一雙清透的眼睛在淡褐色的長睫毛底下，奸詐但稚拙地耍著小聰明。黑皮膚男子眼睛眨也不眨地注視著茘於這副模樣。

看著茘於如寶石切磨面般完美的臉龐內側透出的冷漠卻童稚的心旋搖惑，黑皮膚男子的眼睛整個定住了，當他看見那紋理緻密的淡紅嘴唇澄澈的光澤時，湧出了一股無法壓抑的邪惡慾望。不帶感情溫度的眼睛，和打破平衡、處女般柔軟的嘴唇，強烈地誘惑著男子。這個美少年明確地讓人感受到背後有個強大的保護者；而他的心猿意馬，也殘酷地攪亂了這個名叫陶田奧利維奧的浪蕩公子的心。

荔於回頭看見男子，感覺到危險，站了起來。

（我才不跟那種人在一起。而且義很可怕。如果讓義蘭恨起我來，我也不用活了。我只能活在義蘭的胸懷裡。）

與邂逅義蘭那天不同，荔於逃之夭夭地穿過店內，意識到男子好色的眼神盯在自己的腿上，他耳朵飛紅，疾步走到掛外套的地方，兜上圍巾時，眼睛朝斜上方一掃，以探查的眼神瞥了男子一眼，隨即狼狽地垂下目光，外套挾在腋下，奔上階梯。四、五名男子留意到他的動作。

男子戴上墨鏡，深深地坐進長椅。那模樣看似在回味、反芻著少年那楚楚可憐的心慌意亂。

幾天後就是自己的生日，也是聖誕節的某天夜晚，荔於駕駛的灰色勞斯萊斯以斜線穿過伊勢崎町站前，泊在「賓果」前面。

在「賓果」買了義蘭交代的食品，要店員包裝好，放到後車廂，荔於再次乘上駕駛座，把戴著羊皮手套的手擱在方向盤上，也沒有真正握住，一瞬間怔怔地望著前方。不知為何，他把栗褐色的外套衣領立了起來。其實是因為義蘭說二十五日荔於的生日，要去「阿爾及爾」跳舞。「然後一起去『賓果』吃個飯吧。如何？慶祝花花公子定下來第三年。」最後一句話讓荔於耿耿於懷。去東京車站迎接義蘭的時候，荔於站在月台上，用全身向義蘭撒嬌。荔於饑渴著義蘭的愛情。義蘭向坐在另一節車廂同行的、表面上的女友冴子，介紹荔於是他的表弟，他坐上荔於開來的勞斯萊斯後，靠在椅背上，變得有些沉默寡言。車子駛近森林中的房子時，柏木聳立的森林入口一帶的黑色陰影下，整片天空閃耀著琉璃色彩，但泛著深灰的靛藍低雲下緣鑲嵌著甫落的夕陽餘暉，低垂到幾乎觸碰森林，彷彿沉甸甸地壓將上來。義蘭眉頭深鎖地直盯著這一幕。

不會錯過任何一絲背叛陰影的義蘭，一看到荔於在東京車站最初的表情、彷彿從某種恐懼中被拯救的孩童表情，便在背後看見了黑皮膚男子的影子。這天晚上一用完飯，義蘭便把荔於拖上了床。荔於在義蘭的烈火灼燒下，為紫色的咬傷帶來的痛楚而扭動翻滾，幾近垂死。那些紫色的痕跡，就彷彿紫紅色的乳暈移到了肩頭或雙腿似的。從此以後，不知是否心理作用，義蘭的愛情變得更為執拗了。黑皮膚男子的陰影投射在荔於與義蘭的關係之間，就如同掉落在果汁裡的蒼蠅般，令人不快。

忽地，一輛黑色凱迪拉克彷彿掉轉船頭，近到不能再近地貼到茘於的車子前方來，宛如黑色翅膀陰影罩頂一般，緊接著傳來低沉的聲音。是宛如在耳畔低訴般的嗓音。

「今天也一個人？看來你開車技術不錯。下回要不要坐我的車去遠處兜風？我帶你去好玩的地方。」

如惡魔呢喃般低沉的嗓音中，隱藏著撩撥茘於的感官和恐懼之物。

「可是我……」

茘於羞紅了臉，垂下目光，再次抬起頭來：

「讓開。我很為難。」

「今天就放你一馬好了。」

男子詭笑，掉轉車頭離開凱迪拉克，這回則是貼在茘於的車旁停了下來。

如同茘於的猜測，男子把手伸向茘於的車，要求握手。茘於耳朵就像著了火似地，盯著前方，一動不動。

（他是怎麼找到我的？）茘於猛烈悸動的心中疑惑著，有著分明雙眼皮的眼睛瞬間瞥向男子。那總有些木然卻又灼熱的孩童般的眼神，隱藏著無限的自信，只存在於蠶食鯨吞著某個男子溺愛的女人或是少年眼中。

荔於的車發出引擎聲，就這樣駛過黃昏的街道，黑皮膚男子掏出口袋裡的墨鏡戴上，一樣朝東京的方向駛去。

那天之後過了三天，荔於在燈號即將變換時，從東日新聞社前欲橫越斑馬線前往食品超市，途中燈號變了，右側的車龍同時動了起來。混雜在引擎聲及兩、三名駕駛沙啞的叫聲中，傳來熟悉的男聲：

「上車，快！」

已經走到馬路三分之二的荔於，糊里糊塗地上了男子打開的車門。

「你上哪去了？」

與後方車子拉開五、六步距離時，男子問道，但似乎也不期待回答。男子望著前方沉默著。膽汁質（指人的氣質類型）、如重油般獷悍的側臉，搭配著如同畫上看到的拿破崙般自然的波浪鬈髮；看起來有些笨重的龐大軀體穿著針織上衣，粗壯的手臂操縱著方向盤，就好像在撥弄著極輕盈的小玩意。手腕上牢牢地嵌著黑皮革錶帶的浪琴錶。車中暖氣很強，溫度極高。「外套脫掉。」男子目不斜視地說。

面對黝黑而厚實的額頭、鼻子、臉頰，從一開始就讓荔於覺得可怕的，是那雙周圍沉黑、感覺不透明的眼睛。即使默默地以側臉對著他，黝黑的臉和身體亦散發出如淫樂熱度般的氣息，壓迫著荔於。

荔於不時望向男子紫黑色的臂膀。倘若那臂膀兜住自己的脖子勒住，一定會連骨頭一起斷掉。同時一股可怕的誘惑也已經開始在體內奔竄：若是被這雙臂膀緊緊地擁抱住，自己可能會整個化掉。

他為什麼不說話？荔於的本能忽然讓他省悟，自己只不過是個小小的祭品。禿鷹朝盯上的兔子筆直俯衝而下時，兔子便已動彈不得，去了半條命；同樣地，在宛如漆黑厚重魔手的凱迪拉克裡，籠罩車子的夕陽殘照微光中，荔於已經成了一隻無法動彈的野兔。

荔於陷入恐懼，拚命地思考。我實在是抗拒不了。錯不在我。如果能夠再次見到義蘭，他就要這麼說，並緊緊地撲抱上去。他要在義蘭的胸腰裡撒潑耍賴，無論如何都非要他原諒自己不可。但即使如此，或許還是沒辦法得到義蘭的原諒。荔於像個孩子，表情一本正經，嘴唇用力抿成一字，窺覷著男子的側臉。

黑皮膚男子對荔於的驚恐瞭然於心，卻望著前方說：

「怎麼啦？我又不是魔鬼，很快就會放你回去了。只要你偶爾乖乖聽話就行了。」

由於恐懼，荔於想要逃離的衝動讓他撲向了男子。

男子左手放開方向盤，將荔於的肩輕摟過去。荔於單穿了一件水藍色襯衫，衣物底下的肩膀溫度似乎點燃了男子。男子的手滑至荔於的上臂，繞住側腹。一會兒後，荔於說：

「我可以任你擺布，但請一定要放我回去。」

荔於將女人般柔軟可愛的側臉埋進男子懷裡，溫熱的淚水沁入男子心胸。男子原本用力掐住的手鬆了開來，伸向荔於的下巴，抬起他的臉。車子停住，車內上方的燈亮了起來。男子的手指使勁，扳起那小巧的下巴，荔於的嘴唇承受到灼燒般的痛楚。緊接著，撲咬般的親吻一次又一次襲擊了荔於。荔於拚命地抓住男子的手，臉龐左右閃躲不迭，持續著徒勞的努力。

不久後，車子經過有人家與森林延續的陌生道路，進入與義蘭的家那一帶極為肖似的林間小徑，停了下來。

泛著灰色的磚造圓頂大門旁，鐵製的粗導水管讓雨水滲入磚塊。比人還高的地方，是分成六格的橫長窗戶，倒映出陰暗的屋內，一片黑魆魆，底下鐵製信箱口反著光。大門分成左右兩邊，左半邊似乎緊閉，左右嵌有鐵製小門；穿過內凹處有門的右側門板進入後，裡面是石牆與石階的房屋。沿著黑色渾圓的鐵扶手、如蛇般蜿蜒的階梯上樓，左側有一道浮雕門，圍繞著藤蔓花紋，中央是一個嬰幼兒樣貌的天使。階梯上的盡頭處旁邊，方形玻璃窗映出大樹的樹梢，不知道是什麼樹，像紫薇般閃亮、曲折。窗下的牆面密嵌著一把同樣是木製的長椅。屋內有暖氣，四下卻瀰漫著冰冷的感覺，茘於縮起穿著外套的胸膛，雙手插進後褲袋，美麗的臉低垂著，跟在男子身後，顯現出靠近祕密場所的童稚般的緊張。階梯上的石牆有古典的煤氣燈造型燈具，內裡是螢光燈，柔和的燈光照耀下，浮現出茘於已預知祕密氣味而沉沉地低垂的雙眼，以及微翹的鼻頭和嘴唇。

男子轉動鑰匙，門便自動左右開啟，接著又再次闔上，彷彿將茘於吞入其中。

從入口到階梯都纖塵不染，如寺院般清潔；相對地，房間裡四面是寬度不統一的架子，雜亂地堆放著書籍、雜誌、洋酒瓶、調酒器、洋杯、玻璃壺、小型收音機等。左側角落鋪了毯子的雙人床上，白色被單擠出無數皺褶，掀起了一半。床邊的桌子和小几上，是滿滿的罐頭、巴黎汽車賽紀念品的菸灰缸、酒瓶、燒剩一半的火柴，不光是桌上，連地板上也都是菸灰，一片雜亂。相較於義蘭的書房有種無秩序的知性統一，這個房間的無秩序儘管也是知性的，卻令人感覺到自棄、怠惰，彷彿那知性的精神在某處分崩離析了一般。

男子回頭：

「別怕，很快就放你回去……而且待久了我也麻煩。」

男子說，露出苦澀的微笑。

「你要吃點什麼吧？」

男子說，消失在右側門內，不久後端來一大堆食物：盛了羅宋湯的小陶缽般的綠杯子、大銀匙、夾了厚切火腿和萵苣的野燕麥三明治；幾乎滿溢出來的水果籃裡，有熟透的柳橙、荔枝和淺間葡萄，還有牛奶。男子手在桌面上一掃，鋪上白餐巾，將這些食物陳列上去，努努下巴，催促荔於取用，自己則從架子取下威士忌，倒進紅茶杯裡。

「吃吧。我在街上吃過了。」

荔於頓時餓了起來，在男子對面的長椅坐下，拿起湯匙。低垂的陰沉眼睛朝上瞄了一眼，看見男子正盯著自己，啜飲著杯中酒液，他喝了一半的湯，以潔白的牙齒啃著三明治，同樣只吃了一半，然後喝完全部的牛奶，吃了五、六顆淺間葡萄，以餐巾擦拭嘴唇。

荔於看著望著自己進食的男子，他的臉上一片木然，沒有義蘭那種溫暖的、父兄般的溫情。陶田奧利維奧的眼中看到的，只有一個充滿誘惑的祭品。荔於陷入了對義蘭的思念。

男子放下盛威士忌的茶杯，眼睛異樣地亮了起來，理性的光芒幾乎消失了。

男子的眼睛依舊盯著茘於，但他起身從應是衣櫃的櫥櫃裡抓出上漿的白色薄睡衣，催促茘於，他領在前頭，打開深處的大門板。他把睡衣遞給茘於，以下巴示意他進房，茘於入內以後，便把門關上了。

睡衣只有上衣袖口有一道栗褐色線條，但剪裁十分高級。褲子打了褶，上衣的鈕釦是貝殼，褲頭上則是比上衣更小的兩顆貝殼釦。茘於站在腳掌幾乎陷進去的地毯上，望向老舊但豪奢的床鋪。深緋色的緹花帳子一邊束起，另一邊沉甸甸地垂下，以同色的繩子繫住，其中是比雙人床更寬闊的床鋪，探頭一看，床頂亮著一顆小燈泡，將昏暗的光灑在白色的床單和灰色的皺褶上。

往左一看，是前所未見、美豔絕倫的自己，站在那裡斜睨著這裡。對自己一貫的美貌的自信與歡喜壓倒了茘於，他走向鏡子。茘於對鏡顧影，唇角微微勾起，露出輕睨般的眼神；他粗魯地扯下黑色細領帶，褪下水藍色襯衫及水灰色貼身長褲，扔到長椅上，並摘下紫紅色襪子，只剩下一件形狀如泳褲般剪裁貼身的黑色木棉底褲。他站在鏡前，雙手在後頸交握，又鬆手拍拍飽滿的胸膛，扭腰映出前方那條腿的線條；接著雙手捧腮，媚眼陶醉地盯著鏡子，彷彿裡頭有個人似的。他回過神，從床上取來睡衣長褲，對鏡脫下底褲，穿上睡褲，扣起肚臍底下的兩顆貝殼釦，對著紫紅色乳暈中央那有著母貓奶頭般淡紅色乳頭的胸膛看得出神；接著抬起一手，照照手臂形狀，稍微扭動上身，從腋窩的黑影下露出噴火般黑灰色的眼睛看鏡子。他在鏡中發現有盆小灌木盆栽，結著像是西班牙品種的深紅色蜜柑，便走了過去，朝門偷看一眼，摘下一顆，啃了起來。蜜柑極甜美，他的眼睛亮了起來，悉心剝皮，一面剝著，仍不忘斜著眼睛欣賞鏡中自己的嘴唇。

（這和義說的Sanguine（樂觀）不一樣嗎？）

荔於喃喃道。

他抓起上衣穿好，爬到床上，扭開偶然發現的枕邊檯燈，這時後方的門打開了。也許是新一波恐懼襲來，荔於就像在竹簍底跳動的蝦子般，彈起又躺下，一手在下方像要掩住胸脯，另一手攏住尚未扣上的上衣前襟，結果衣物向後捲起，這回他把手伸進胸脯，仍試圖遮掩，兩眼盯著男子，瞪得老大。圍繞著黑色瞳孔的灰黑瞳眸就像被逼急的貓眼那樣閃爍著。反手關上門的男子充滿了令荔於不敢置信的勃勃生氣，目光凌厲得判若兩人，像刀子般尖銳發光，貫穿了荔於。男子穿著海盜那種藍色半長褲，胸毛濃密，手毛同樣濃密，黝黑的上身赤裸著。

荔於維持相同的姿勢，挪動著膝蓋後退，眼睛緊盯著對方。男子全身散發出來的氣勢，就彷彿只要一移開視線，他便會立刻撲咬上來。荔於如鮮蝦般緊實的小腹就像有魔力般，牢牢地吸引住男子的目光，恐懼使得他的身體宛如淋上了醋，緊繃弓起。

留下殺氣騰騰地對峙的兩人，雕刻著惡魔臉龐的厚重桃花心木門緊緊地關上，接下來五個小時都沒有再開啟。

不知道是誰先動了，片刻之後，房內傳來茘於細微的尖叫聲，接著是呼嘯般的鞭打聲。是奧利維奧巧妙地拿散亂的蜜柑皮和種子當做藉口。有毒癮的奧利維奧在白天的時候，眼睛總是渾濁渙散。這時面對獵物，他施打了強力的海洛英，因此茘於看到的是從未見過的奧利維奧。被海洛英侵蝕大腦的男子，僅有面對獵物的少年時，會燃燒起熾烈的生命之火。因此他無法長時間禁錮少年。施打強力的海洛英和春藥七小時後，奧利維奧會陷入朦朧狀態，過了這段時期，便進入戒斷症狀般的強烈發作。一旦發作，奧利維奧便會鎖上臥室，發出野獸般的咆哮，如同被活宰的蛇般滿屋子翻滾，將身上的衣物撕咬成片，或以雙手扯裂。這是只有寶石商陳才知道的奧利維奧的祕密。

鞭打聲持續著，其間響起茘於沙啞微弱的求饒聲；不久後鞭聲停歇，肖似將果實扯下枝葉啄食般的尖銳接吻聲中，摻雜著茘於奄奄一息的漫長呻吟，接著沉默降臨了。

隨著奧利維奧的狂亂，鮮紅的夕陽燃盡，灰色磚房剛開始沉浸在夜色時，圓頂門打開，荔於出來了。接著奧利維奧也出來，讓荔於上車，車子緩緩地穿過陰暗的林間道路，在即將駛出厚木街道的地方停下，荔於穿著黑色短靴、水灰色長褲的一腳踩出車門，肩膀斜斜地穿出門外，身子一扭，全身都離開了車身。荔於欲收起的左手，被奧利維奧黝黑的手如纏繞樹枝的蛇般，也跟出了車外。荔於右肩使勁，試圖把手抽回來。奧利維奧的手牢牢地勾纏著荔於白皙的手指。荔於的額上滲出冷汗，發出不成聲的輕喊。

黑手忽地鬆開來了，宛如蛇的氣絕身亡。荔於凝目細看黑暗之中。約二十公尺前方處，一輛熄了燈的車駛近過來。荔於倒抽了一口氣，認出那是曾經從後方看過一眼的中古雷諾汽車。是陳的車。

荔於跑過雷諾前方，奔進馬路對面的田間小徑。黑皮膚男子的車與陳的車擦身而過，掉頭開向原來的路，陳的車也朝向東京駛離了。

「……」

「我要出門了。」

義蘭起身，陳裳雲也跟著笨拙地挪開椅子站起來，依習慣稍微張開兩肘，膜拜似地抬起雙手並交疊，頭部僵硬地微傾。

雙眼盯著下方的一點，一動不動。那是窮途末路，反顯得有些俏皮的眼神，嘴唇扭曲，臉色蒼白。

義蘭並未看著陳。憤怒沉積在丹田深處，一片冰冷。他微微交抱起雙臂，左臂略為前伸，盯著腕上的錶，眉頭深鎖。他似乎正準備出門，戴了有些堅硬的襯領，打了灰色領帶，穿著黑色西裝外套和條紋西褲，上衣口袋裡塞了隨手疊起的嶄新白手帕，露出一小截。陳偷覷了一眼義蘭那滾滾沸騰著苦悶、因憤怒而緊繃的臉，立刻又垂下眼皮。

義蘭抬頭看向陳。眼神彷彿利刃，唇角揚起，神情淩厲得宛若處在驚心動魄的場面中。陳瞄了一眼，低眼俯視，握住了雙手。

「請您就當做……小的沒有說過這些……」

「如果是你，會怎麼做？」

義蘭的聲音很沉靜。

「……」

「你也並非從來不曾為情所困吧？夠了，你走吧。」

陳不停地哈腰點頭，拿起身後的皮包，走到門邊，提心吊膽地回頭。

應該是不經意的一瞥，但義蘭流露出內心苦惱的上睨銳利眼神偶然射向陳所在的方向，唇角依然上揚的那美豔絕倫的表情，看得陳狼狽萬狀、結巴地說：

「需要寶石的時候，還請繼續惠顧……」

義蘭猛然驚覺般，焦點凝聚在陳的臉上。

「這是兩碼子事。」

「是，多謝老爺。那麼小的告辭了。」

義蘭無意識地掃了陳離開後的門一眼，佇足片刻，忽然聽見樓上臥室的電話在響，看了看時鐘，奔上樓梯。

義蘭爬上床，躺下來拿起話筒。彼端傳來荔於細微的聲音：

「義？是我，荔於。」

「嗯。」

「我不太舒服，一直躺著。」

「你在哪？項鍊送來了。」

荔於遲疑了一下——那是若不是聽到陳說荔於從奧利維奧的車子走下來，絕對不可能察覺的遲疑——隨即說：

「是嗎？那你拿過來。開車比較快吧？我現在在家。」

「我要去開會。九點左右你在『阿爾及爾』等我，行吧？」

現在義蘭已經知道奧利維奧這個人的名號，倘若他和荔於偶然相遇，義蘭認為地點一定是「阿爾及爾」。荔於再次稍微遲疑了一下，說：

「嗯，那我過去。」

「穿白襯衫和栗褐色外套來。」

「嗯。」

荔於的聲音裡帶有想壓抑也壓抑不了的一絲雀躍，撩撥著義蘭的鼓膜。

不出所料，荔於的心尚未被奪走。

荔於的聲音那狡猾的、細微的躊躇，以及尾音的一絲雀躍，在喚起滾滾沸騰的愛意的同時，卻也激發起他憤怒的烈火。義蘭放下話筒，額頭至耳後繃得一片蒼白，眼睛醜陋地扭曲，炯炯發亮，唇角卻揚了起來，彷彿微笑一般。他把雙手交疊在腦後，仰躺在床上，想著荔於在不至於難看的範圍內逐漸隆起的肩膀、緊實的胸膛、抬手時的媚態、已開始擁有接近青年的力量，得費上一番辛苦才能壓制的逃躲姿態，與漸漸粗壯的上肢。然而他的動作卻又童稚不脫少年氣息。不過近來荔於是有意識地做出稚氣的動作，只有臉龐彷彿忘了發育，下巴抬起時顯得小而尖，聲音和呼氣也彷彿女人。荔於身體每一個部位的幻影就彷彿實體在眼前般，歷歷在目，覆蓋了義蘭，以尖銳的撥火棒穿刺他；義蘭握緊拳頭，在床上翻了個身，意欲拂去的荔於的幻影卻更加真實地逼近了。坐在椅子上讓義蘭為他洗浴時那毫無防備的姿態、僅有近似酒精的汗味少年的胴體奇妙地維持著青澀，日漸發育，還有在他耳後及腋下搽上的少許木槿花與紫羅蘭香料所散發含羞的氣味。正仰起下巴、扭動上身的義蘭突然定住了。他的眉頭深深地糾結，眼睛扭曲，就像咬到某些苦澀的東西，然而嘴唇卻與臉部上方的表情背道而馳，滲透出嚙咬甜蜜的果實，嘴周沾滿了蜜汁般的甘美，目光陶醉地定在虛空中。忽地，眼前浮現荔於裹著十七、八歲少年穿的牛仔褲、呼之欲出的雙腿。「今天一定有兔子。」荔於說著這種話，裹著牛仔褲的雙腿向前奔去。

（對了，在打獵的時候……）

可怕的扭曲再次侵襲義蘭的臉，他在不知不覺間用力咬住嘴唇。舌頭觸碰到鐵鏽般的血腥味，義蘭感覺到某種酥軟、暖熱的感覺流入腦中，讓他一時之間徹底失去了理智。

約一個小時後，義蘭儘管仍有些不悅，但仍恢復了他副教授義蘭．德．洛希福柯的道貌岸然，開著勞斯萊斯，駛出淡黃色的磚房。

映出夕陽殘照，綻放金黃燦光的天空上方尤其亮得刺眼，其中有形狀宛如昂首的鴕鳥、側身的惡靈、骷髏小人形狀般的雲，群聚著構成漆黑凶惡的地圖般，似要侵襲而來。

荔於和義蘭坐在「阿爾及爾」的酒吧高腳凳上。荔於右邊坐著義蘭，這時奧利維奧過來了，坐到荔於左邊，點了伏特加，從後口袋掏出菸盒，同時戳了戳荔於的腰。

荔於朝義蘭瞄了一眼，垂下眼皮。

男子恍若不知，以服務生手中的火柴點了菸，並用拿著菸的手在唇上往旁邊一抹，臉正好對著荔於，朝他送上眼波。

一陣沉默，荔於額頭冒出冷汗，全身僵硬，下巴緊貼著喉嚨。

義蘭蹙著眉頭，嘴唇緊抿，雙臂在前方略為交抱，看了看左腕上的錶，若無其事地揑住荔於的下巴，扳向自己說：

「今天要去哪吃飯？」

荔於臉色蒼白冒汗，張大嚴肅的雙眼，注視著義蘭，勉強擠出一絲微笑：

「今天是聖誕夜，又是我生日，去比『賓果』更高檔的地方吧。」

接著他想要把下巴扭開。

義蘭緊箍住荔於的下巴，說：

「荔於是基督教徒嗎？不是吧？你是阿多尼斯[15]教吧？」

服務生交互看著兩人，朝對面遠處牆邊的會田使眼色。

「我不知道什麼阿多尼斯教啦。放開我。」

義蘭用力推了一下荔於的下巴才放手。

這時黑皮膚男子把手伸向荔於前面，拉過菸灰缸，將菸捲捻熄在裡頭，下了椅子付了帳，大步穿過店內，拎起外套披到肩上，脖子兜上黑色平織圍巾，從外套口袋掏出眼鏡，眼睛盯著兩人，暗玫瑰紅的厚唇露出淡淡的笑，揚長而去。

荔於緊緊地捏著威士忌酒杯，下巴深埋在脖子裡，就像承受著震驚，但當他伸手要抹

---

15 譯註：阿多尼斯（Adonis）為希臘神話中登場的美少年，愛神阿芙蘿黛蒂的情人。也是俊美男子的代名詞。

去額頭的汗水時，義蘭從後口袋掏出白手帕，遞到他面前。

茘於一把搶過手帕，捂在臉上。喉結大大地響了一聲，在手帕裡發出抽噎般短促的聲音。

取下手帕後，眼皮濕紅的眼睛目不轉睛地盯著杯中。

茘於飛快地偷瞄了義蘭一眼。

義蘭的側臉，從臉頰到嘴巴都醜陋地鼓脹著，濕潤的眼睛在浮腫的眼皮裡泛著血絲。是他嫉妒時的表情。

茘於驚慌地別開目光，想要把手帕塞進義蘭腰間的口袋裡，結果義蘭一把抓住那隻手，猛地拉到自己面前捺住，擦了火柴，點燃夾在指間的菸捲，想要扳開茘於的掌心。驚慌失措的茘於扭動身體，試圖把手抽回去，以懇求的目光拚命看著義蘭。

「不是那樣的……」

義蘭鬆了手，喝完剩下的琴酒，付了帳，走下椅子，撿起手帕，以下巴催促著茘於離開。

茘於走下椅子，瞄了義蘭一眼，跟在他後面走出了「阿爾及爾」。義蘭先上了車，讓茘於坐到副駕駛座，以超過一百公里時速的速度直奔森林裡的家。在車中，茘於說他呼吸

不過來，癱軟在義蘭身上。義蘭認為是驚嚇過度而引發神經性的呼吸不順，讓荔於靠在懷裡，停下車子，讓他就這樣休息了約十五分鐘，再回到森林裡的家。

這天夜晚，荔於站在義蘭面前。義蘭深深地坐在床沿，連外出服都沒有脫下。是荔於正準備解下領帶時，義蘭抓住他的手，要他站起來的。荔於嘴唇緊抿，削瘦的臉頰變得蒼白、失去光澤。他好像洗過澡了。然而些許污穢的罪惡氣息，隨著摻雜在宛如蒸馬鈴薯的少年氣味裡的Coty堇花香氣飄了過來，幾乎讓人窒息。義蘭看著失去了幾分潔淨的荔於，竟被難以壓抑的誘惑攫住，這挑起了他的憤怒。

義蘭開口了：

「你以為只要脫下衣服，我就會束手就擒嗎？」企圖被識破的恐懼，讓荔於全身瑟縮。荔於想破了他幼稚的腦袋，懷著拚死的決心，想要赤身裸體地乞求義蘭的憐憫。

「不是的，我……」

「你是說你累了？是在哪裡搞得這麼累？」

一陣戰慄竄過荔於的身體。

躊躇、畏懼、稚氣但狡猾的心思，這些種種在荔於因緊張而變得不像他的沉鬱眼神中彼此激盪，深底處，沒道理遭到責備的軟弱自信，以及對義蘭的傾慕，惹人憐惜地蠢蠢欲動。義蘭瞭若指掌，荔於失去了乞憐的勇氣，正惶惶不知所措。

義蘭沉默著。

在義蘭的沉默籠罩下，荔於的恐懼加大了。

「昨晚你在哪裡過夜？」

義蘭問。

荔於屏息低頭，下巴抵在脖子上，肩膀痛苦地起伏喘息。

荔於那前所未見的媚態，令義蘭怒火中燒，雙手撲向他的頸脖，就這樣將他拽倒在床上，使勁掐了下去。

荔於抓住義蘭的手試著扳開，雙腳全力踢動，試圖推開義蘭。短促的呼吸忽然一堵，停了下來，踢動的雙腿也像昆蟲般軟下來，摳抓義蘭手腕的手也脫了力。

義蘭鬆手，荔於立刻跳起來要逃，義蘭的手再次揪住他的肩膀。

荔於以驚懼小鳥般的眼神仰望義蘭。

義蘭的臉近得嚇人，變得龐大無比。

那不是義蘭的臉。臉上現出酒窩般的深窩，看似在笑，卻異樣地扭曲，兩眼彷彿與眉毛合為一體，眼珠子反插上去，貼在上眼皮，看起來一樣像是在笑。整張臉奇妙地扭曲著，是他從未見過的嫉妒的形貌。當荔於悟出這一點，恐怖感如同電流般竄過了全身。

荔於左右甩頭想要別開臉，肩膀在義蘭的掌中扭動著。雙腳不知不覺間被壓在義蘭的膝下，再也一動不能動了。

發不出聲音的荔於不斷地掙扎。

義蘭粗重、痛苦的呼吸聲，恐怖地束縛了荔於。荔於如生病小鳥般無光的眼睛無意識地看向義蘭，再次試著左右轉頭。掙動的厚實肩頭溫度背叛了如小鳥般堪憐的面容，強烈地誘發令人頭暈目眩的憎恨。

到底經過了多久？義蘭忽然放開一手，僅按住左肩，右手輕擱著，但那猙獰的表情感覺隨時都有可能再掐上去。

「你是在哪裡見到他的？給我從實招來，不招，我就逼你招。」

義蘭在抓住肩膀的手、壓住腳的膝蓋上使勁，腳幾乎快被壓斷了。荔於只是渾然忘我地掙扎著。

「不招，你明白會有什麼後果嗎？我不會讓你活著走出去。」

荔於竭盡所能地踢動雙腳，獲得自由的肩膀和手肘使勁想要推開義蘭。

「給我安分點！從實招來，我就放過你。陳都看到了，陳跟那傢伙過從甚密。要是你有所隱瞞，絕對逃不過我的眼睛，懂嗎？」

荔於目光呆滯，重獲自由的手無力地掛在義蘭的右手腕上。

「放開我。我……我實在是太害怕了，我逃走了，兩次都是……如果不上車，會被他撞死。」

說到這裡，荔於短促而痛苦地喘了一下。

「……被帶走的時候……」

荔於似乎發現義蘭的凶相緩和了一些，便斷斷續續，將一切都告訴了義蘭。說到驚心動魄處，他淚流不止，拚命地摘下義蘭動輒就要用力掐住脖子的可怕的手握住，將滾燙的淚水搵在上頭，獻上親吻，笨拙地描述黑皮膚男子的凶殘，加油添醋地述說發現男子藏在身後的手上拿著鞭子時，他有多麼害怕、遭到鞭打時有多痛，以及最後男子如黑蛇般纏繞上來的手有多恐怖，並聰明地補充說，他覺得就是因為看到陳的車，男子才會抓住他的手。

聆聽期間，義蘭壓抑著爆發的情緒。可憐的荔於犯下的罪行，反倒是點燃了他、灼燒著他。嫉妒就像一團堅硬、炙熱、痛苦的事物衝上胸口。說完之後，荔於鬆了一口氣，輕喘了一下，提心吊膽地望向義蘭，白皙的手撫上他的面頰，就在這瞬間，義蘭的嫉妒到達了巔峰。

「讓我看。」

義蘭冷不防扯開荔於身上的衣物，差點沒將其撕裂。

荔於本能地害怕，奮力抵抗，但力量完全不敵義蘭。荔於似乎全身都挨了鞭，一條條微微滲血凝固、紫脹的傷痕爬在肩膀、胸膛、乳頭上，荔於說他想要爬著逃走，結果手被綁在身後，一腳被抓住鞭打，而他的下半身確實也有許多傷痕，就像要證實他的說詞。男子肯定是在計畫，要調教出荔於身為美少年理當具備的被虐特質。傷勢並不嚴重。用不著荔於聰明地補充，奧利維奧一定就是看到陳的車子，才抓住了少年的手，就連陳的車子怎麼會出現，都啟人疑竇。奧利維奧注射的時間太久，有可能就是在那時候打的電話。荔於的傷口必須清潔、包紮，然而這個想法剛浮現便又消失，貫穿身體的火柱令義蘭瘋狂，他掐住全裸的荔於的咽喉，膝蓋壓住反彈的身體，將靈魂灌注在彷彿要延續到世界終結般的親吻。在義蘭的狂亂之中，漫長的時間過去了。

荔於恍惚地聽著雨點打在百葉窗上的聲音，恐懼逐漸轉變成陶醉。嘴唇觸碰傷痕的痛楚令茘於輕喊出聲，但那喊聲也隱藏著歡愉，變成了隱微的呻吟。茘於的陶醉煽動著狂亂之火，義蘭的心中承受著難以痊癒，也不可能痊癒的傷。恢復冷靜之後，義蘭深深嘆息，閉上眼睛，雙手捧住宛如死去的茘於的臉龐，就像觸碰小鳥胸毛那樣輕柔地親吻上去，並逐一仔細地為他的傷口消毒。各處紮上繃帶後，義蘭將赤裸的茘於抱到胸上，手擱在他的背上，就這樣躺臥良久。茘於小巧的頭靠在義蘭胸膛，義蘭的鼻唇埋在茘於柔軟的髮絲裡，兩人的身體就這樣長久靜止著。茘於沉浸在獲得寬宥的甜美夢境中，義蘭則是設法壓抑著不安，卻明白這只是徒勞。

雨不知不覺間停了，又不時傾灑在百葉窗上，發出飛沙走石般的聲響，每一回都撩起義蘭設法壓制卻仍振翅飛起的不安。

這一整天，就在義蘭艱困的照看中過去了。倦怠的午後陽光裡，或是夜晚的燈光下，茘於撒嬌的眼睛和嘴唇沁入義蘭胸中的傷口，有時則是殘忍地觸摸，義蘭內心的傷疤被揭開，飄浮在半空，暴露在疼痛的風中，而他只能承受。

（茘於心中的被虐傾向似萌芽了。）義蘭這麼想。茘於那渴求陶醉的狂熱，終有一日將無法滿足於義蘭的嗜虐。

（茘於就像女人一樣膚淺，他很快就會被那個人所吸引。不知不覺間，他已經被吸引了。）義蘭看出荔於陶醉的盡頭在何處，壓抑著痛苦的衝動，放在荔於背部的手掌就像緩緩爬過的蛇般無意識地繞至側腹，荔於微微扭動身體，就像在撒嬌。義蘭雙唇微啟，像魚一樣喘息。

隔天早上雨過天晴，窗外的樹林閃閃發亮，傳來小鳥揮灑雨滴的振翅聲。在這樣的日子，荔於在早晨初醒的愛撫中，展現著若有似無的微笑。荔於尚未意識到自己的變化。

先前完全無暇顧及項鍊的荔於，一想到墜飾，立刻推開義蘭的擁抱問：

「項鍊在哪？」

接著他以繃帶鬆脫的腳奔向義蘭努努下巴指示的暖爐處。打開盒子，荔於眼睛閃閃發亮，捏著項鍊，飛快地套上藍色睡褲，一手扣著褲子鈕釦，另一手拿著項鍊回到床鋪，將鍊子兜在脖子上，背對義蘭。義蘭起身，替他扣上項鍊鉤子，並親吻他的後頸。荔於嫌煩地扭動頭部和肩膀，起身站到義蘭面前。

「身上都是傷，真難看呢。」

「這要是在巴黎，這樣的傷會在少年之間流行起來。」

「什麼意思？」茘於坐在床沿，憑靠在義蘭的肚腹上問，毫不厭倦地把玩著綻放橄欖綠和金色光澤的飾品，那璀璨搖曳，比朝露更美的墜飾。

「是戰爭前的事了，巴黎有個女人手背留下了吻痕，但她沒有戴上手套遮掩，而是就讓它露出來。有人認為白手背上紫色的吻痕美極了，便刻意留下吻痕，作為點綴，風行一時呢。」

「是嗎？那我沒辦法，沒一個傷疤是露在外面的，又不能再解開一顆襯衫鈕子。」

「你可以打赤膊。」

「如果是夏天，就可以去海邊了。」

「你要露給別人看？」

茘於總算注意到義蘭的不悅，伏在他的胸膛上，反覆輕啄。除了柔軟的唇瓣，冰冷的墜飾亦隨之觸在皮膚上，義蘭發出深沉的嘆息，抓住茘於的腋下抬起他的上身，細細端詳下巴貼在脖子上並對他眨眼的茘於的臉龐。

「你這傢伙動不動就得意忘形。就是這樣，才會被盯上。我那時候也是，才兩、三下就讓你跟來了。你的脊梁哪去了？」

義蘭眼中帶著苦笑說。

「我是沒有骨頭的魚。」

荔於擺頭搖晃墜飾，嘔氣地鼓起嘴唇。

「義就會酸人，真討厭。」

荔於敏感地察覺義蘭對自己陷溺得更深了，但對義蘭的強烈畏懼依然如故。他偎在一旁，想要討好義蘭，抓住義蘭的手繞過肩膀，握住那隻手親吻指頭，吃奶似地吸吮著，閃亮的美麗雙眼從腋窩底下窺看著義蘭。

對著天花板閉眼的義蘭，嘴唇浮現深邃甜蜜卻有些醜陋，因陶醉的扭曲。荔於的唇角勾起，露出難以察覺的微笑，忽然整個身體蹭上去，臉伏在義蘭一邊胸膛上，更用力地磨蹭上去，他的手在義蘭的胸上撫動著，就像嬰兒摸索母親乳房般。義蘭抓住那隻手，箍住五根手指緊握住，幾乎要將它們捏碎。

「荔於！」

義蘭低吼般地呼喊。

一天過去，兩天過去，一星期過去了。

隨著時間經過，義蘭的愛撫愈來愈帶有嗜虐性，然而茘於卻有什麼逐漸覺醒過來了。驚愕與恐懼的遮蔽物去除之後，奧利維奧鞭打的記憶、沉眠於每一道傷痕燃燒的恐懼中遭鞭打的陶醉，在無意識的深底覺醒了。被奧利維奧抓住左腳，在地毯的深淵拖行，腳、腰、下腹遭到鞭打的記憶，不純粹是可怕而已，還伴隨著想要再次受鞭打的奇妙慾望，湧上心頭。義蘭觸碰傷痕的嘴唇，喚起每一道傷痕的烈火，茘於在陶醉的深處想起了奧利維奧的鞭子。在義蘭的愛撫中，茘於發出從未有過的野獸般呻吟，難耐地扭動，求饒地看著義蘭，眼中散發異樣的光采。茘於僅在性方面變得老成，其實內心童稚依舊，卻也依稀覺察到從身上每一道傷痕燃起的不可思議的變化，並清楚這樣的變化，與偶爾盯著自己的側臉和背部的義蘭那扭曲可怕的表情有關。茘於以為得到寬宥的甜美的夢，開始被不確實的不安迷霧給籠罩了。

愛撫與陶醉的時光伴隨著殘忍的陰影反覆上演，讓義蘭痛苦，也讓茘於害怕。殘酷的陶醉不分晝夜持續著，期間，義蘭依然前去上課。義蘭帶著眼皮腫脹、眼睛底下疲憊鬆弛的臉，開車出門，一上完課便直接返家。自從袒露傷痕那晚後，茘於便處在沒有鎖鍊的軟禁狀態之中。義蘭滿臉疲憊，眼白布滿網狀血絲，炯炯地盯著茘於的一舉一動，而茘於就如同受監視的野獸，在家中走動，出去庭院，或回望書房窗戶。義蘭白晝的眼神，以及夜晚在嫉妒的痛楚中帶著難耐陷溺的執拗愛撫，日夜追逐著荔於，讓荔於可愛而冷漠的美貌，也蒙上了淡淡的疲勞陰影。

荔於日漸被奧利維奧的鞭子喚醒的肉體，讓義蘭無止境地陷溺其中，同時義蘭也感到一股無法任由荔於繼續活下去的憎恨與混亂。他有預感，那難以壓抑的瘋狂情感最後將把他逼到無論如何都無法克制的地步，並感到體內有股可怕的慾望，想要趁著荔於還活著的時候，一滴不剩地飲盡他迷人的肉體酒杯中的一切。每當強烈地感受到心中這樣的殘酷無情，義蘭便會溫柔地擁抱荔於，心痛地摟緊他，而每回荔於都會沉浸在獲得原諒的短暫甜美夢境裡，親吻義蘭的掌心，像嬰兒吸奶那樣吸吮義蘭的胸口。

儘管無法讀出義蘭的心，但荔於在本能上感受到模糊的不安，他唯一的依靠便是義蘭的瘋狂，但義蘭的瘋狂過了頭，他便會拋下媚態，遵循野獸般的本能試圖逃離。他發自真心的畏懼，更加激起了義蘭的瘋狂。瘋狂與恐懼如蛇般交纏，陷於無底的陶醉。然後黎明到來，荔於與義蘭一起坐下來用早餐。

義蘭勉強繼續授課，未曾缺課，並持續進行少量的翻譯工作，但創作部分，《乾草》這部中篇開頭寫沒多少，某個句點便墨水挑開，形成醜陋的污漬，一旁拉出一條又歪又斜的線；這似乎是耽溺於對茘於的妄想，無意識地擲筆所致，稿紙已經好幾天放任蒙塵了。

宛如腫脹的嘴唇抿起，一樣眼皮腫脹的眼睛瞪著半空中。義蘭偶爾會在茘於睡著後，獨坐書房。左手托在腮幫子上，手肘倚在椅子扶手上，就像在安撫淪為可悲的惡魔子弟的自己，兩眼發直，彷彿某個目睹不屬於這個世上的污穢駭人之物、歷劫歸來的人，如今又再次目睹那令人駭絕之物。那氣宇軒昂、卓越出眾的精悍面龐上，眉頭、鼻樑到臉頰、嘴巴，卻散發出哭泣般的神情。繼承了果斷而英俊的父親血統的義蘭，具備到哪裡都出類拔萃的法國靈魂和優雅的柔情，總是帶著茘於一同登山、狩獵，流連劇場和夜店，以人們疑惑究竟他是何時撰寫的速度，陸續發表創作，備課及翻譯工作亦駕輕就熟。將他生氣勃勃的形姿襯托得更為光采奪目的橄欖褐西裝、水灰色軟領襯衫、黑領帶，如今卻顯得有些委靡、頹喪。

一直以來，幽會多半是一週三天，星期六過夜，再相處一整天，次日星期一早晨，義蘭會從森林裡的家開車去學校。以星期天為中心的三日，是一星期裡最長的幽會，與茘於的情事向來是義蘭適當的調劑娛樂，然而自從奧利維奧事件隔天的夜晚之後，他就再也不放茘於離開，對茘於的陷溺亦轉為了執著，在這執拗的深淵裡，茘於對被虐愛好的隱微覺醒，以及對他極盡魅惑的肉體的苦惱，化成了頑拗的水藻，糾纏著義蘭；義蘭的苦惱發酵成殺意，也就成了必然。荔於害怕去學校。他害怕再次遇到奧利維奧，再次承受鞭打，就有如恐懼遭到殺害。

只有義蘭去大學授課時，他才會外出，義蘭回來後，他感受到義蘭對他充滿的沉溺，以及荔於自身亦不可能明瞭的本能恐懼的陰暗時光又持續下去。

義蘭準備了餐點，在沙丁魚上放了洋蔥圈和番茄片，淋上醬汁，兩人對坐在緊靠床邊的桌旁，荔於如玻璃般的灰黑色眼睛帶著受罰孩子般的哀憐陰影，看著義蘭。

「我不想吃。」

「不吃會變瘦的。」

「……義，你早點放我走，我就會胖起來了。」

義蘭的眼神變得嚴厲：

「你有權利說這種話嗎？」

「……原諒我。」

「是誰把我變成這樣的？」

「………」

茘於低下眼皮，懶洋洋地拿起叉子，叉起一條沙丁魚。他把那隻手擱到桌上，抬眼看了看義蘭，害怕地劇烈眨動，淚水滾過臉頰，堆積在唇角的小窩上。

「義，你已經不愛我了嗎？」

茘於丟開叉子，雙手抓住眼周似地覆臉，只露出底下一邊眉毛，悲切地啜泣起來。

茘於的手，就好似沾滿了泥沙，笨拙地握住鉛筆寫字的孩子的手，而那雙手正拚命地捫住被鹹濕的淚水弄髒的臉龐。被惡魔奪去靈魂的義蘭隔著桌子，弓著身體，將茘於的指頭一根根從臉上扳開，嚴肅地注視著額際貼著髮絲、耳朵泛白、臉龐因淚水和哀傷而扭曲的茘於，抓住起身想逃的他的手，將他拖到床上猛力一推，就宛如他是個奴隸。茘於一動不動，下巴抵在肩頭上，哀傷凝滯的眼中顯現出依稀的挑釁神色，任由做為祭品的身體癱軟在義蘭的襲擊之下。

義蘭與荔於之間，亦有些日子彷彿兩人歡樂的時光再次復返。那是義蘭的精神較為平靜一些的日子。這個一月的某一日，亦是義蘭的休假日。

「今天沒有太累吧？」

「嗯。」

荔於面對著浴槽旁邊幽幽泛光的鏡子。由於消瘦而顯得更大、更可人的眼睛，望著鏡中的自己，正在褪下醒來時因為爐火熄了、水暖系統降溫而穿上的亞麻襯衣。他從往上捲脫的衣物底下望著義蘭。

荔於說，扔下襯衣，從瓶中朝掌心噴了幾下古龍水。

「我也很乖吧？」

義蘭淡淡苦笑。

荔於發現奮力逃躲，只會激得義蘭更加殘虐，因此開始任憑他擺布了。但這對義蘭而言，絕非平息他的嫉妒與憎恨的好方法。這並無法讓義蘭在雲雨之事裡成為聖安東尼[16]。荔於這種耍小聰明而可悲的做法，只是讓義蘭瞭解到荔於有多麼害怕被義蘭發現他開始受

16 譯註：聖安東尼（St. Anthony the Great，約 251—356 年），基督教聖徒，隱修生活的創始人。

到瘋狂的鞭打所吸引，因而無意識地逃避義蘭執拗的愛撫。

義蘭盯著茘於可愛的眼睛，緊貼在他身後，雙手搭在他的腰際，把臉伸向一旁入鏡，低著眼皮，對鏡中的茘於送出清風般的微笑。茘於抓住腰下的手試著解開，也注視著鏡中的義蘭微笑著。

「今天我陪你去水車小屋。回來的時候，陪我隨便找家酒吧坐坐吧。」

茘於又在手中噴了古龍水，正從後頸髮際往下抹，聞言停手回頭，將仍帶著一道道淡紫色傷痕的半裸雙臂吊在義蘭肩上，臉伏進臂膀當中。義蘭側頭，臉頰埋進茘於剛洗好的髮絲裡，手扶在他背部的窪處。手掌下彷彿有磁力的細緻肌膚挑起難耐的衝動，義蘭將另一手扶在茘於的腰上，意識到陶醉且耽溺在嫉妒和痛苦中的自己是多麼地無力。小蛇與義蘭的立像在古龍水的薰香之中佇立了片刻。

「水車小屋」是一家糕餅店，老闆娘是一位七十多歲的荷蘭婦人，茘於很喜歡這裡的甜點。

睽違半個月，與義蘭一同乘上勞斯萊斯外出的茘於，恢復了一些生來坐立不定的本性。起初他乖巧地縮在左邊角落，但很快地便把雙腳展成八字型，雙手在後頸交握，仰靠在座椅上，下一秒用手將右腳抬到左膝上，撫摸義蘭從大學回家的路上買給他的嶄新、晶亮的黑色漆皮便鞋，那動作就像女孩在撫摸心愛的洋娃娃。荔於掀起灰色木綿窗簾，悄悄看了一下車後，趴到車座上，交互踢起左右腳，用鞋跟敲打後車座玻璃，惹來義蘭責罵，於是躲到義蘭的對角線去，掀起窗簾邊角，縮著脖子偷看交會的行車裡的人。

副駕駛座容易被人看見，所以義蘭叫荔於坐在後車座。

「水車小屋」在銀座五丁目的巷子裡。

荔於動膩了，兩肘靠在義蘭的座位後方，低頭窺看正前方，不時被義蘭抽的寶馬煙霧薰得蹙眉，忽然說：

「義，就是那輛車！」

義蘭迅速壓低獵帽的帽簷，荔於退回後座去。車子冒著危險加速前進，在四、五間前方往左邊巷子拐去，掉轉方向折回後方，再次穿出大馬路，從對側巷子繼續前往五丁目。

「黑色凱迪拉克？」

「嗯。」

荔於的聲音低沉沙啞，似乎是恐懼令他全身緊繃。

義蘭想，又是一個徵兆。但在猝不及防的狀況下，恐懼更是大幅加劇。兩人都迅速瞥見男子不在車上，但提防他會從埃爾多拉多店內走出來，或是從櫥窗內側看到他們。

義蘭回望看著荔於。方才的恐懼似乎重回心頭，荔於這陣子嘴唇內側變得更為深邃的淡紅唇色，瞬間徹底慘白，整個人縮在車座角落，宛如受驚的鴿子般睜大了眼睛，但一注意到義蘭在看，瞳眸便微微晃動，顯現出隱約的動搖。這是義蘭所害怕的徵兆。荔於不說出心中的想法，因此只能從他的眼神、急促的呼吸、嘴唇的動作、開口前極短暫的遲疑、觸摸耳後的手勢、以手背擦抹腰側等行動，來捕捉他未訴諸言詞的心聲。像眼中的神色就極為微妙，他甚至毫不躊躇地睜大眼睛注視著義蘭，意圖要魅惑他。荔於自以為徹底瞞過了義蘭，但骨子裡仍是個孩子的他，內心的動搖映在義蘭的眼中，是洞若觀火。

這時，義蘭想起了與荔於的初夜，穗高的那一晚。那時候荔於已經吃了不少苦，知道義蘭不僅能讓他不必為當天的生活發愁，還可以讓他過上遠比從前在自家更奢侈的日子，有種可說是女人般的盲從，但荔於確實萌生出想要被義蘭征服的慾望。那個時候，這只是順水推舟。六月的穗高，溫暖得不必鑽進睡袋，也沒有蚊蟲跳蚤的攻擊。帳篷狹窄的地面鋪著我的雨衣，我和荔於將薄毯拉至胸口，面對面躺著。荔於心知肚明，他會被我帶回來，像這樣一同出遊，全拜他那張得天獨厚的美貌所賜。冰鎬和鐵飯盒、明治屋的紙袋、盤子、叉子等挪到一旁，在枕邊手提燈具的微光之中，荔於看著我的臉，表情就像從夢中驀然醒來的孩子，眼稍深邃的一雙眼睛蘊藏著難以辨別是無意或有意的諂媚。提燈的光照著那張臉，我叫他去銀座附近修剪的稍長的褐髮、略粗的眉毛、尖翹的精巧鼻子、強烈地擄獲人心的眼睛，我的目光從這些移到他的唇上。飽滿的玫瑰紅薄唇輕輕抿起，唇角微勾。有些粗糙的嘴唇縱紋透出內裡深濃的紅，就好似塗上了洋紅色。彷彿五月初放的玫瑰就在我的眼前盛開。荔於覺察到我注視著他嘴唇的視線變得有些執拗，同時我伸出手去，抓住他露出毯子外的肩膀，荔於驚訝地張唇，但並未驚慌失措。那裡發生的事，是應然而然。當然，並不是說荔於早就知道雞姦這回事。這一點我立刻就看出來了，從一開始把他帶回家時就知道了，但他一定從同伴那裡耳聞過一些，因此心中早已有了某種預感。第一次觸摸到荔於的肩膀——當時荔於才剛滿十六。——我的手直到現在，都還記得那剛開始長出肌肉的肩膀溫度，也沒有女人肩膀的那種鬆軟。女人一下子就過熟了。女人這種生物啊！荔於具有某種女人來自輕薄和無知的可愛，卻沒有女人的聒噪。據說有些女人還會要求，我獻出這麼多的愛給你，你也要報以相同的愛；或是我為你花了錢，你也該把錢還給我。世上還有比女人更下賤的生物嗎？搞錯對象的愚痴的媚眼、愚蠢的香水、被調戲時醜陋的表情、靠著髮妝和衣領裝飾，才勉強能看入眼的臉。

我揪住荔於的肩膀，用力拉了過來，因為荔於反抗了。荔於的肩被扯進我的胸懷裡。我的手滑下肩膀，迅速制住剛開始長肌肉的胳臂。荔於掙扎著別開臉，但我的身體已經要騎到他的身上了。我懷著作夢般的感覺，壓制住荔於如堅澀水果般的腳。在我的眼下，他如女人般圓鼓的耳朵就像著了火似的。我壓著他，直到他力盡為止。我知道耳朵的親吻誘發出荔於心中的慾火。荔於仰慕著我。不久後，他放棄掙扎似地仰起了臉，小而尖的下巴在我的眼下引誘我的親吻。五月的玫瑰已任憑我擺布。我鬆開手，輕憐地捧住他的臉頰。荔於不知所措的可憐雙眼滲出淚水，羞怯地仰望著我。荔於是天生的愛情種子。這一點我從一開始就明白了。荔於用女人般的手搭住我，臉頰左右閃躲，想要從我的手中掙脫。這動作毫無技巧，卻比任何老練的女人都更巧妙。我終於摘下初放的五月玫瑰了。

第一次接吻中，荔於便已顯露出被虐癖好的影子了。自戀與被虐，無疑是美少年所具備的兩樣天資。而我無論在思想或性愛方面，亦是薩德的繼承人。也是我在不驚嚇荔於的情況下，將他帶入嗜虐的關係。

荔於從突然沉默的義蘭背後看出了什麼，將倚在窗框的手挪到身前交握，撥弄著第一次上身的暗玫瑰紅襯衫的鈕子，雙腳伸得長長的。雖然他透過窗簾縫窺看外面，但其實什麼也沒看入眼。自從與義蘭的關係染上瘋狂的色彩後，荔於的瀏海和髮鬢亂翹起來，頭頂冒出往哪邊梳都不肯服貼的一綹髮束，勾起義蘭莫名的肉慾。光是想到荔於這個存在體就在後方，義蘭便有如烈火焚身。而這股烈火就像兩團飽滿的乳房也壓上荔於，彼此衝撞著

兩人之間不可收拾地奔竄的火，也無止盡地引出義蘭的憎惡與狂暴，同時滋養著荔於對奧利維奧鞭打記憶的受虐性情。

義蘭如夢方醒般，回望荔於：

「有沒有流汗？」

「沒有，一點點而已……」

車中因為暖氣，暖得有如六月的夜晚；自從在穗高的帳篷那一晚後，荔於總是一流汗便動輒著涼。在穗高的初夜，也許是因為直接睡在地面，流了一些汗，荔於發起燒來，義蘭去溪流浸濕了毛巾替他敷額，烤了麵包蘸牛奶餵他，第三天一起下山，但這三天的時光宛如新鮮的蜜，完全擄獲了義蘭的心。當時新鮮的蜜，如今依舊鮮美。不全是因為荔於還是個少年而已。這是荔於這尾淡金色小蛇具有可恨的魅惑之處。

（我從未想過有這麼一天，自己竟會陷入聖安東尼的誘惑。）

義蘭在心中深深嘆息。

「到了，義。」

聽到荔於提醒，義蘭連忙減速，倒車後泊在「水車小屋」旁。

歸途中，荔於說想要一支錶，兩人把車停在夜黑中的巷弄，走近美津野的展示窗。某種銀白色鋼材組成雙條格欄外框，上刻宛如四瓣花朵的紋樣，內裡垂掛有如六月天空的深藍色天鵝絨垂幕，擺著瑞士鐘錶店的象牙色手冊，前方有個同樣銀白色的閃亮圓型旋轉台，陳列著手錶，正悠悠旋轉著。旋轉台中央插著一根十字型的棒子，繫著金帆，頂端以寶石拼湊成美津野的M字母。茘於因琴酒而暈紅的側臉彷彿被吸走了魂魄，心不在焉，義蘭以可怕的蒼白眼神目不轉睛地盯著他看。

「喜歡哪一個？」

義蘭扶住茘於的肩，手滑下胳膊，指尖鑽進胳肢窩。

茘於用腋下緊緊地夾住那隻手，敷衍地瞥了義蘭一眼，目光隨即回到其中一只錶上。

「那個，鑲寶石的圓錶盤……」

「嗯？」

「那兩個方錶後面的……」

看似混血兒的英俊男子隨手買下了四萬七千圓的雅典錶。他身上的外套恐怕不下五萬圓，而緊挨在一旁的少年，宛如正在呼吸的花朵，柔韌的軀體上穿著橄欖褐色的外套，領間露出鑽石墜飾項鍊。兩人上回光顧的時候，就被那時還沒正式進來的新店員目不轉睛地投以好奇與讚嘆的目光，被領班藤木用手肘推撞警告。茘於眼尖地瞧見，若無其事地以憂愁的眼光掃向那名店員。義蘭捉住他的下巴，把他的臉扳了回來。帶著藝妓的有錢人，年輕店員也看過好幾回，但義蘭與荔於這對佳偶，卻是她從未想像過的、令人恍惚神迷的一對。

睽違許久的奢侈散步，讓荔於彷彿醉意朦朧，興高彩烈地上了車。他將雅典錶的盒子放在膝上，不住把玩，整個人憑靠在義蘭身上。也因為全副心神都放在錶上，裹著白襯衫的肩膀天真無邪地緊壓在同樣單穿了件上衣的義蘭的胳膊上。義蘭皺起眉頭，神情幾乎是痛苦的。

看到荔於的傷痕那晚，荔於在狂亂中似又顯現出對傷痕痛楚的陶醉。自從覺察到這個事實，荔於散發誘人的甜蜜悅樂的模樣，就變得令義蘭難以忍受了。車子乘載著荔於忘我的歡欣，以及全然兩樣的義蘭感受滾滾沸騰的痛苦，而這份帶著甜蜜的痛苦，就彷彿被吸滿了他說那適合荔於、要他搽在身上的紫蘿蘭香水「紫色靈魂」的布摀住口鼻，無聲無息地駛過巨大的黑暗。

「那櫥窗真是漂亮。」

「是模仿蘇黎世鐘錶行的。蘇黎世的更美。」

「是喔？」

「居然捉弄店員。」

「可是那種人很好玩嘛。」

「人家也是有夫之婦呢。她是在嫉妒。」

「哼，簡直像地上的蟲子在嫉妒花朵。早知道就多捉弄她一些。」

金色的小蛇輕浮地說，對義蘭的感受渾然不覺，繼續偎在他的肩膀上，撕開包裝紙，取出盒裡的錶，解下左手腕上的舊浪琴錶，塞到椅座後面，噘著嘴唇，戴上雅典錶銀色的錶帶。

義蘭的唇泛起黝黑的色彩扭曲了：

「那支是雅典錶，你要拿什麼謝我？」

荔於沉默，倏地從錶上撇開臉去，耳朵到臉頰刷上紅暈，緊緊地挨著義蘭，伸手環住他的背，身體有些緊繃地俯下了頭。

荔於做著快樂的夢，嘴唇漾著笑意，對著義蘭，收著下頦安睡著。義蘭有兩天都沒有折磨他了。荔於睡在義蘭的臂膀中，忘了偶爾泛上心頭的不安，沉浸在獲得寬恕的甜美夢境裡。義蘭嬉鬧地追逐著他，他想要逃走，脖子卻被溫熱的繩狀物給勒住了，沒辦法往前跑。荔於難受起來，猛然睜眼。那溫熱的東西是什麼？荔於還沒有完全清醒。正上方一團龐大的陰影倏地退開了。是義蘭的臉。義蘭以為荔於醒了，唇周動了動，想要微笑，卻未勾勒出微笑的形狀，只是嘴唇半張。鼻子到臉頰莫名地光亮，彷彿抹了油，臉頰就像膨脹了似地，變得比平常更大，而異樣扭曲的嘴唇搭拉著下唇，露出下排牙齒。義蘭俯視著荔於，睫毛低垂，彷彿閉起，底下的兩隻眼睛空洞無神，就好像裝成怪物在惡作劇。然而不管是眼睛，還是眼睛到嘴唇的表情，都流動著某種極為肉慾的事物。荔於再次睜大眼睛，茫茫然對著義蘭，像在看他，但又害怕似地再次閉上。義蘭的眼睛睜大，屏息、細心觀察地端詳著荔於的睡臉。

「做夢了嗎？」

義蘭自以為大聲在問，聲音卻卡在喉間似地澀啞無比。

荔於的下巴微微顫了顫，不知是否覺得冷，在睡夢中把蓋被掖到下巴處，臉蹭向義蘭的胸膛。

義蘭冰冷潮濕而微顫的手摸了摸荔於的額頭，穿過蓋被，從荔於的胸滑入腋下。

（做惡夢嚇出冷汗來了。）

義蘭拿起隨時備在枕邊的手帕，輕拭荔於的額頭，小心不吵醒他，從胸口一路按向腋下揩拭。

隔天早上荔於醒來，看見昨晚睡夢中看見的義蘭的臉近在眼前盯著自己，嚇得尖叫一聲。

「怎麼了？」

仔細一看，義蘭正在微笑。荔於想，是做夢嗎？義蘭戳了戳他的臉頰說：

「做夢了嗎？昨晚你也突然睜眼大喊，我摸了摸，流了一身冷汗呢。你看。」

義蘭把枕邊揉成一團的手帕拿給荔於看。

荔於矇矓的眼睛慢慢地清醒過來，觀察地看義蘭。

「你都不知道自己有睜眼嗎？」

義蘭抓住荔於蓋被底下的肩。蓋被滑落，露出肩膀，傷痕上凝固的血滴結成黑紫色的珠子。

荔於恢復了平時可愛而冷漠的眼神。肩膀顯現媚態，垂視了一下自己的肩，轉回來後，低頭把額頭往義蘭的胸懷深處鑽，蹭了幾下後抬頭，看了看義蘭，再躺回枕上。

義蘭的手從茘於的肩膀滑向胳臂，伸頭親吻露出的肩。

「做夢了？」

茘於把手伸出蓋被，勾住義蘭的脖子，親吻他的下巴，把臉埋進他的胸口，就像恨不得嵌進裡頭。

「做了惡夢。義玩鬧地追我，所以我跑走了，咽喉卻被溫溫熱熱的東西勒住。不是緊緊地掐住，而是輕輕地箍著。然後義的臉變得好大好大……」

說到這裡茘於沉默，雙手環住義蘭的脖子，臉蹭向咽喉處，扭動身體。

「然後呢？怎麼了？」

義蘭說，眼神深沉地抱住茘於赤裸的上身。

「我不想說了。好可怕。」

義蘭繼續摟緊茘於，以凌厲的目光注視著眼前的石牆，心底重重地嘆了一口氣。

夜晚、白晝，黃昏，這個世界對義蘭而言，成了聆聽惡魔細語的場所。他愈是想要驅散，荔於白皙的手的幻影愈是纏繞在他的頸項、肩上、背上。傷一點一滴地痊癒、化成黑紫色的傷疤一條條清晰顯現在肩膀、上臂、胸膛、乳暈、小腹、腰上，雙腿在愛撫中扭動、閃躲，逃向地板並踢蹬著。被逼到窮境，下半身被摟住時心臟在跳動。急促的呼吸、稚氣的眼神，有如被半獸神追趕，被摟住纖腰，自下腹逐漸化成月桂樹的處女那仰起的胸部、童稚的下巴，荔於掙扎時，推擠的肌膚帶來、彷彿被蘸了麻醉藥的手帕摀住嘴唇般的苦悶。每當義蘭幾乎要敗給殺意，奮力克制，稚氣的誘惑媚態便纏繞而來。

肌膚上依稀殘留著紫蘿蘭與木槿花香氣的汗味。

稚嫩與堅硬，以及似乎源自於兒時教養、沒有一刻失去矜持的感官悅樂的深園。義蘭強韌的身體不分晝夜，在荔於肉體的幻影烈火中痛苦翻滾，並在那肉體的狂舞之中，看見了陶田奧利維奧的臉。看見黝黑粗壯、戴著浪琴錶的手。

義蘭的咽喉灼熱、乾燥，原本水亮如南法黑紫色葡萄的眼睛失去水氣，布滿血絲。在與荔於的情事當中，義蘭不自覺地為了手上沒有鞭子而感到技癢。但他感到內在的健全就像一根凝事的椿子，將其反彈回去，使他不可能變成奧利維奧那種錯亂者。

如果有鞭子的話，如果能奮力揮甩呼嘯的皮鞭，狂亂之中，義蘭興起了髀肉之嘆。不能寵溺荔於、非凌遲他不可的凶暴燃燒欲望，在臂膀之中、在每一根指頭裡不耐地奔騰

著。茘於主動引誘他，卻又兩三下失去了興致，認真卯起來要逃，引得義蘭暴怒。茘於那些誘發強烈憎恨的種種媚態，就連夜半獨坐在書房的時候，都挑動著義蘭的皮膚，甚至無法讓他呼吸。

茘於隱約感受到義蘭身上的憎恨陰影，並以淚水搵濕義蘭的手臂，就像喪母的孩童本能那樣，以摸索乳房的動作撫摸義蘭的胸膛，但義蘭勃發的溺愛儘管壓抑了執鞭的手、克制了殺氣，卻又會在下個瞬間，讓他對肉體的狂亂與殺氣變本加厲。令人無比憐愛又無比憎恨的茘於——這個真實的脅迫，就是撲向義蘭的咽喉一口咬住的地獄惡鬼。

某個夜晚，義蘭在煩悶懊惱之中，看到了一頭大狗。是義蘭把茘於帶來這個隱密的家之前，他所飼養、獨占他的寵愛的大丹犬波亞。這頭獵犬的體型有如矮小的男性那麼巨大。茘於來了以後，這頭狗的表情便開始顯露出哀傷。茘於的心胸並未寬大到足以收服波亞的心，也嫉妒、厭惡著波亞，好像還會趁義蘭不在的時候偷偷欺侮牠。這些義蘭都知道。大狗漸漸地陷入孤獨，看著義蘭，露出哀訴的眼神，把帶瘤的樹枝般的前腳、如小馬馬蹄的腳尖搭在義蘭的胸上，後腳直立，舔著他的臉和下巴，口中悶哼著哀切的撒嬌聲。因為茘於討厭狗，義蘭決定與這隻狗道別，某天在茘於睡夢中把狗帶出去遛，一起散步了很久，休息之後，給了牠肉條和餅乾，摟摟牠的脖子，把牠帶去已事先知會的父親歐丹的朋友奧古斯特．麥約在厚木町的家。他已經安排好讓狗狗在那裡住上兩天，再帶去麥約的兒子亞蘭在大森的家，飼養在那裡。後來義蘭也瞞著茘於，寄些大狗喜歡的食物過去。但大狗死掉了。因為是以存局待領的電報通知，義蘭在大狗死後一星期才得到消息。

與茘於的關係，將會為自己帶來破滅。自從在「阿爾及爾」看到茘於深青色的冷淡眼神時便懷抱的預感，如今不幸地逐步成真，義蘭厚實雄壯、而今由於茘於的過失而正逐步被嫉妒啃蝕、化成空洞的心胸，驀地湧出想要對狗道歉的心情——為了主動接近通體遍布閃亮奪目的淡金色鱗片的淺藍小蛇，以及把狗狗送去別人家而感歉意。所以他才會想起了那隻狗。義蘭沒有說要把狗送人，只說是寄養，看透背後緣由的奧古斯特也說只是幫忙暫時照顧，撫慰地從義蘭手中接過狗鏈。波亞已經看透了主人的心思。牠以哀傷的眼神平等地看了看義蘭和奧古斯特，折起四肢，蜷伏地坐在狗屋前。留下狗狗回去的早晨，義蘭對新到手的戀人茘於擺出冷漠的態度，茘於哭了。佈滿鹹淚的臉頰緊繃，露出塗鴉的孩子般無辜的神情，雙手抓住眼窩似地啜泣；看到那模樣瞬間，義蘭已開始屈服於茘於的魔力了。

茘於在不自覺的情況下被奧利維奧所吸引。只要茘於還活著一天，奧利維奧勢必會再對他出手。茘於的肉體無從抵抗的誘惑一日強過一日；那撕扯全身的誘惑，與其說更加劇了義蘭的殺意，更像是它本身就是折磨義蘭的最大主因，令他無法忍受，使義蘭的決心逐漸凝固成形。

荔於害怕著義蘭，有時會從鏡中狡滑偷窺似地凝視著他，但心底卻是高枕無憂，深信著義蘭對他的溺愛，昨天又吵著要買戒指。

義蘭充血的雙眼垂視著，嘴唇痛苦緊抿，表情略顯鬆弛，想著方才映入眼簾的荔於的媚態。荔於躺在床上，抽掉枕頭，臉對著義蘭，頭上頂著檯燈的光。一邊的眼睛落在陰影當中，僅有上方的眼睛、臉頰的輪廓、微高的下巴籠罩在光中，以閃耀的大眼看著義蘭。

「鴿子蛋我在小時候看過，還想再看一次。那就像葡萄酒的顏色對吧？」

「嗯。」

荔於沒有把枕頭塞回去，定睛地注視著義蘭，深藏著稚氣而強烈的自信心、卻帶有不安陰影的兩隻眼睛，在燈光中熠熠生輝。那幽微的畏懼陰影點燃了義蘭，義蘭默默地抓住荔於另一邊的手，使勁往上扯。

暗處的額頭邊緣微高的眉毛底下，一雙眼睛盯著為自己情迷意亂的男子，看透他的下一步行動，隱藏著大膽的挑戰。那雙眼睛睜得老大，白皙的手臂露出腋窩擱在床上，與臉龐平行，墜飾的金鏈子纏繞在裸露的咽喉上。義蘭一頭栽進情迷意亂的泥沼當中，狠狠地按住荔於的手，被吸引過去似地覆上他的臉。

昨日一整日沉甸甸的雲層散去，朝陽晾乾了森林的樹葉，隆冬清澈的空氣裡，森林、屋子、鋪磚路都籠罩著燦爛的金色。被暖爐蒸氣烘得霧白的玻璃窗內，臥室一片明亮，暖爐的木柴半燒成灰，蛇信般的微弱火焰在崩塌的柴薪殘骸上蠕動著。

也許是四下的明亮使然，早晨的愛撫中，義蘭不可思議地重拾了從前、宛如第一次在這處森林裡的屋子與荔於過夜的早晨那種甜美，把來自執拗嫉妒的殺意拋在腦中一隅了。

荔於再次要義蘭答應買紅寶石給他。他捧住義蘭的臉頰，在嘴唇印上早晨的親吻，晶亮的眼睛望著他的眼睛，說：

「你真的會買給我？真的？」

義蘭柔和的態度讓荔於卸下心防。荔於那種全然無憂的天真舉止攪亂了義蘭情迷意亂的心，撼動他不想讓陰沉、可厭的嫉妒打亂寧靜早晨情緒的決心。苦悶的嫉妒又漸次在義蘭的心胸升起。昨晚他環住睡夢中仰躺的荔於的脖子愛撫著，指頭不知不覺間爬上他的頸項，拇指確實地按住喉嚨的凹處，正想一口氣掐緊時，荔於醒了過來，使他的行動無疾而終。當時腦中彷彿流過並充滿了一股暖流，讓義蘭興起了不安，擔心這股衝動是否還會捲土重來？義蘭默然，挪開荔於的指頭，撩起他汗濕的瀏海，觸摸他微笑的白皙齒列之間。荔於咬住義蘭的指頭，微笑著左右搖晃了兩、三下，再放開指頭。

荔於興高采烈地去淋浴，戴上暖爐上的鑽石墜飾，套上牛仔褲，今天義蘭在家，所以披上象牙白的絹絲襯衫。見義蘭又回床入睡，他走到屋後，抱著義蘭劈好的木柴進來。荔於的臉頰看似削瘦了些，失去光澤，變得尖細了。脖子上的墜飾纏繞在咽喉下方的凹處，襯托得惹人心疼。

荔於蹲到暖爐邊，以撥火棒戳碎仍在冒火的殘骸，把籃子裡的橡樹葉拋入轉紅的火焰，並靈巧地放入劈得細碎的木柴。正顧著火，以為已經睡著的義蘭開口了：

「這麼貼心。你沖過澡了？」

無法入睡的義蘭從微睜的眼中，看見臉頰有些泛紅的荔於從通往浴室的門口抱著木柴走進來。

「嗯。」

正在顧火的荔於把頭轉回來的時候，墜飾擦過咽喉疼痛的部位。

「熱水滲進被你咬傷的地方，好痛。不要再做這種變態的事了。」

不小心脫口而出的「變態」二字，把荔於自己嚇得縮起脖子，倒抽了一口氣。

不用回頭，他也知道義蘭站起來了。

義以壓抑的聲氣說：

「荔於，你就算被我殺了也不能怨我。看來你完全不明白。不明白就算了。」

義蘭把聲音壓得更沉：

「看我今晚怎麼對付你。」

荔於丟下撥火棒，站了起來，左手按住咽喉，右手背掩住了臉，就這樣轉身背對義蘭，手肘倚在暖爐邊緣，垂下白皙的頸脖，臉伏在肘上，左手背抵著咽喉，一抽一提，喉間開始發出悲切的啜泣。那是氣促聲斷的沙啞哭聲，彷彿能看見纖細的喉嚨上下抽動著。

義蘭的目光尖銳地扎在荔於撐肘而隆起的肩膀、一高一低而扭曲的腰線，以及那纖弱的白皙後頸上。荔於感受到義蘭的注視，氣憋得更緊，肩膀隨著無聲的抽泣陣陣抽搐，期間以幾不可聞的細聲訴說著：

「我又不知道。我才沒有做錯什麼。……義，你明明知道……」

義蘭起身走過來，雙手抓住欲逃的荔於的肩，把他扳向自己。

荔於雙手掩面，就像要把指頭掐進眼中，咽喉深處依舊發出抽噎般的聲響。

義蘭的手從肩膀滑向手臂，牢牢地揪住。荔於的身體在義蘭的手中踉蹌了一下，彷彿一陣頭暈目眩。

「你敢說你不知道？

「出過兩次那樣的事，你為什麼不說？你根本是故意讓他抓走的。因為你對那傢伙有興趣。你以為瞞得過我？」

荔於膝蓋一軟，整個人吊在義蘭手臂上似地頹倒，掙扎著想要甩開義蘭的手。義蘭鬆開一手，拖著荔於把他甩到床上去。義蘭扯下荔於捫著眼睛的手指，那雙宛如被捕的小鳥般無光澤的眼睛凝然不動。義蘭彷彿再次被拖進無處可逃的迷亂深淵，一頭栽了進去。

進入二月，第十天的早晨。荔於在床上醒來，伸了個懶腰，朝通往空地的門瞥了一眼。義蘭總算從這陣子無法克制的嗜虐愛撫中釋放了荔於，說有棘手的工作要處理，剛才去了書房。久違的、一個人不受束縛的早晨，荔於歡欣地把枕被夾在下巴，趴在床上，或在床上攤成大字形，一腳掛在床沿，將蓋被拉到下巴打起盹來；不久後他穿上睡衣，端來咖啡麵包，在床上墮落地用起餐點。他在抹了奶油的麵包塗上滿滿的魚子醬，趴下來打開義蘭留下的報紙，墊在上頭吃麵包喝咖啡，卻赫然屏住了呼吸，注視著報上的一點。報紙社會版以三分之二篇幅報導了走私毒品的案件，上面大大地刊出陳裳雲的照片，底下則有一張小小的奧利維奧的照片，說是涉案的某位日義混血兒。茘於撕破那張社會版，走進廚房，放到瓦斯爐上，又改變心意，將它撕成碎屑，以水沾濕，扔進垃圾桶裡。接著他把放在廚房角落的兩、三天前的社會版撕下來，其餘放著沒動，把它也撕碎了打濕丟在地上。他順便大大地切了塊好像是義蘭吃剩的火腿——學義蘭拿刀刨取似地切下——取了片荷蘭起司，回到臥室。茘於再次趴回床上，忽然想到什麼，轉開電視機開關，剛好是七點的新聞時間，螢幕上大大地映出陳的臉，以及他走進警局門口的側臉。接著拍到奧利維奧步出警局的場面，軟呢帽帽簷拉得低低的，那雙眼睛有一瞬間彷彿射向了自己；茘於慌亂地關掉電視，拿著麵包趴到床上，臉側貼在枕上，害怕地注視著半空，蒙著被子，縮起身體，就彷彿奧利維奧已經來到了這裡；茘於就這樣屏氣凝神了好半晌，但也許是覺得冷了，把蓋被圍在胸上爬起來，冷哼一聲，坐到床沿，吃起剩下的火腿和起司，索然無味地看著報紙的照片版和女星的臉孔，吃完後，本來就要把報紙往地上扔，又回過神來，把它折好，放到床上。

茘於想去森林走走，褪下睡衣沖了澡，洗了臉，從後門出去，經過空地。這時，以為義蘭在書房的荔於，忽然驚嚇地定住了腳步。

空地的鐵門白天總是朝內側開放，用義蘭從森林撿來的石頭擋住，門邊角落挖了個小洞，原本綁著用來繫波亞的、就像繫囚犯的粗鎖鏈，現在已經生鏽斷掉，僅餘殘骸。他看見義蘭似乎從剛才就一直默默地注視著那條荔於平時就覺得可怕的鎖鏈，像尊雕像般凝然不動。

難以解釋的懼色掠過荔於的臉，他和抬頭的義蘭一對上眼，便反射性地退了兩三步，作勢要逃。眼睛仍緊盯著義蘭不放。義蘭的眼睛定在荔於那惹人憐惜地露出狡滑怯色的眼睛，並如魚叉般射向荔於欲逃的牛仔褲腰際。

荔於感覺到義蘭的眼神，被釘住似地杵在了原地。

「為什麼要逃？

「你在怕什麼？」

義蘭感覺到他一直恐懼的那股暖流灌入變得火熱的腦中，殘酷、揪心、卻又駭人的快感緩慢地流竄至手腳末端。

喉嚨灼燒，舌頭縮起。感覺那股暖流擴散開來，來到眼底，視野愈來愈陰暗。

義蘭已經看到報紙了。

荔於的恐懼，讓義蘭的怒火加倍燃燒起來。

祭品就在這裡。手上和唇上仍殘留著戀情餘燼的荔於的肉體就在這裡。讓狗在哀傷之中死去、任由奧利維奧玩弄的肉體就在這裡。這具肉體嘗過奧利維奧的鞭子。你說你不懂傷口疼痛的陶醉？怎麼可能不懂？你敢說你從來不曾渴望再次承受鞭打？你說你向神明發誓沒有？你這條滿口謊言的小蛇。……漆黑而沉重的事物宛如一層膜般罩住義蘭眼前，他的嘴唇染上黝黑的陰影，黑色的瞳眸彷彿灰色溢流到眼白處，那雙陰慘的眼注視著荔於的腰部。

荔於身子一轉，趔趄了兩、三步，隨即加快腳步，朝森林直奔而去。他以為可以躲藏在森林裡。

義蘭邁著大步消失在屋內，很快地，左手提著獵槍，右手往前伸出，上身前傾，就像分開什麼前進一般，追蹤起荔於來。義蘭就像嗅到兔子氣味的獵犬，筆直跑過荔於行經的路線。

不知不覺間，天空暗了下來，飽含水氣的烏雲層層疊疊，滾滾膨脹著，擦過田地另一頭的水平線，與仍殘留丁點琉璃光彩的一隅藕斷絲連，緩緩流動起來，就像要籠罩整片天空般。

荔於已不見蹤影，義蘭的身影也消失在森林裡。

暴風雨前兆般寒冷濕黏的風披蓋著森林的樹木，砍伐約半英畝大的樹木而成的空地，填滿了枯葉形成的大海，一片黝黯。

義蘭進入森林。失去了知性、彷彿盯著荔於的氣味的兩眼與眉毛融為一體，鼻翼張大。抿緊的雙唇扭曲，似在微笑，臉頰同樣刻畫著宛如微笑、卻異樣恐怖的皺紋。

義蘭聽見遠方依稀傳來的聲響，似是荔於踩到枯葉或樹枝的聲音。他聞得到荔於的味道，因為荔於用了木槿花的香皂，搽了紫羅蘭的香水。荔於似乎跑向通往旁邊的馬路、樹木較為稀疏之處了，一定是覺得待在森林裡太危險。這時，義蘭的唇古怪地扭曲了，彷彿充塞著迷霧的腦中，似能歷歷在目地看見荔於拚了命的模樣。

看到荔於了。荔於扭動著線條宛如少女的腰部，以遲緩的獨特步態奔跑著，側臉微露，似乎回頭看了後面，但下一秒又變回了惹人哀憐的奔跑姿態，似乎是恐懼讓他的腳步踉蹌。

灰濛濛的天讓四下變得一片陰暗，荔於模樣可憐，跌跌撞撞地跑著，就像奔跑在薄霧的另一頭。荔於那堪憐的姿態，就像兔子的氣味刺激了化身野獸的義蘭。義蘭重新拿穩槍身，氣喘吁吁，睜大眼睛拿捏距離，稍微放緩了腳步。

原本正要跑出馬路的茘於轉換了方向。他覺得馬路無法藏身，很危險。

徹底化身野獸的義蘭，對茘於可悲的心態是瞭若指掌。但愈是如此，分不出是憤怒、憎恨還是嗜虐的瘋狂情感就愈是熊熊燃燒，他一寸一寸地計算著距離，步步近逼，當茘於被一小叢灌木絆倒時，他退後一步，舉起槍身，在茘於往前栽倒的瞬間，瞄準並扣下了板機。子彈似乎從茘於的側腹部斜斜地貫穿了心臟。茘於向後仰倒，蝦子般弓起身體，彈跳了兩三下，癱在地上，無力地伸出右手抓住虛空，兩腳像昆蟲的足肢緩慢地掙脫移動，接著手臂折起、靜止，左腳彎曲，就此一動不動了。

硝煙的氣味。

義蘭忘了手上拿著槍，木立原地。胸口突然難受起來，一團又大又堅硬的事物從胸臆間一擁而上。義蘭只是拚命地嚥下衝上咽喉的東西，發出被布摀住嘴巴的人的哽咽聲。腦袋深處一片冰冷，手腳失去感覺，不管再怎麼壓抑，都只是不由自主地發出狂吼般的聲音，他甩掉緊黏在手上的槍，捫住了臉，死命地克制獸吼般的聲音，當場頹然跪地。

（茘於！）

（茘於！）

義蘭痛苦萬分，彷彿要嘔出心胸裡的一切，在心底聲聲呼喚著。

荔於的手腳微微顫動。義蘭在枯葉上踩出沙沙聲響，頸脖前伸，連滾帶爬地奔至荔於的身邊。最後一次痙攣簡直扯裂了義蘭的心胸。長長的眼睫毛緊閉著，微翹的鼻子底下嘴唇半張，仰起的小巧下巴微微擠出頦下的肉，再也不會哭泣抽動的咽喉整個伸長了。義蘭挪膝靠近，看到荔於那惹人心疼的神情，是如胸口被射穿的小鳥般無辜，半張的唇就像死去的小鳥的嘴喙。他的手指呈現出死前的苦悶，拇指後彎，食指如鉤，其餘三指也微微彎曲，這也恰似小鳥的爪子。

義蘭放下荔於的手，擺直雙腳，在一旁躺了下來。接著他摟過荔於的臉，把自己的臉頰貼在荔於依舊微溫的臉頰上，就這樣老半天一動不動。

義蘭抬頭，溫柔地一次又一次摩挲著開始顯露憔悴的荔於的臉。呈淡紫色的巧緻唇間露出白齒，積在口中的少量鮮血似乎溢出唇角又停住，拉出短短的紅絲，鼻孔也有一點凝固的血。臉上沾到泥巴和細小的草葉，鼻翼似乎被樹枝劃傷，傷處也有凝固的血跡。義蘭掏出手帕，細心地擦拭荔於的臉頰和嘴唇，抱起他的頭，就像對待珍貴的易碎物品，輕柔地撫摸他的臉頰，撩起耳側的髮絲。低著眼皮的眼睛眼角微垂，千百種柔情蜜意凝聚在注視著荔於的眼睫毛底下的漆黑眼瞳中，那雙眼睛溫柔得彷彿要融化一般。嘴唇微張，擠出微笑般的淡淡笑紋，彷彿要柔聲細訴什麼，臉上漾滿了甜蜜的溫柔，彷彿流蜜的果實。他抱起荔於的上半身，緊緊擁住，噘起嘴唇，深深埋入荔於的唇似地親吻他。低垂的睫毛、為了接吻而在唇邊擠出的深紋、臉頰下的深深凹陷，在在散發出濃濃的溫柔，卻又帶著快感的痛苦。荔於的唇上仍留有一絲溫度。這雙唇再也不會讓其他男人觸碰，也不會逃離了。義蘭溫柔甜蜜的親吻愛撫中，透露出駭人的感官快感。不久後，義蘭放下荔於，讓他側躺，自己依偎在旁邊，手繞住荔於的背將他摟近，從側旁給予甜蜜、融化般的親吻。義蘭的側臉，眼眉、臉頰、脖子，所有的一切都彷彿要化入難耐的甜蜜親吻中。半晌後，義蘭抬頭，一臉肅穆地迅速掃視四下，接著捉住荔於的下巴，彷彿對著活生生的他說話似地說道：

「怎麼了？今天這麼乖巧。你接下來要去的地方，是個寂寞的場所。你不想去？但那裡很美。那裡是戰爭時期的防空壕，其他人碰過的地方，我把雜草泥土都除淨了。那是大自然的、森林裡的地底下，比我那棟模仿西班牙城堡的房子高檔多了。即使在春季和夏季，枯葉依然沙沙作響，那是枯葉鋪成的床鋪。鴿子蛋送來的話，我再替你放進去。很快地，我也會一起進去。我會把遺言寄給奧古斯特和亞蘭再死去。沒有人會懲罰一個死人。奧古斯特和亞蘭一定會讓我睡在你身邊。聽著，我有非處理不可的工作。你能明白嗎？接下來我每天都會待在森林裡的家，和你一同入睡，一同進餐。好嗎？懂了嗎？」

義蘭說完，一陣萬箭攢心，再次抱緊荔於，深深地親吻他，把手伸進腋下抬起他的上

身，慢慢地將他拖向森林的中心。

當晚，義蘭原本以為會是月黑風高的夜晚，然而月光皎潔，斷斷續續依舊低垂的烏雲形狀詭譎，就像彎起細細的前腳、大大地張開長毛後腿的怪物正奔過天際；又像無數的羔羊群，其上兩個巫婆正在談話一般，又低又緩慢地流過。一陣風吹過，枯葉颯颯作響，森林的樹木在群聚的野獸地圖般的雲層底下，或左或右擺動著沉重的頭部。義蘭抱著羽毛被，將雅典錶、聖經、荔於喜歡的杯子等物品放進外套內袋裡，把雞舍的矮梯也藏在外套底下，前往要讓荔於安眠的床鋪。他撥開枯葉和細枝，架好梯子爬下去，抱起荔於，先把他搬出來，再讓他躺下，鋪好羽毛被，拂去枝葉，他讓荔於躺到被子上，並在他的手腕戴上錶，親吻他冰冷的嘴唇良久。防空濠邊的小提燈火光照耀下，義蘭的神色是肅穆、認真的，但眼下、鼻翼、抿起的唇、隆起的臉頰、唇周、下巴、耳周，全都漲滿了淚，是無聲哭泣的表情。他戴著軟呢帽，一身外出穿扮。萬一撞見什麼人，便可藉口說是酒醉返家，在森林裡散步醒酒。雖然陳和奧利維奧被捕了，但他們還有朋友。荔於的父親已經過世，其餘的家人不會報警，但仍有諸多風險。萬一不幸被捕，他打算在法庭上把他對荔於的戀情和苦悶全盤托出。但如果東窗事發，他想要立刻自戕。遺書已經寫好，放在書桌抽屜裡。義蘭想要至少完成〈乾草〉再死。不用公諸於世也無所謂，但他準備交給奧古斯特或亞蘭，請他們找機會發表。〈乾草〉描述法國田園的乾草小屋裡，一個在死去的母親身邊玩耍的孩子，十四歲時流落到東京，被義蘭這樣的男子看上，帶到森林裡的屋子生活。荔於還活著的時候，他就已經想好結局了，是得知荔於遭到奧利維奧玷污的那一晚，就一點一滴在腦中堆砌的結局。

義蘭蓋上防空壕的蓋子，脫下外套，蓋上泥土，覆上厚厚一層枯葉，再次穿上外套，熄掉提燈，回到屋子。

外形如怪獸的雲似乎處處被風撕扯，失去原本的形狀，飄浮天際。

義蘭懷著錐心難耐的感覺，聽著背後風吹動樹林的聲音，一步懶似一步地走回屋子。

不分晝夜，義蘭都待在書房，埋首案牘。寫累的話，就坐在書房角落的皮革椅，雙手

虛軟地擱在腿上，也不是交握，只是輕觸。眼皮和眼下，整個眼周消瘦了許多，變得單薄了幾分，他的眼瞳也縮小，明顯地更加澄澈，眼神判若兩人，泛著寂寞的神色注視著什麼。鼻樑也瘦了，嘴唇失去了義蘭的特色，如僧侶般緊抿，呈現出寂寥的形狀。那清澈而明確的眼神，彷彿注視著荔於所在的另一個世界、泥土底下的世界。頭髮也只是清洗，不怎麼修剪，因此髮型走了樣，顯得蓬亂。看到現在像這樣坐在這裡的男子，不會有人一眼就認出他是義蘭。在認識荔於以前，義蘭甚至同時和兩名少年維持關係。但現在義蘭身邊，連半個少年的影子也不見，遑論女人。他在大學那裡也以專心著述小說為由，遞出了辭呈。

椅子是黑色皮革，中間的窪處鑲著相同的皮釦，是從法國帶來的，原本是父親歐丹房間裡的家具，十六世紀造型的扶手也包裹著相同的皮革。

義蘭總是拖到最後一刻才進入臥室。他盡量讓自己保持清醒，早上一睜眼，第一件事就是離開臥室。

食物也是，進食只為了果腹，這裡也看不到過去的美食家義蘭的影子。

在森林散步是義蘭唯一的喜悅。在入睡的荔於身邊休息、抽菸；與他共享一支菸，品味著兩人喜愛的寶馬菸。在森林裡近乎可怕的寂靜中，義蘭終於找到了契合自我心靈步調的事物。

小說寸積銖累地寫著。一天，義蘭因有想讀的東西，前往神田書店街，遇到陳的朋友劉。劉說鴿子蛋寄放在他那裡，因此義蘭要他送到田園調布的家，收取鴿子蛋。劉是個膚色黝黑的矮小男子。劉臨去之際，說：

「這陣子都沒見到荔於先生呢。」

在神田碰面時，劉便已暗示他知道奧利維奧那件事。

「喔，我不讓他跟我來東京。」

「陶田先生說完全沒看見荔於先生。」

「我同情他。荔於現在都待在我森林裡的家。」

「不會腐爛嗎？」

義蘭的眼底射出森冷的光。

「他好得很，不分晝夜都在誘惑我。」

「真令人羨慕。那麼，我告辭了。」

「嗯。」

這天義蘭立刻返回森林的屋子，關在家裡。

明亮的檯燈光線底下，義蘭擱筆鬆了一口氣時，瞇起而變得冷涼的眼睛忽然黑沉沉地亮起，散發出如蛇般的慾望。瞇縫成一條線的眼中，顯然有肉慾在閃動。今天與劉的偶遇，帶來了荔於雖然已死，卻仍活在世上、折磨著自己的結果，勾起了他遺忘已久的惑溺迷情；這固然是原因之一，但義蘭過著如僧人般的生活，早已對一切漠不關心，卻唯獨對荔的愛火，如今仍在心底深處熊熊燃燒著。只是因為荔於已不在人世，使得這團火難以向外發露罷了。

義蘭在心胸的那團火焰中想著，他要把他與荔於的戀愛窮究到極致，他就是想要如此。曾經一度，義蘭以為他對荔於已經放手了。但他想要追著荔於，直到世界的盡頭，甚至是超越這個世界，直到另一個世界的盡頭；不管那裡是什麼樣的煉獄還是地獄都無所謂，他要緊緊地擁抱荔於，不讓他離開這雙手。義蘭覺得彷彿被胸中的烈火灼燒著。荔於活著的時候，我心中的火熾烈地燃燒著，灼燒著我、灼燒著荔於。而今我心中的火只能在虛空中徬徨著。我怎麼會讓荔於一個人先走了？即使當時事發突然，我也應該立刻追隨他一起走才對。攬住荔於的脖子，和蔓草般纏繞上來的他合而為一，什麼樣的業火，我都甘願身受。我怎麼會讓我的唇離開了荔於的唇？無論是煉獄還是地獄的深淵，我都不會放開他。

即使追到天涯海角，如果荔於逃離，就掐住他的脖子，不讓他活命。我不會讓荔於去任何地方。或許荔於就是個輕薄的、毫無價值的少年。但我也曾經浪蕩過，看過一些女人和少年，在這樣的我眼中，荔於是值得去愛的對象。只要是為了荔於，我可以拋棄一切。失去任何事物都在所不惜。

精神略為鎮定下來後，義蘭再次面對書桌，但隨著日子過去，荔於與自己之間巨大的生死隔閡讓他煩躁不耐起來，讓他覺得書寫〈乾草〉是極溫吞的一件事。不只是溫吞而已，他開始覺得小說這東西也是可有可無、毫無價值的事物。但某種奇妙的觀念卻糾纏著他，讓他覺得既然身為作家，就非完成〈乾草〉不可。義蘭覺得這確實奇妙，即使小說這東西確實有存在的價值，自己寫的東西又有價值嗎？我如此迫切地渴望與荔於這個存在合而為一，現在我正在書寫荔於。即使我的文章看起來像是從扭曲的角度拍攝出荔於的模樣，也比所謂的精確的鏡頭更為真實——真的能夠這麼說嗎？再也沒有比荔本身於更加荔於的事物。現在我會寫小說，是為了要超越荔於這個存在物去捕捉他。而且是要捕捉他之後，向他人展示。如果我能寫出讓讀到的人看到超越荔於實體的他，那就有價值了。但那肯定是極為罕異的例子。荔於是真實存在的，現在也真實存在我的心中。即使是我不曾見過的人，如果我看到他——真實地看到他，並且在小說中描寫得比本人更為真實，那就有向他人展示的價值吧。但向人展示又能如何？博得喝采嗎？我活得恣意妄為，與荔於這個我認為有價值的人合而為一，死後也會追隨一定還身在某處的荔於，不斷地追隨他，永遠在大自然的森林裡，在地底下相擁而眠。如果荔於要下地獄，我也會跟著下地獄。如果他要前往煉獄，我也會跟著前往煉獄。

無論是哪裡，倘若那是非去不可的地方，我會跟著一起去。那裡會開出只屬於我倆的、比任何花朵都要艷麗的永恆之花。這比寫什麼小說更重要、更美好，更有價值。

義蘭無止境的妄想和〈乾草〉的寫作彼此拉鋸著，日復一日彼此糾結、惡化，但一點一滴地，妄想的時間變得更長，更確實地擄獲了義蘭，對義蘭來說，活著完成小說、進食果腹這些種種一切，都漸漸令他厭煩起來了。

在森林裡愉悅的休憩，也只令他感到煩躁。在附近的陌生街道散步，發現小溪，倚在石扶手上，漫漫無盡地想著荔於，也變得令他難以忍受，只是更讓他明確地認識到他和荔於之間遙不可及的距離，他對事物的興趣一天比一天淡薄了。某天，義蘭發現自己生活的世界，與死人的世界並無多大的差別。活著的自己，與死人的狀態並無差異。義蘭覺得若要打比方，就像是從已經涼掉的熱水轉移到冷水裡面一樣。

擔任大學講師，並以作家身分每個月在兩冊以上的雜誌發表小說，參加宴會和出版紀念會時的我，與死亡之間，即使事實上的距離相同，確實又有著截然不同、如同光影一般的差異。即便是在認識荔於的最初開始就是如此了。被荔於絆住，沉溺於他、邂逅烈火焚身般的苦之後，我才瞭解到什麼是有價值的。

有價值的事，那就是和荔於在一起。就是將荔於變成我的，永遠不放手。就是為有價值的事物殉身。

縱然是現在，荔於仍在我的手中扭動肩膀，試著逃離我臂膀的擁抱，就像下肢絆住，從腳尖開始變成月桂樹的處女般，仰著胸，在我的唇下挺起遍布紫色傷痕的胸膛。

這對荔於的幻覺卻不是幻覺，而是實體。追到荔於所在之處，將他逼至地獄深淵，把他壓在我的身下，兩具身體宛如蛇身，繩索般交纏在一起，這是了不起的成就。「義蘭，幹得好。」我的老爸歐丹・德・洛希福柯肯定會這麼說。我的老爸歐丹・德・洛希福柯生前似乎就是這樣一個人。

義蘭倚靠在平時坐的黑色皮革椅，眼皮、眼下及眼窩周圍都變得單薄的眼睛冷寂地睜著，不再豐滿的嘴唇寂寞地抿著，耽溺於沉思之中。

去陪伴荔於吧！荔於睡在那片泥土底下。他睡在那裡，正等著我。仰著生前令人憎恨到想要一口咬碎的可愛的下巴，咽喉上的咬傷也維持原狀，在等著我。脖子上掛著帶橄欖綠的鑽石墜飾，身上帶著因它們而遭我槍擊的傷痕。荔於是會勾引男人的天然誘惑。以那稚氣、狂妄的技巧引誘男人的荔於，在接下來的另一個世界，也會是個危險人物。他以他無知、懵懂的腦袋努力思考，卻像透明玻璃底下的稚拙的畫，什麼都隱藏不了，他這種惹人憐愛之處很危險，很可怕。同時他在深處擁有一顆冰冷的心臟。被那雙冷豔的眼神注視，男人就會被拖進無可自拔的沼澤深淵。不能放這樣的荔於一個人，我必須抓住他、壓制他才行，絕不能讓荔於的肉體再次曝露在其他男人的唇下。那具堅固、稚嫩，日漸成長卻又不失柔韌、強烈勾引男人肉慾的肉體，必須永遠讓它屬於我，掌握在我的手中。要前往荔於身邊，只消吞下書桌抽屜裡的兩顆藥丸即可。奧古斯特和亞蘭一定會把我送到荔於身邊，讓我和荔於相偎永眠。

奧古斯特，再會了。

亞蘭，再會了。

倘若能夠，希望有一天我們能在另一個世界重逢。

布亞太可憐了。雖然可憐，但還是讓牠在公共墓地安息吧。因為荔於討厭布亞。

荔於是個任性的壞小子。

卻是個可愛的傢伙。

我的荔於。

我可惡又可愛的茘於。

義蘭起身，走近書桌，打開抽屜，取出白色信封，拿下書架上的水瓶，注入銀托盤上的杯子，將信封裡的藥丸倒入掌心，和水一同服下；也許是渴了，他將杯中的水一飲而盡，在書桌椅子坐了下來。他再次打開抽屜，將寫給奧古斯特．麥約和亞蘭．麥約的遺書疊放在桌上，手覆於其上，接著起身打開通往空地的門。放眼望去，從庭院到森林一片積雪，霏霏細雪仍下個不停。

義蘭已經在書房關了兩天。

他原先參加了一場非出席不可的聚會回來，因此還是一襲晚禮服，戴著白領配黑色蝴蝶結，就這樣穿過空地，在雪中一步又一步朝森林走去。身子有些前傾，上身搖搖晃晃，黑色的身影一點一點地往前移動。走了約十間的距離後，頹然崩倒，蜷蹲在雪地上，片刻後踉蹌起身，很快又倒了下去，這回雙手按在咽喉上，身體如蝦子般蜷起，緊接著猛然後仰，發出駭人的嘶吼聲，彷彿咽喉中有什麼沸騰的事物以驚人的速度撓抓著。義蘭雙手掐著咽喉，身體在雪地裡彈跳般滾動了兩、三下，弓著身體，化成了一團黑色的事物，在雪地裡再也沒有動彈。

（刊登於《新潮》昭和三十七年六月號）

星期天我不去了

前來拍攝海因里希・卡哈涅的《處女》電影試映會的《東日畫報》攝影師之一，拍了兩、三張作家杉村達吉的照片後，將鏡頭轉向剛好入場的杉村的愛徒伊藤半朱。

由於遲到而步伐匆遽地經過通道的伊藤半朱，一看到鏡頭，不知何故害怕地佇足，垂下了細長的眼睫毛，但平日的他，是個落落大方的年輕人。

半朱的雙眼特色是只有瞳孔是深色的淡褐色眼珠，如果那是玻璃珠，感覺能倒映出景物。現在這雙眼睛被隱藏在合上般的、低垂的濃密細長睫毛底下了。

臉蛋嬌小得彷彿能被一手掌握。雖是雕像般的美貌，但從側面望去，也能看出眼眉之間有些過於開闊。纖細的鼻子尖端微翹，嘴唇的形狀也有些噘起。髮絲是褐色的，額頭與鬢角有許多汗毛，眼梢的眉角一帶，更好似灑上了某些煤灰一般。鬢角的毛量豐盈，額頭方正，鬢角後方的耳朵呈現出女人般柔軟的厚度。下巴小巧。

從側面看著寬闊而有些突出的額頭，以及底下凝然不動的通透褐色眼睛，會讓人覺得倘若小鳥變身為青年，是否就是這副模樣？皮膚白皙，像女人般美麗，但比女人的皮膚更粗糙一些，摸上去似乎不那麼光滑。

伊藤半朱低下頭時，以微握的右手抵在下巴底下，但看起來像是在掩住咽喉。他穿著領口緊扣的黑色襯衫、淡灰色夏服，小指頭的訂婚戒指微微反著光。似睡地低垂的眼睛一

天了
期去
不
星我

帶和嘴唇有著怯色，從鬢角到臉頰，尤其是鼻翼處，彷彿有著淚痕。

昨天下午杉村達吉帶給這名年輕人的衝擊，讓他成了不安和恐懼的俘虜。膽怯的臉龐顯得有些稚氣。從剛才開始，前方座位的達吉就目不轉睛地看著那張彷彿強忍著無辜嗚咽的臉。

「看這裡。」

攝影師上半身左傾，高高舉起另一邊的手肘，擺出勉強的姿勢，又咂了一下舌頭提出要求。

抬頭一看，攝影師舉起的手肘底下就是達吉的臉，凌厲的目光正射向自己。鎂光燈一亮，將半朱宛如害怕的少年的臉龐烙印在底片上。

杉村達吉所到之處，伊藤半朱必定如影隨形。半朱這名徒弟，寫的小說雖然蹩腳，卻以貌美聞名。兩人成雙成對地現身，已是逾兩年以上的慣例，儘管這半年左右已不再如此，但此事人盡皆知，攝影師也沒有忘記。但攝影師的誤會歪打正著，其實從昨日下午開始，杉村達吉和伊藤半朱的關係又恢復到半年前的狀態了。

見達吉使了信號，半朱掩在下巴上的手伸向耳後，做出撩起髮絲的動作，低眉垂眼，快步坐到達吉旁邊的座位。此時，似乎是另一家報社的閃光燈將四下照得一片白，快門從半朱旁邊朝著兩人按下。半朱刺眼地抬眼望向達吉，達吉的臉疊上去轉向攝影機，那張臉就像倚在女人肩上的男人般，滲透出黯淡的情色氣息，下巴微抬，眼神俯視。中堅作家杉村達吉，與身為徒弟且交情匪淺的伊藤半朱——以這兩人參加試映會的快照而言，總顯得有些異樣，但看在總是沉浸在常識當中、在常識裡麻木的人們的眼裡，這類氣息全都是可以睜隻眼閉隻眼的。在記者的眼中也是一樣。就像在歐洲那樣，有些事明知故縱，或是輕輕帶過。除非有惡質的情敵介入其中，否則這類祕密的氣息，都處在人們心裡的觸角無法觸及、極微妙的境界之上。

達吉這種男子在大部分的人面前，就連情話、眼色，甚至是對他人狂傲的揶揄，都肆無忌憚。這是源自於自己居住在他人無法窺知的世界中的自豪，在厭惡跳脫常識的人眼中，是值得憎惡的特質。

「怎麼了？」

達吉低沉的聲音問。

半朱感覺達吉在看著他的側臉。

「睡過了嗎？」

「嗯……睡了一點……」

「我整晚沒睡。不過這是我應得的懲罰。」

「……我也……」

「你明白就好。」

達吉裝作累了，手繞到半朱的椅背，側臉朝半朱微傾，說：

「你會照我說的做吧？」

「嗯。」

半朱的聲音低到幾乎聽不見。

周圍的嘈雜聲突然一下子停歇，燈光熄滅了。

人們屏息，宛如參加宗教儀式，那是一種想要照常行動卻被強迫停止的動作，在德語字幕意味深長的黑暗中，美麗的甲蟲隊伍靜止了幾秒鐘。

昨天半朱和達吉在「貝拉米」碰面了，是睽違六個月的再相會。這家位於本鄉大道的咖啡廳「貝拉米」，是兩人相識之後的半年間，相約碰面的地點。

儘管發現與達吉之間的兄弟之情滋長出不僅止於此的微妙情愫，半朱卻未多加深思，也毫無背叛之意，順著天性的悠哉性情，在某些契機下接受了八束與志子的愛情，和她訂婚了。

十八歲的八束與志子身材嬌小，精緻的臉蛋鑲著茶褐色的頭髮，嘴唇彷彿這一、兩天才開始湛出蜜汁來。眼角微垂，眼神似醉。淡黃色的額頭上，兩側略有幾綹瀏海垂下，仔細一看，裡頭摻雜著幾絲金黃。外表看似孩子，但內裡已經有了女人味，半朱在其中看見母性的資質。這是他以前交往過的女友，或發生過關係的女人所沒有的特質。再也找不到這樣的女孩了。除了這個女孩，沒有人更值得去愛了，半朱如是想。他覺得不能讓這樣的女孩哭泣，這就是半朱與她訂婚的原因。

半朱說過一次自己喜歡她，與志子便銘記在心，她片刻都不願意讓半朱感到不幸。「這女孩將鮮血淋漓的心臟活生生地獻給了我。」想到這裡，半朱心底有一股畏縮。但他父母早逝，唯一的姊姊佐美嫁到九州去，半朱等同被拋下，對這樣的他來說，家庭氛圍的吸引力是十足的。而且與志子的父母——她的哥哥紀一和妻子一起定居倫敦——還有從出生時就照顧紀一和與志子的老女傭，會闔家款待他，上演以半朱為中心的天倫之樂。姊姊佐美長他兩歲，今年二十四，但仍帶有少女的青澀，是名纖細美麗的女子。半朱雖然隱約察覺達吉的性情，卻不願意讓姊姊佐美見到達吉，半朱自己懷有這樣的嫉妒心，對達吉的心意卻是老神在在。如此心態，完全就像是一個人捧著整個碗，獨占甜滋滋的糕點的幼童。對於與志子的幸福，或是達吉的幸福，他都不曾深思過。這也難怪，半朱連對自己都不怎麼在乎了。

半朱開始和與志子約會以後，便和達吉漸行漸遠。半朱原本和達吉幾乎形同一對戀人，後來卻為此感到尷尬，對達吉有種虧欠之情，去達吉家的次數從三次減為一次，之前一星期會見上三次面，現在卻只有一次，或連一次都沒有，這還是有加上在某些場合偶遇的情況。達吉也彷彿噤聲似地不再主動找他，兩人之間微妙的情愫原是達吉所釋出的，但半朱不能說沒有共犯意識，這成了讓兩人疏遠的原因。很快地，兩人終於長達兩個星期都不曾碰面。

這天，半朱從與志子位在彌生町的家返回森川町的公寓，忽然想要依著過去的習慣，穿過東大回家，因而走進後門。再半個月以後，就是他和與志子的婚禮，所以他一時興起，想要和從前一樣穿過東大校園回去。在這之前，他都避開可能會遇到達吉的路線，尤其是從東大後門穿出正門赤門的路線，充滿了與達吉的回憶。一想到達吉，類似內疚的情感必定會隨之糾纏上來，因此半朱一直避免去想起他。

步入後門，傍晚四點微弱的陽光照在每一顆砂礫上，兩側開闊的草皮和病房大樓顯得異樣地明亮、清晰。這條路以前他和達吉每天都會走上兩回。

忽然一陣鞋子踩過砂礫的聲響，轉頭一看，達吉背對天空而立，他似乎正注視著這裡，但身影就像一道巨大的黑影。

「要不要去喝杯咖啡？」

達吉來到旁邊後說。

達吉的態度，與他們以前情同兄弟時完全無異。

與達吉的回憶，每一個場面都塗上了濃烈的色彩，就連總是得過且過的半朱，也留下了極深的印象。當半朱在雜誌上看見散發強烈風格的〈道林〉文字時，在想起達吉的同時，腦中甚至一同浮現他愛抽的奇里亞吉菸的香氣。達吉那深濃漆黑的影子就像是糾纏著半朱，動輒讓他和與志子共處時的臉龐染上陰影。

達吉幾乎每個月都會在《文藝》或《鹿園》等文藝雜誌之一，或者甚至是兩邊都同時發表小說作品，而半朱每一篇都不錯過。其中有兩、三篇如〈保羅〉、〈薩德的後裔〉，描寫了虐待狂的男子，當中必定都有肖似達吉的男子，與酷似自己的少年角色登場，這造成了半朱的恐懼。比起這些，更讓半朱感到不安的，是這些雜誌偶爾會刊登的達吉的照片。看看那張對著身邊朋友微笑的臉，可以發現達吉的眼中毫無笑意，那沒有笑意的眼神讓半朱不安。達吉這個人微笑的時候，眼睛都像平常一樣睜著，但照片中的笑容卻異於平時，與兩、三名作家看著鏡頭的合照之一，表情更是可怕得讓人心驚。達吉的相貌獨特有如法國人，雖極為俊美，在照片中卻醜陋地扭曲著。半朱知道達吉的眼中也會常出現的可怕的神色，卻從未看過照片中的那種表情，忍不住眨眼重新端詳，懷疑這真的是達吉嗎？定睛細看，感覺那幾乎讓人停止呼吸的眼神正緊盯著自己，半朱把刊登這張照片的雜誌，塞到書架旁邊的雜誌堆後面。照片拍到的是宴會場上側身而立的達吉，卻垮著肩膀，神情落寞，一點都不像他。

這些小說的細節和照片的印象，在半朱的心裡留下了類似傷疤的痕跡。儘管有著這樣的不安，但半朱不去深思，試圖忘記，並且也成功了。半朱這個人就連想要珍惜地保存在心中的事情都會遺忘。

達吉和半朱勞燕分飛，各行其是，也引發了外人好奇的打探。達吉會苦笑，忿忿地說「他是個叛徒」，隨即改變話題。至於半朱，每當有人問起，便會狼狽萬分地說「我這陣子比較……」略通內情的人繼續追問：「是忙著約會吧？」半朱便撫摸彷佛才剛洗好的亮澤髮絲，轉向一旁，但這時人們會看見他美麗的側臉如少年般泛起紅暈。

偶爾半朱在出版紀念會等場合上巧遇達吉，達吉會主動過來，以一如往常的口吻說上三言兩語，對他微笑，或開車載他到公寓門口；但即使是在車中，多半也都是側著臉沉默著，至多簡短地詢問八束家的事。不過碰面的時候，達吉沒有任何不悅的模樣，更沒有一絲可怕的神情，一切都極為自然，看不出任何冰冷或漠然，就彷彿原本一直對著這裡的人，以幾乎不會察覺的程度把臉轉向旁邊，僅此而已。

然而這天，達吉卻彷彿一改先前的態度，以和過去完全相同的口吻向他搭訕。半朱當然也感覺到了。

「嗯。」

半朱應道，就像以前那樣，和達吉肩並肩地走了出去。

兩人經過圖書館旁邊，離開赤門。夏季尾聲的午後陽光裡，東大的紅色磚瓦、灰撲撲的鋪裝道路一片乾燥。橫越電車路後，兩人走向肴町的方向。「貝拉米」在三丁[17]之外的農大前面一帶。

達吉也沒問他是不是從八束家回來。半朱偷瞥了達吉的側臉一眼，就此低著眼皮往前

17 譯註：丁為日本傳統距離單位，一丁為一〇九．一公尺。

走。他的心底有股奇妙的感覺，就好像命運正開始回歸到原本的軌道上。

達吉忽然問了：

「婚禮是什麼時候？」

「下個月五號……」

「唔。」

達吉只應了一聲，再度沉默。

來到「貝拉米」前面，依照過往的習慣，達吉率先入內。

店內光線昏暗，一片空蕩蕩。這家店向來如此。這天也只有門口附近有一名學生在喝咖啡。學生很快就離開了。達吉說「兩杯咖啡」。一位下巴短而方正、相貌悠哉的侍者走進吧台裡面去了，片刻之後，他將沖好的咖啡倒入雪克杯，發出和冰塊一同搖晃的聲響。和半年前一樣，達吉喜歡加入冰塊、瞬間冰鎮的黑咖啡，半朱則喜歡在其中盡情加入桌上的砂糖。一切都和以往相同，這讓半朱覺得很不可思議，也像是理所當然。

半朱穿著和與志子及她母親八束須賀子三個人一起去銀座百貨公司訂做的灰底白條紋夏季西裝，搭配紫紅色提花領帶。只有襯衫是帶米黃的白色圓領衫，是達吉以前喜歡他穿的款式，但改頭換面的服裝，從外套內袋裡與志子送給他的米色豬皮皮夾、長褲後口袋裡相同皮質的鞋拔，到塞在胸袋裡以白線刺繡姓名首字母的麻料白手帕，在在顯示出新環境的色彩，但是就連這些，也在與達吉獨處、和過往完全相同的氛圍當中，輕易地融解在達吉的色彩裡頭了。

侍者端來咖啡後，達吉吩咐他去買菸。達吉隨身攜帶奇里亞吉菸，從來不會在外面買菸，這天卻吩咐侍者去三丁目轉角的咖啡廳買外國菸。

半朱坐著，身體微側。他的西褲十分合身，只差一點就顯得像垮掉的一代的穿著打扮。他交疊起雙腿，白皙的手擱在膝上，從剛才就一直被一股難以言喻的預感所席捲。低垂的目光，僅在落坐時抬眼瞥了達吉一眼。達吉依著過去的習慣，右手搭在椅背上，靠近半朱的左肩拱起，目光朝下瞄著對方。裡頭有著面對獵物的野獸般殘忍的光芒，看似攻擊，心中的寂寥卻在振翅拍打著。

半朱剛和達吉熟識時，曾說達吉那雙是惡魔的眼睛。而現在達吉莫名地睜大那雙炯炯的眼睛，望著半朱。

「你說婚禮是五日。已成定局了是吧？」

半朱驚愕地抬頭。

「你背叛了我……你明白這一點吧？你把我的心臟撕扯成片片，如果要當成禮物獻給

對方，是再適合不過了……我已經變成你所希望的樣子了。」

半朱俯下臉，緊緊地抿住嘴唇，默然不語。

沉默片刻後，達吉說了：

「你聽到我的話了嗎？」

半朱咬住下唇，撇開臉去。細長得彷彿蓋住雙眼的睫毛鼓出淚珠。

「怎麼了？」

達吉說。

「你明白你背叛了我吧？」

淚水化成兩條，歪歪斜斜地滑過半朱的臉頰。紅得彷彿發燒的嘴唇顫抖著，他拚命咬住。鼻翼緊繃，耳朵脹得通紅。

沉默流過兩人之間。

達吉移開一直盯在半朱側臉上的目光。

「好吧，隨你愛怎麼做。」

達吉以一百八十度轉變的溫暖嗓音說。傳來端起咖啡杯的聲音。他啜了一口後，杯子又放回桌上。達吉再次往後靠，半瞇的眼睛望著天花板，眼神莫名地乾燥，就像是已經哭乾了淚水的人。

半朱站了起來。

「拿去。」

半朱回頭，眼皮微紅的眼睛看見達吉白色的手帕，幾乎被扎痛了。

半朱接過手帕，快步走向裡面的洗手間。

店門打開，侍者手中拿著駱駝牌菸草罐和找錢進來了。

「辛苦了。」

達吉從侍者手中接過找回的錢和菸草罐，從中又取出咖啡錢，放在帳單上，正伸手去取一旁架上似乎是新書的白水社紙包時，半朱回來了。半朱身後亮著燈。他抬眼欲看達吉，很快地又低下眼皮，洗去淚痕的淡紅的臉在達吉眼中顯得無比惹人憐惜。達吉看著那張可憐的臉，彷彿要確定其中的感情，將罐子和紙包拿在一起，站了起來。

半朱抬眼瞄了達吉的眼睛一眼，指頭插進紮得老緊的領帶內側，習慣性地做出鬆領帶的動作，跟著達吉往外走。

「帳單也放這裡了。」

「多謝惠顧。」

侍者的聲音在身後響起。

本鄉大道變得陰暗，乾燥的路面一片灰白，兩人的前方愈來愈狹窄，如一條帶子般延伸而出。達吉的臉色有些蒼白。公車站標誌的黃、灰撲撲的銀杏的綠、磚瓦的紅、化成深灰影子活動的人們、垂著尾巴經過兩人旁邊的褐毛狗，種種的一切，不管是在半朱的眼中，還是達吉的眼中，看起來都與方才完全兩樣了。

兩人並排走在一起，達吉比半朱高上五公分左右。兩人默默地走著，就像一對爭吵復又和好的兄弟。腳步自然地循著長期以來的習慣，朝三丁目走了過去。

家在淺嘉町的達吉，總是前往半朱位在森川町的公寓，或是半朱邀達吉過去。然後有時帶著吐司水果等等前往「貝拉米」，坐上好幾個小時，但多半會從三丁目經過開鑿山丘形成的路下山，在池畔喝啤酒，或光顧酒吧「伊甸」，最後搭計程車回去，但白天只要天氣好，就爬上彌生町的坡道，穿過東大校園，然後達吉會送半朱回家。這是兩人兩年來的散步路線。

「轉過來。眼睛還紅紅的。」

達吉眼中微帶笑意地說。

半朱看著達吉，但那雙眼睛很快就被隱藏在深濃的睫毛陰影下。

以男人而言過於纖細的頸脖套著白領圈。尚未恢復常態的泛紅耳朵，顯示出半朱的心緒仍激動未平。半朱的精神狀態很特別，無論是歡喜、哀傷，甚至是恐懼，都是在女人般亢奮的精神中進行。他有種徹底的悠哉之處，從來不知道觀照自我的內在。他毫不思索、輕鬆地背叛別人，卻滿不在乎。看到他那副模樣，達吉的心胸湧出強烈的憎恨，不由自主地非要不擇手段把他搶回身邊不可。

與半朱分開的期間，達吉一度偷偷看見半朱走在銀座。半朱一副富裕事業家的姑爺模樣、年輕紳士派頭，露出一截與領帶同色的手帕，眉毛微挑，美麗的雙眼飛揚，眼神得意地睥睨著周圍闊步，彷彿完全忘了達吉這個人。見到他那副模樣，達吉的身體彷彿熊熊烈火燃燒起來，想要捉住他，惡狠狠地痛斥他一頓。而半朱一旦遭到痛斥，便會彷彿幡然覺察自我內在，像女人般激動起來，露出痛苦萬分的模樣。結果達吉便會忍不住心生憐恤，情不自禁要安撫他。但半朱那可憐的模樣，卻又能壓過達吉的理性，一股莫名地想要折磨半朱的慾望再次湧上達吉的心胸。這種時候，達吉總是不由自主地陷入一種甜美的感受，就像一個人在寒冷的戶外行走許久後，忽然泡進熱水裡頭，溫熱的血液過度聚集在指尖那般。要克制住這種慾望，需要極大的精神力。

狠狠地制裁半朱一頓，讓他認清自我的內在很容易，但達吉長達六個月斷絕了與半朱愉快的相聚，使寂寥的心胸暴露在戶外的寒風之中，對成功的機率感到些許不安。開口之前，儘管隱隱約約，但達吉的心中是有不安在起伏的。看到半朱那輕佻隨便的態度，也難以琢磨他對新環境融入了多少。

但小鳥已經屬於我了，達吉想，不過還不能鬆開繩索。反倒是八束與志子這女孩徹頭徹尾為半朱痴迷，肯定如此。然後半朱又有老實和善的一面，這是對世人展現的一面，這種特質似乎抹去了他如同女人般輕薄、狡猾等等應當要招惹的不快；但半朱這種根本的性情，會如何破壞我的計畫，難以預料。

來到三丁目時，達吉說：

「要不要走到山下？」

「嗯……」

半朱以微帶哽咽的嗓音應道，浮現躊躇的神態。

這條開拓山丘而成的坡道已是一片昏暗。

「我不會再罵你了。還是，你依然在背叛我？」

半朱的眼睛痛苦地望向達吉，復又落向胸口一帶。達吉搭住半朱的肩膀。

「好了。我們去『伊甸』吧，那裡有三明治，我想喝一杯。」

兩人背對華燈初上的三丁目，循著坡道往下走。

自這天開始，半朱與達吉完全回到過往的關係了。在「伊甸」付帳時，達吉將口袋裡的《處女》試映會門票拿給了半朱。

半朱回到公寓房間，穿著凌亂不整的西裝外套，直接躺倒在床上。小巧的下巴暴露在躺倒前扭開的立燈光線底下，展現出自咽喉延續而上的淡影。脖子朝旁邊扭轉，就像嫌立燈的光太扎眼，白皙的手按在胸口上，悸動依舊難平。手落了下來，纖細的身體如蛇般扭動了一下，又恢復原狀，手再次按在心臟上，良久良久，維持著這個姿勢。雙眼紅腫已經褪去，瞳孔貼在上眼皮，湛著女人般深邃的妖豔。

忽地，手臂倦懶地落到床上，半朱熠熠生輝的眼睛直盯著一點。

（我沒想到我們會是道林・格雷[18]或達吉曾經說過的，希臘的小妓女和貴婦客人那種

---

18 指王爾德（Oscar Wilde）《格雷的畫像》（*The Picture of Dorian Gray*）裡的角色道林・格雷。此作品帶有同性戀色彩。

肉體的關係。達吉的挑逗因為是逃逗，所以顯得誘惑，所以才惡魔，我絲毫沒想到會遇到今天這樣的事。我真的沒法呼吸了，好難受……如果知道，我就不會去了，因為是大馬路，我才能脫身……但我覺得其實我早有預感，從老早以前，或許就已經預感到會變得如此……）

半朱手掩著咽喉，側臉壓在枕上，陰暗的眼睛如火焰般，瞪著立燈的火光處。

（還得再去與志子那裡一次嗎？達吉會在「貝拉米」等我，接著再立刻過去。再下一次，只要寫下達吉想好內容的信就行了，結束之後，我就跟達吉在一起了。我們要去旅行。……）

也許是倦了，半朱蜷起一腳，這時穿著深紅底黑紋尼龍襪的腳，勾到了剛才糊里糊塗從口袋裡掏出來扔在床上的皮夾，以及隨著鋼筆掉落的麻料白手帕。

半朱就像溺水的人試圖將水藻等物從腳上踹下去一般，想要用腳把手帕踢到床下，但手帕卡在被角處。

半朱突然起身，脫下西裝，從床頭抓過睡衣，迅速穿上，按下門旁的開關，打開天花板的燈，不知道在想什麼，用毛巾蓋住鏡子，把被子掖到頸脖底下。

（有達吉跟我在一起，我有什麼好怕的？我有達吉這個再強大不過的共犯。）

半朱在心中喃喃，就像在給自己打氣。

翻了幾次身後，半朱終於用被子蒙住了整顆頭，身子在被子底下痛苦地微微蠕動，持續了好半晌。

隔天早上，達吉似乎徹夜未寐，垂著有些沉重的眼皮，坐在床上，身下墊著枕頭，正抽著菸。

注意到菸灰，他伸長脖子把菸蒂扔進小几上的菸灰缸，點了一支新的。沒關上的法式窗戶被風吹得發出船槳般的欸乃聲，不時晃動著。除了火柴燃燒的氣味，還有淋上琴酒停止悶燒的菸灰缸散發的濃烈氣味。從「伊甸」帶回來的琴酒酒瓶只剩下一半，變得透明。成疊的稿紙上擱著鋼筆和火柴，夾起來約七、八張的稿紙，有兩疊放在床頭上。窗邊的暗綠色玻璃壺裡，插著兩片枯萎成咖啡牛奶色的月桂葉，有時隨風轉動又停下。達吉掀開深綠與焦褐大格紋的被子，手伸向黑人般濃密的黑髮中亂搔一通，充血的眼睛瞥了小几一眼，起身走進隔壁的浴室，沖澡後穿上襯衫，回到房間關了窗，再次靠坐在床頭上，為自已斟了琴酒。

達吉眼中浮現半朱的房間。他彷彿可以看見西裝和領帶都散落一地，仍在呼呼大睡的半朱。

（現在他一定正露出孩童般的神情沉睡著。）

猛地，一陣如電流般熾熱的感覺竄過達吉的身軀。離開琴酒杯的嘴唇染上恍惚之色，眼中有著昏暗的火光。

昨晚達吉在「伊甸」連續喝了琴酒和威士忌，在門口絆了一跤，倒向半朱的肩膀。半朱的肩膀小巧，肌肉緊實，富有彈性的纖細身體比想像中的更有力，瞬間，達吉聯想到被活生生地剝殼剖開待烹的蝦子。

走出戶外，攔了計程車，先讓半朱上車，達吉接著上車關門，發現自己一反常態地大醉。他伸手環住半朱的背，臉伏在胳臂上，車子一搖晃，臉便往前傾，臉頰幾乎和半朱的貼在一塊兒。

達吉帶給半朱的衝擊尚未消退，乘勝追擊一般，達吉又提出對八束家的計畫。你要去八東家的時候，我會先在「貝拉米」等你——達吉這麼說，讓半朱的心胸幾乎快被不安壓垮了。在「伊甸」，半朱未對此做出正面回應時，達吉一度殘酷地擺出冷漠的態度。「有我陪著你，你還是害怕的話，這事就算了，你繼續和他們在一起吧。」達吉這麼說。半朱聞言頹倒在沙發椅上，一會兒後，手虛弱地搭在達吉的膝上。達吉把那隻手拿到腿上，輕輕撫弄起來。「你要拿出勇氣來。你總不會以為我滿不在乎吧？我是擔心你實在危險。」達吉這麼說，抓著半朱的手，用左手倒琴酒，酒液幾乎滿溢而出。

半朱就宛如嵌在達吉的胸膛和手臂的環繞之中，身子窩在裡頭，感到無比的欣喜與懷念。忽地，車子劇烈搖晃，半朱倒進達吉的懷裡，就這樣沒有起身，達吉任由半朱憑靠在胸膛，自己的頭仰放在椅背，蒼白的額頭漾起陶醉的神色，眼中生出近似哀傷的光。反射的霓虹燈偶爾將那張臉染得蒼白，或有某些東西的影子化成粗黑的條紋，晃動著投射在那張臉上。

車子開始爬上開鑿山丘而成的坡道。達吉抬頭，佯裝攙扶，把指頭伸進半朱的髮間，半朱的頭枕在達吉胸上，彷彿斷氣的人兒。達吉的手摸索著伸向下頦並抬起那張臉，半朱的臉就在達吉的眼下。那張臉就像生病的孩子，上面是眼褶如雕刻般深邃分明的一雙眼，那雙眼打從心底害怕著，又因信賴達吉而睜得大大的。半朱淡褐色的清澈眼睛就像讓醫師在毒箭的傷口敷藥的土著孩童，眼皮略垂，下一秒又睜得渾圓，做出疑惑欲問的表情。忽地，也許是看得累了，半朱的眼眸冷漠地落向斜下方，失去血色的嘴唇半張著。

達吉感到全身都在對半朱的哀憐之中融化了，以手捧住了半朱的臉頰。達吉的指頭看起來就像少女捧著一碰就碎的美麗小動物的手，眼神宛如融化般，嘴唇鬆弛著，勾勒出微笑的形狀。半朱的眼神再次回到達吉的眼睛上，浮現安心和撒嬌。

除了以前萬般疼愛卻死去的小狗以外，達吉從來沒有見過如此惹人憐愛的東西。好想將我畢生的愛意注入其中，在我內心，將我的全部煮化掉的無我之中，親吻半朱。為了半朱，我可以拋棄一切，要我就這樣死去也無所謂。達吉這麼想，但半朱應該會害怕。半朱天生就具有女人的精神，搞不好還有女人的性情，現在他也像女人一樣陷入了歇斯底里。達吉忽地苦笑起來，不能說別人，事到臨頭，我能否抱持著徹底純淨的精神，也是個疑問。我想要寫下更多哄騙世人的奇巧小說之後再離世，但現在我和半朱之間什麼都沒有，達吉想，無日無月，也沒有世人，也沒有兩個獨立的個人、人與人之間永恆的寂寞。除了精神的亢奮，達吉同時亦感覺到性的亢奮。半朱現在微閉的唇瓣，上下的小窪形成小巧的陰影，少年般專注地抿起的嘴唇，彷彿前一刻還在吸吮著母親的乳頭，那張表情刻劃著這半天來的恐懼和悲傷等情緒。但不僅僅是顧忌司機的背影而已，達吉害怕更進一步驚嚇了半朱。

達吉的臉疊在半朱的臉上，手掌覆著他的額頭，就像在測量是否發燒；在手掌的遮蔽下，嘴唇觸碰了半朱的額頭。彷彿以酒精燈加熱的蒸餾水般清潔的汗味、似奎寧水般甜濕的頭髮氣味，瞬間掏空了達吉的腦袋。達吉順勢讓半朱像原來那樣倚靠在自己的胸膛上，招呼司機說「我朋友不太舒服」，要司機放慢車速，將半朱送回公寓。

半朱坐在床沿，試戴了一下帶有極淺黃色調的苔綠色山羊皮手套。

自從試映會前天，那次如夢似幻的事件以後，七天過去了。試映會回程時，達吉給他挑了一件深栗色連肩袖的寬鬆大衣，然後昨天第一次去八束家拜訪結束後，他們開車前往銀座，達吉挑了這雙手套給他。半朱將那雙戴有工整的苔綠色針腳的手套中的纖細雙手，輕握又鬆開，起身站到鏡前，在鏡中倒映出戴上手套的手。那張雙眼距離略大、惹人憐愛的美貌殘留著苦惱的痕跡，面色蒼白，只有嘴唇是淡紅的。

半朱眼中描繪著栗褐色的寬鬆大衣，想像它與自己的容貌及手套的調和，臉上浮現滿足的微笑。耳周也泛出些許紅暈。

他褪下手套，以白皙的手撥弄了一陣剛洗好的頭髮，坐到床上，左手搔著耳後，抬眼

上望，露出冶豔的表情，唇角微微揚起，接著癱軟似地躺到床上，眼中散發光輝，喃喃：

「達吉說要給我買張新的床放在他家，因為只有一張床實在太奇怪了。」

是昨晚前往八束家前，在「貝拉米」與達吉碰面的時候，兩人在卡座並肩坐著，達吉趁著侍者進入店內深處時，按住身子後靠的半朱的下巴，給了他激烈灼熱的親吻。比起驚愕，半朱最先感覺到的是強而有力，帶有勃艮地紅酒般的澀味，卻又甜蜜的親吻。彷彿被咬住般最初的感覺，甚至讓人無暇感到異樣或不正常。達吉把臉移開後，半朱在他的臉上看見狂傲的眼神，以及殘留著愛火的嘴唇那似笑非笑的表情，胸口劇烈地悸動著。自從看到達吉那令人懷念的表情後，周圍的景色——剩下一半的薑汁汽水瓶子透明的淡綠色、三明治空盤上還留下兩、三片的香芹、殘餘著冰塊的杯子、燒剩的火柴棒、奇里亞吉菸的罐子、大白天仍舊陰暗的店內浮現的白色桌巾——他感覺所有的一切在這激烈的一刻面前，全都變了副面貌，是可靠的、充塞著強烈奇里亞吉菸的懷念的世界。

「你今天要去花心，所以晚上要跟我在一起，行吧？」

半朱離開店裡時，達吉就和事前說好的那樣，與他握手打氣說。

一股奇妙的戰慄竄過半朱的背脊，半朱想要放手，但達吉的手牢牢地握住，一動也不動。半朱的臉飛紅，額頭擠出皺紋，眼中浮現哀求的神色。

「你想快點過去吧？」

達吉微笑放手。

這天晚上氣溫驟降，「貝拉米」門口的玻璃一片霧白。九點十分過去，比約定的時間晚了十分鐘，半朱推開「貝拉米」的門，眼神不安。

「他們還完全沒有看出來，不過好像覺得有點奇怪。」

「這樣就行了。」

達吉轉頭向後方吩咐：

「兩杯熱咖啡。」

然後轉向半朱：

「漸漸看出來就行了，就算悟出來了，也不是就會發生什麼事。你明白吧？我已經解釋過很多次了吧？」

「嗯。」

「除了讓對方主動放棄，沒有其他法子了。」

半朱喝了送來的熱咖啡，不安似乎減輕了幾分，片刻後，兩人離開「貝拉米」，搭車前往銀座買了手套，去「銀塔」用了簡單的宵夜——達吉是這裡的熟客，即使很晚才去，也能點個湯品——然後打道回府。

「銀塔」溫暖的店內幾乎凝然不動的蠟燭火焰，灼灼地照亮厚實的淡褐色杯子、嵌木盤燻銀色盤子裡的俄羅斯肉湯、銀色的大湯匙等等，讓半朱忘掉了不安。

半朱看著達吉以室內角落桌上的壺裡一簇簇的小白花、泛著微光的銀叉、粗獷的酒精燈上的銀盤等為背景，展現微笑或切下麵包，聆聽他述說《死都布魯日》的前半部情節。

「後半部很無聊。」達吉說。

達吉以前研究法國文學，但現在主要從事寫作為業。故事描述一名男子將死後如蠟像般美麗的戀人的頭髮剪下，裱在玻璃畫框裡保存。說到美麗女子的描寫，達吉的敘述變得熱情，那雙眼睛毫不厭倦地凝視著半朱的臉。

「你覺得有趣嗎？」達吉問。

「嗯……法國人……啊，是比利時人？寫出來的內容真是驚人……」

「裡頭有些很有意思的句子，像是『危險又不失聰明的親吻』，我能理解，你能領會嗎？」

達吉問著，露出笑容。

坐上回程的車子後，半朱又再次陷入不安。達吉說了：

「打起精神來，好嗎？再去一次就行了。無論擔不擔心，結果都是一樣的。你懂吧？即使結果不好，我也和你在一起。即使結果不好，也不是你的錯，但也不是我的錯。這一切都是自然的發展，你懂吧？」

半朱把肩膀偎在達吉的胸膛上，注視著映在窗外向後流逝的街道燈光，感覺自己就像一隻小鳥，被包裹在巨大的羽翼之中。巨大羽翼的感覺，那天夜晚也接著在達吉的床上侵襲了半朱，並且溫暖他；當轉變成如羽毛般輕柔愛撫的近拂曉時分，落入睡夢的半朱的臉上呈現出甜蜜安詳的神色。

——————————

半朱追憶從昨天到昨晚的不安且甜蜜的夢境，將苔綠色的手套放到書架的檯燈旁，開始整裝，準備前往赴約，與達吉共進晚餐。

最後一次拜訪的日子，達吉向朋友借了車，在晚上九點把車停在八束家的圍牆旁邊。一方面是半朱要求，另一方面也是達吉想要盡快且永遠地將半朱從八束家掠奪回來，哪怕只是提早一分一秒也好。

約好的九點過去了十五分，這時半朱和與志子相倚相偎地走了出來，達吉迅速地將獵帽的帽簷拉低。

半朱開口了：

「怎麼說那種話？我還會再來啊。」

「對不起。可是你剛才的眼神，好像想要和我分開一樣，我確實看到了。」

「當然了……我不是總這樣說嗎？我總是覺得彷彿要與妳分開了一樣。我星期天還會再來……我都快等不及了。」

「可是……我就是覺得……半朱先生想要和我分手……」

半朱在意著車子，抓住與志子的肩膀，將她摟進懷裡，左顧右盼。與志子似乎陶醉其中，身體挨在半朱的胸懷裡，小巧的手緊緊地抓住半朱身上的風衣胸口。半朱輕摟著與志子的背，另一手撫摸她低垂著不肯抬起的頭，哄騙地捉住她的下巴，並抬起她的臉。在半朱眼前的是那張閃著淚光的眼睛和臉頰。半朱假意驚訝地說：

「與志子，妳是怎麼了？我星期天還會再來啊。」

半朱的態度稍稍撫慰了與志子，她展現些許笑容，半朱拚上了老命，對她的嘴唇送上灼熱而激烈的親吻。恐懼從背後緊緊地攫住了他。

片刻之後，四唇分離，與志子嬌羞地把臉偎在半朱的胸懷裡，這時半朱敏感地回頭看車子。他看見兩名男子從車子後方走了過來。

「有人來了……」

兩人分開，緊握著彼此的手對望，這時與志子第一次注意到有車子停在附近，跳開似地折回大門，眼睛盯著半朱，手梳著髮絲說：

「一定要來喔。」

說完後，她倏地掉轉身子，跑進門裡了。

半朱瞄了車子一眼，看著與志子，直到她的身影消失。與志子再也沒有回頭。

半朱遲疑了一下，隨即走近車子。

坐上達吉打開的副駕駛座，半朱掏出手帕用力抹嘴唇，說：

「我很害怕……接吻的時候，背後有可怕的東西籠罩上來。」

半朱說著，虛軟地靠到達吉的肩上。達吉把他的肩膀推回去說：

「可怕的東西是說我吧？」

「你明知道我不是那個意思。」

達吉看錶。

「馬上開走會啟人疑竇嗎？」

「才不會。」

車子經過八東家前面，在老遠一段路前方的轉角轉彎，開往東大前面的路。

「要來我家吧？」

車子一開動，達吉便問道。

「嗯。」

半朱說，扭身回頭看後方。半朱穿著深藍色棉質華達呢風衣，達吉一面小心駕駛，卻也同時轉頭低眼看著半朱那張臉，從衣領露出的白皙臉頰、微翹的小鼻子、形似噘起的嘴唇這些，他把臉頰湊上去說：

「別東張西望，很危險。」

半朱把臉再轉回來時，在達吉的眼中看見陰暗的火花。目睹半朱和與志子接吻的一幕，讓達吉對半朱包裹在厚實風衣底下的肉體，感到如火熊熊燃燒的慾望。

半朱將身體轉回正面，再次倚靠在達吉肩上，將白皙的手輕擱在達吉的腿上，他用蹭上來的臉，以瀏海像小狗似地觸碰著達吉的臉頰。

車子爬上團子坂，在肴町轉彎，就要轉向達吉家所在的銀行轉角時，達吉一面轉彎一面說：

「今晚，你已經做好心理準備了吧？」

半朱身體緊繃，臉低伏在達吉的肩口上。

這個星期六下午，半朱人在達吉的住處。隔天就是約好去見八束與志子的星期天。

半朱穿著象牙白領上衣和灰色牛仔褲，正忙著打開和達吉一起購入的旅行袋的鎖，把玩新的毯子、毛巾、白色毛巾料睡衣、旅行用的梳子等等，卻不時露出不安的眼神，停下手來。

在達吉家過夜的星期五早上，半朱依著達吉想好的內容，寫了信給與志子。內容很簡短。

達吉所想的字句，讓人覺得就算半朱本人來寫，也不會如此富有半朱的風格。

——————

「星期天我不去了，
婚約也取消了。
大概一個月前，有件事讓我改變了心意，
我對妳依然有著不變的友情。
請不要恨我，
我實在沒辦法跟妳在一起。
半朱」

——————

半朱被遣去森川町取來自己的信箋，在收拾完早餐後的桌上寫下這封信。他一看到達吉編造的內容，便湧出一股無法抵抗的興味，一下子就寫好了。

寫好信之後，半朱覺得指頭好像碰到了某種可厭的蟲子，扔下筆離開桌子，坐到床邊，一臉駭然地盯著達吉把信放入信封並封上。

達吉將蘸了墨水的筆拿給半朱，半朱寫下信封正面的收件資料，字抖得極厲害，還重寫了兩次。

半朱和達吉用完早飯後出門散步，走進「貝拉米」，把那封信交給「貝拉米」的侍者，請他代為投寄。

半朱為白色睡衣柔軟的觸感歡喜，雙手捧起衣物摩擦臉頰，接著丟下那些，來到臥室，躺了下來，眼神不安地看著達吉。

「信已經寄到了吧？」

「早上就寄到了吧。」

半朱輕喘了一口氣，仰躺在床上。

「怎麼了？」

達吉湊到半朱身邊，解開他胸口的釦子，手伸了進去，按在心口上。半朱仰起小巧的下巴，露出淡影，接著側轉向牆壁，微微扭動身體。

「不可以把手按在心臟上面，這樣悸動永遠停不下來。」

達吉抽手，這回靜靜地把耳朵貼在半朱的心臟上方。

（我的半朱，活生生的半朱。）

歡喜和揪心攫住了達吉，讓他一陣心潮起伏，自己的胸膛也開始心跳加速。

達吉躺到半朱身邊，手再次擱在半朱的胸上。半朱則把手放在達吉的手上，就這樣良久良久。

終於，達吉抽出手來，搔了搔半朱的頭髮，爬起身來。

半朱仰望達吉說：

「我怎麼樣都無所謂了。」

「這麼堅強？」

達吉拿起放在床角的手錶看了一下，下床往門口走去。

「三點了，要吃達吉親手做的醃小黃瓜嗎？也有火腿和起司。」

達吉說，去到走廊，這時玄關門鈴響了。達吉忽地蹙起了眉頭。那嫺靜的按鈴方式，讓達吉感覺訪客是對這裡陌生的中流階級、中老年婦女。

訪客是八束須賀子。她看見穿著白領上衣配黑褲、外罩深灰底有兩道黑條紋的居家服外衣、一手插在褲子裡的達吉，深深地低頭行禮。

「我叫八束須賀子，您也知道的，是和伊藤半朱先生訂婚的八束與志子的母親。其實我是來請教關於半朱先生的一些事……抱歉在您百忙之中打擾……」

「哦，請進。」

達吉領頭進入書房，請須賀子在客椅坐下，自己則在床沿坐了下來。正準備起身離席的半朱看到須賀子，怔在原地。從入口看過去，床鋪在右邊，左側深處有通往浴室的門。半朱就要往那裡迴避，達吉開口：

「你留在那裡。她是為了你的事過來的。」

語氣不容分說。

半朱以懇求的眼神看著達吉，但最後扶著床頭，低頭站住了。

須賀子將看著半朱的目光移向達吉，輕輕交握住膝上的雙手，開口：

「今早我們收到半朱先生的信……再過四、五天……就是大喜之日了，卻突然來信說要取消婚約，到底是有什麼天大的理由？一直到大前天以前，那天我剛好不在，但聽說半朱先生直到離開，都毫無異狀……而今小女連淚水都哭乾了，一句話也不說，就躺在床上。（這時，夫人戴著閃耀綠寶石的纖纖玉手緊緊地交握在一起。）這是長年照顧小女的女傭告訴我的。……我聽說您在與志子認識半朱先生的約莫半年前，就是半朱先生的前輩，如果您知道什麼，先不論小女，能不能告訴我們……」

夫人束手無策地將膝上蒼白的雙手握住、搓揉，又緊緊地交握住，說到這裡彷彿哽住一般，持續沉默著。

半朱裝作要去泡茶，移動身體，想要從後門開溜，但是被達吉用眼神釘住，只好從夫人身上撇開臉去，指頭拚命地搓著床頭。

「原來你寫信給八束小姐？」

達吉以毫不知情的語氣說。半朱默默無語。

「這樣啊，您一定很擔心吧。他什麼都沒有對我說。他昨天過來，突然說要去旅行，我就覺得奇怪。」

這時，夫人的目光掃向丟在床腳的高級旅行袋、房間深處桌上皺成一團的焦褐與栗褐色大方格嶄新毯子、露出旅行袋口像是白睡衣的毛巾布料、散落一地的商店包裝紙、繩索、小玳瑁梳等等，那雙眼睛看了半朱一眼，又轉向達吉。夫人從家風嚴謹的大家閨秀，就這樣嫁為事業家八束喜與吉的妻子，沒有社會歷練，但四十九歲女人的直覺，讓她在這時嗅出了達吉與半朱之間的某種不尋常的氣息——即便那不是可怕、令人厭惡的關係。不，如果不是的話，怎麼會做出那種事……杉村達吉的應答感覺不到絲毫誠意。詢問半朱信件的態度也是，儘管巧妙，但若要起疑，也是值得疑心的。杉村達吉與伊藤半朱之間有一股強烈的狎暱氣息。夫人感到一陣惡寒，並且一望而知地位不凡的達吉這個人，那股精神力般的氣勢壓倒性地震懾了夫人。

夫人深深垂頭，手不停地握住搓揉，又牢牢地握緊。夫人白皙的指關節冒出如紅絲般的色澤，下一秒又消失。

片刻之後，夫人抬頭看著達吉：

「請您、請您勸勸半朱先生……即使他有了別的人，就算有了別人……只要別讓與志子知道，我們是不介意的……拜託，請設法轉圜……」

達吉穿著白上衣的手伸出去，夾起一根奇里亞吉菸點燃。皮膚有些粗礪的臉上，嘴唇苦澀地抿緊，吸了一口菸捲後，看也不看夫人地說：

「好吧，我也會問問看。他似乎很沮喪，我就猜可能出了什麼事。不過他雖然聒噪，重要的事卻從不透露，所以我也不知道他的底細。我們只有工作上的關係。」

夫人看出達吉是難攻不落之城。她垂下頭去，從脖子到胸膛的線條變得緊繃，臉微微扭向門口，肩膀拱了起來，摻雜白絲、呈現優美弧形的瀏海微微顫動著。

達吉態度確定地看著夫人，接著別開視線。他的臉上浮現在「貝拉米」陰暗的店內，逼迫半朱之後會浮現的那種寂寥。

夫人的臉像某種舞台面具般繃起，肩膀拱得更緊了。夫人把手揣進袖袋，摸索了一陣。出門的時候，為了能帶著好消息回去，夫人懷著祈禱的心情，思考該穿哪套衣裳才能討個好彩頭，挑選了夫妻倆現在定居在倫敦的長男紀一結婚、訂親穿的那套行頭，雖然有

些不合時節，但當時穿著這套和服所經歷的種種，都讓夫人極為欣喜。把手伸進和服袖袋時，夫人想起了這件事，咬住下唇。她花了一點工夫，總算掏出了手帕。

「那麼我告辭了，打擾了。」

夫人併攏露出白色布襪的室內鞋鞋尖，以手帕捂著臉，站了起來。

「抱歉幫不上忙。」

達吉一手插進後褲袋，捏著燒短的菸捲，從床上站起來看著夫人。

夫人看也不看對方，走到門口。白皙的手握住門把時，她停步回頭。

達吉一臉狂傲地站在那兒。認真地睜大的漆黑眼睛深處，散發出一絲冷笑興味。看似有些戲謔的表情裡，盤踞著不動如山的傲慢與確信。那張表情毫不設防地暴露出這類男人難以避免的弱點，是這種人最根本的心性：對自己人的優勢感到驕傲，看到非我族類的悲慘模樣，便感到有趣、不由自主想要嘲笑。

即使達吉那樣的表情稍縱即逝，卻深深地扎進了夫人的心裡。夫人的眼睛如狼般亮了起來。

夫人筆直地看著達吉的眼睛說：

「我不知道您們在想什麼，但您一定認為您們屬於和我們不同的、常識以外的世界，比我們更要偉大多了。不，都寫在您的臉上了。我們確實如您們所想，活在一般常識裡，但就算是這樣，憑什麼我們必須受嘲笑？應該要被輕蔑的，是您們才對。」

達吉微微仰起脖子，傲岸地看著夫人：

「我不懂您這話的意思，您說我和半朱沒有常識，不過夫人，請您仔細想想您自己的話。我也就罷了，半朱是才剛要踏入社會的年輕人。在文學方面，他資質算不上好，但似乎頗有數學天分，我認為他應該朝那方面發展。那種傷害年輕子弟的將來的話，很抱歉，請您節制。」

達吉說完，似乎注意到菸捲前端的灰，把菸捺進菸灰缸裡。

夫人咬唇，沉默，凌厲地看了達吉一眼，踩著確實的步伐離開房間。

達吉向半朱使眼色，兩人一起送夫人到玄關。夫人想要穿上灰色的夾腳鞋，卻磨磨蹭蹭，好不容易穿好，用手帕掩住半張臉，似乎想快步離開，卻又拖拖拉拉地走向大門，不久後，她的背影消失在門外。

待夫人離去後，達吉回看躲在自己身後的半朱，領頭回到房間。

「看你，憔悴成這樣。」

半朱用力抿住稚嫩的嘴唇，繞過先前夫人坐的椅子，抓住床頭站著。

「這樣就行了，應該不會有事了。關於你的事，我已經預先用那女孩的事警告過了。」

半朱總算理解到達吉那些殘酷的話是有背景的。他就像受驚的鴿子般瞪大了眼睛，看著達吉說：

「達吉，你好可怕。」

「我很可怕，所以你已經討厭起我來了，是吧？」

坐在床上的達吉以截然不同的親暱聲音說道，看著半朱，接著起身從書架拿起琴酒瓶，倒進杯裡。半朱仍餘悸猶存地看著那骨架碩大的手，達吉轉向他：

「我來調個醒神的藥給你吧。」

達吉說，走了出去。

緊張大略解除的半朱不知道想到什麼，把夫人坐過的椅子反向擺到牆邊，坐到床上，拿起達吉倒的琴酒，啜了一口。冰塊碰撞的聲響傳來，達吉端著托盆，上面放著梅多克紅酒、砂糖和擠了檸檬汁的杯子回來，將托盆放到桌上，坐到半朱稍微挪開的位置，調起潘趣酒來。

「那到底是在做什麼？要是沒有我，你打算怎麼辦？」

半朱依然凝目而望，就像夜晚罩上了布的籠中鳥般，不一會，達吉將潘趣酒遞給半朱，但半朱默然搖頭。

「那要琴酒嗎？」

半朱點點頭，抬起昏暗但滲透著嬌態的眼睛，默默挨上去，勾住達吉的手，纏繞似地抱住他上臂，並把臉頰偎在臂膀上。

————

哀哉夜鳥

鳥喙敲啄著玻璃窗

————

達吉心中忽然浮現阿爾馮斯．都德[19]的〈苦惱〉中的一節。

達吉溫柔地解開半朱的手，撐住他的腋下，將他摟進懷裡。傾靠在達吉胸膛的半朱微微仰弓起上身，手攀在達吉的胸膛，臉低伏其上，雙手愛撫著達吉的後頸。

達吉的手臂勒緊了半朱纖細的胴體，嘴唇靜靜地埋進半朱的髮絲裡。

---

19 阿爾馮斯．都德（Alphonse Daudet，一八四〇—一八九七），法國寫實派小說家，以短篇作品聞名。

八束夫人來訪後，半朱就一直住在達吉那裡，再也沒有返回森川町的公寓。外出的時候，一定都跟達吉在一起，就連去大馬路上的水果行，半朱都為之卻步。他說害怕會遇到八束家的人。

達吉的住處，每星期會有女傭過來一天，在冰箱填滿一星期的糧食，但水果等有時會在這段期間內吃完，或有當季水果上市，因此達吉會要求半朱去採買，但半朱不管是去達吉住處附近轉角的水果行，還是去寄信，都利用與達吉一起散步的時間，除了與達吉一起之外，完全不肯跨出家門一步。

半朱原本應該和與志子舉行婚禮的十月五日星期三，達吉決定帶半朱出去看電影和吃飯。近午時分，天色暗了下來，兩人穿著同款的深藍色風衣，帶著一支達吉的雨傘出門了。半朱打著水藍色細緞紋領帶，達吉則是露出比風衣更深的靛藍和暗血紅色斜紋領帶。達吉的思考和態度，都如同老成的四旬男子，但打上這樣的領帶，便展現出才三十七歲的年輕風采，兩人看起來就像年紀相近的兄弟，或是玩伴。

兩人在大馬路上攔了計程車，在淺草田原町下車，看完電影回來後，在從商店街通往田原町的巷弄間的「富士廚房」喝了咖啡。達吉提議去吃岡田的雞肉，但半朱說他還不餓，因此去「富士廚房」坐坐。這家歐風餐館上去二樓的樓梯口亮著橘色的燈，貼著花紋壁紙，桌上難得一見地擺飾著鮮花。在妝點著半開的紅玫瑰的桌旁，半朱聆聽達吉述說法國小說的情節。

兩人離開「富士廚房」後，決定前往銀座的酒吧「耶路撒冷」，走到田原町，攔了計程車。車子穿過上野站的護欄時，半朱說他不舒服，癱軟地靠在達吉肩上。他臉色蒼白，額頭滲出冷汗。

「還好嗎？要下車嗎？」

半朱只是含糊地動了動頭。達吉要計程車在京成電車的車站附近停下，扶起半朱下車，但車子才剛駛離，便下起了傾盆大雨。不巧的是，附近的餐館都是供應咖啡以外的食物，充斥著令人作嘔的氣味。來到山下時，激烈但細小的雨點從天空朝著上野的森林、整片街道、寬闊的石階灑滿灰色的水點，煙雨濛濛之中，山上的森林一帶感覺悠遠淡漠。達吉扶著半朱，聊勝於無地共撐著一把傘，決定先去精養軒坐一下，走上石階，好不容易進到了店內。達吉向侍者說明原委，在休息室脫了風衣和皮鞋，換上室內鞋，借了毛巾擦乾臉、手和衣物。也許是淋了冰涼的雨，半朱的狀況好轉了，兩人休息之後，進入餐廳。

兩人正在看菜單，半朱忽然小聲說：

「我們走吧。」

達吉抬頭一看，半朱以眼神示意，人已經作勢要起身了。轉頭望去，有名年約五十二、三，個頭低矮、感覺一板一眼，一看就是一流事業家的男子正在用餐。同桌的是疑似事業夥伴的同年代男子，還有一名膚色異樣白皙、看起來像祕書的年輕男子。應該是八束喜與吉。雖然對半朱很抱歉，但達吉並不想落荒而逃。

「我跟你換位置。」

達吉以眼神安撫半朱，和他交換座位。八束喜與吉似乎早就注意到半朱了，卻裝作毫無所覺，從容地撕麵包、動叉子，專注地與同桌的人談話。達吉觀察，看出八束喜與吉已經聽說了須賀子的所見所聞。

達吉叫來侍者，點了清雞湯、冷肉、萵苣沙拉、葡萄乾布丁、水果和咖啡，掏出記事本，裝出記下宴會預定還是截稿日期般嚴肅的表情，草草寫了類似「喜與吉應該不知道那件事」的文字，遞給半朱。半朱十分虛弱，因此達吉特別留意，幸虧八束喜與吉那桌已經在用咖啡了。

沒多久，八束喜與吉結完帳，以那類男人慣有的、彷彿在自家行走般的步伐，走近門口附近的達吉和半朱那桌，他要同伴先行離開，從稍遠處微彎著腰，看向半朱說：

「半朱，有空再來坐。」

接著向達吉欠了欠身，走了出去。他似乎本來就彎腰駝背，但現在除此之外，表情和全身更散發出老態，就像是半朱的事讓他一口氣老了好幾歲。達吉向他頷首回禮，同時感到一股心酸。比起歇斯底里地找上門來的妻子須賀子，喜與吉更讓達吉的內心苦澀。

喜與吉離開後，半朱鬆了一口氣地看著達吉：

「今天不該來的。」

「這陣子一個接著一個呢。」

「別說了。不要提起另一個人……」

半朱以歇斯底里的尖細聲音說。

「我不是要說那些。你這樣身體會撐不住的。吃得下嗎？」

「對不起。我不太對勁。」

「你這陣子一直不太對勁，你得更冷靜一點。我就這麼靠不住嗎？」

「不是這樣的，別生氣。」

半朱似乎有些勉強自己進食，冷肉只剩下兩片，布丁則是開心地吃完了。達吉又起半朱盤子上剩下的冷肉，看著他微笑說：

「你好久沒這樣胃口大開了。」

他在東大赤門前販賣進駐美軍的中古物的店家，將作工結實、有雕刻的雙人尺寸床鋪搬進淺嘉町的達吉家裡，那是買給半朱的。達吉的書房對面原本用來當儲藏室的三坪房間，請女傭打掃並通風後，將床搬了進去。

此後半朱似乎經常毫無理由地感到鬱悶，但動輒又會像女人一樣歡欣嬉鬧。達吉說此時已經沒必要了，便取消旅行，待十一月以後工作告一段落再去，這讓半朱極為不滿，時常搬出這件事取鬧，讓達吉困擾不已。

其實在半朱初次來訪那天，半朱那宛如拉斐爾畫筆下的天使般稚嫩的美貌，以及動輒泛起紅暈的白皙皮膚、隔著襯衫也能看出的穠纖合度的緊實軀體，便深深地吸引了達吉，但半朱女性的特質卻也強烈地牽制了他。半朱沒有讀過達吉寫的作品，似乎只是嚮往達吉在文壇華麗的形象而來找他，而其心性其實極為輕薄、狡猾和精明；對方完全看透了這些，他卻毫未察覺，完全就像個孩子。這種將底牌全部亮給對方的幼稚性情，讓人看著有種癢呵呵的愉快。上一刻還表現得敏捷成熟，下一刻卻又熱心地沉迷於達吉拿出來的外國彩色插圖集，露出完全就是小孩子的神情，半張的嘴唇，宛如渴望吸吮乳頭的嬰兒。他完全沒發現達吉的眼睛正進行著如此細膩深入的觀察，偶爾露出小鳥般的眼神，強烈地誘惑著達吉。他意識到自己的美貌與可愛，不時以陶醉般、睫毛細長的眼睛朝上看著達吉，唇角以還不到微笑的角度隱約勾起，或微微揚起眉毛，這些表情浮現美少年特有的利己與淡漠，但半朱連這些地方都顯得天真無邪，毫不矯揉造作。半朱第一次來的那天晚上，達吉一夜無眠。半朱留下的告白體自傳小說，從第一頁就吸引了達吉。雖然以文學來說算是新鮮，有種純潔無垢之外，別無可取之處，但字裡行間在在滲透出半朱女性化的內在。達吉放在小桌上，原本打算當晚讀完的皮埃隆[20]的《疼痛的心理》終於一頁也沒有讀。簡而言之，半朱這個人，不管是外觀還是內在，全都強烈地誘惑著達吉，是一種誘惑物。從第一天開始，達吉便決定要不擇手段將半朱這名青年據為己有，絕不放手。

20 亨利．皮埃隆（Louis Charles Henri Piéron，一八八一—一九六四），法國心理學家。

達吉看著半朱那張好奇地盯著比亞茲萊[21]的畫集，耳朵泛紅的側臉，處在狂熱般極度亢奮的精神中時是這麼想。

當時神祕的銷魂蕩魄也在歷經挫折之後，達吉深入到現在的層次。

達吉就像一個陷溺於薄命小鳥的男子，除了工作以外的時間，他都活得像半朱媚態的俘虜。那是沒有極限、沒有技巧的媚態。達吉順從半朱的央求，買給他任何想要的東西。半朱則是不停地提出各種要求，就像要排遣不安和恐懼。這也是因為他在達吉的耽溺中得到愉悅的自信，而刻意提出各種考驗。半朱的這種態度，讓達吉感到宛如血液倒流，而非憤怒；對於半朱的任性，有時他保留部分嚴厲，不予理會，然而他內在的耽溺卻是與日俱增，陶醉得不可自拔。

21 奧伯利．比亞茲萊（Aubrey Beardsley，一八七二—一八九八），英國插畫家、詩人及小說家，為維多利亞時代世紀末美術的代表。

終於，應該舉行婚禮的日子已成過眼雲煙，距離八束夫人來訪，已經半個月過去了。半朱也漸漸平靜下來，在達吉的指示下，著手整理高中和唸了兩年左右的大學的筆記。達吉命令他把求學時代讀過的數學再溫習一遍，以數學書籍自習之後，找老師指導。

半朱拿給達吉的自傳風作品，新鮮的作風得到青睞，由達吉合作的出版社出版了，但接下來的風評不佳。半朱已即將踏入無作品作家的行列。半朱自己也很清楚，他的名氣，完全來自於自身的美貌，以及達吉徒弟的身分。刊登半朱照片的雜誌銷路很好，因此他變得就像純粹以外表為賣點的電影明星。聽半朱轉述大學數學教師意見的達吉，極為興味盎然地看著半朱。「這樣一個孩子，」他臉上帶著就像看到某些刺眼的東西而皺起眉頭的人，那種苦澀的、半朱喜歡的微笑，目不轉睛地看著他。「何必寫什麼蹩腳的小說呢？」達吉說，無比疼惜地微笑。某天早晨在床上，半朱把臉伏在達吉敞開白底水藍色直紋襯衫的胸膛上，嘴唇輕觸胸膛，達吉捉住他的下巴抬起來，雙手捧住那張臉，注視著半朱的眼睛，說：

「你可不能只是當我的妻子。你這顆腦袋裡面還裝著數學。」

然後伸指用力點了一下半朱的額頭。半朱像個少女般微笑，親吻達吉那根指頭。

某個天氣晴朗的日子，達吉帶著半朱返回森川町的公寓，付了積欠的房租，並將大部分的家私整理好，只把書架、筆記本、時鐘、在東大赤門前買的扶手椅、檯燈等送到淺嘉町。達吉已經不是半朱的大哥，而是兼具此身分的情人了。

八束家的姑娘，達吉現在依然放在心上，外出時亦提高警覺；半朱則是有時會忽然擔心起來，如驚弓之鳥，下一秒卻又忘懷了。

就在這樣的某一天，達吉和半朱一道去銀座的「銀之塔」用午餐，散步到有樂町，站在東映影院的售票口前。半朱穿著黑色有領上衣，水藍色春秋服裝，達吉則是讓深藍與暗紅色的領帶率性地歪在一旁，身上寬鬆地罩著同為深藍色的棉質華達呢風衣。

達吉說要看地下室的法國黑幫電影。達吉背對著外面，手肘靠在售票口前，正準備從口袋掏出錢包，卻聽見半朱口中發出不成聲的呼喊，因此回過頭來。半朱的嘴唇就像被什麼東西給撬開似地半張著，雙眼痴呆地盯著電車軌道。一名嬌小的姑娘從電車軌道朝馬路跨出兩、三步，鑲著茶褐色頭髮的小臉面無表情，彷彿從街上的一切活動被拋下。這時右側駛來一輛汽車，伴隨著吼叫聲和撕裂鼓膜般的緊急煞車聲，半朱驚覺似地就要朝那裡奔去，被達吉一把扯住了手，用力制止了。半朱的手一軟，半個身子頹靠在達吉的肩上。

下一秒鐘，姑娘的身體一彈，被拋飛到車輛前方，重重地摔在地上，車子的前輪輾了上去；她橫躺在地，宛如腹部破裂的蟲子般。戴著手套的纖纖玉手，掌心朝上向前伸去，肩包的帶子纏繞在脖子上，裙子掀捲起來，白色的襯裙底下伸出穿黑絲襪的腳，同樣黑色的鞋跟立起，以扒抓地面的形狀定住了。

達吉一臉驚駭地看著屍體——顯然已成屍體的姑娘模樣，就彷彿要確實地見證自己的耽溺的犧牲品，但腦中有一部分已經停止運轉了。驀地，達吉的眼神銳利地一亮，在半朱的耳畔說：

「會被人看到。」

達吉扶著半朱，大步繞過東映影院，沿著石板路彎進東日新聞社，在報社的派報部前舉手攔下計程車。後方湧出化成一團的毫無意義的低沉喧譁聲，響起的是疑似警察大聲驅趕人群的聲音。達吉把半朱推進停下的計程車內，跟著上車，關上車門。

「到東大前面，盡量快。」

計程車繞過人牆後方，朝尾張町駛去之後，達吉這才從後車窗望向後方。好像有個女子從群眾裡跑出去，蹲在屍體旁邊。年紀和八束差不多。達吉認為應該是剛好路過的她的朋友。

年輕姑娘起身，對警察簡短地喃喃細語說了什麼，白皙的手按住額頭，倒向一旁陌生男子的肩膀。開始吊起車輛前輪了。

原來與志子也和朋友約了來東映看電影。她身上的淡褐色薄外套與暗紅色的絲絹洋裝是成套的，是須賀子替她挑選，也是第一次和半朱去旅行的時候穿的衣物。自從遭到半朱悔婚，與志子便說穿紅色讓她憂鬱，這天原本也穿了白上衣和舊的套裝，外面再罩了件風衣，但須賀子說這樣素得可憐，要她改穿這套，因此她在上衣領子別了一只帶金的藍色吉丁蟲別針，揹上比外套顏色更深一點的皮包出門。因為遲到了，她快步穿過軌道，剛朝馬路走出兩、三步，便看見對面站在東映影院前的半朱一臉快活，幾乎要吹起口哨地瞥向她這裡。與志子的臉頓時僵住，彷彿皮膚被用力朝四面八方扯開，失去了表情，手腳也維持原狀定住了。摻雜了恐懼的驚愕堵住了咽喉，她想喊「半朱先生」，嘴唇卻徹底乾涸，發不出任何聲音。與志子就這樣如同石像般僵立在原地，任由車子衝撞上來，也不知道究竟有沒有意識到半朱早已臉色大變，原本想要朝她跑來。

後來從群眾裡跑出來的姑娘，是約了和與志子看電影的朋友，一樣晚了一些才往東映走來。姑娘名叫淺賀田鶴子，是與志子的手帕交，也知道與志子和半朱的事。

半朱彷彿半昏過去。達吉抱起他，讓他躺在腿上，自己則靠坐在椅背。

計程車經過室町，穿過神田站的高架橋。達吉摸了摸半朱的額頭，一手的冷汗。

「你還好嗎？半朱？」

半朱微微睜眼，以似夢似睡的眼神看著達吉。

「嗯。」

他擠出呻吟般的應聲，整個人軟軟地躺著，看著達吉，似要傾訴什麼，又默默地閉上眼睛。車外莫名明亮。在亮白的光中，與志子猝不及防的死逐漸滲透腦中，達吉感覺自己將一輩子擺脫不了這個夢魘。半朱總有一天會忘記吧。他還年輕。自己的美貌，以及受到溺愛的意識，將會融去他苦澀的內心疙瘩。達吉注視著半朱被濃密的睫毛封住的眼睛。

計程車抵達家門，達吉攙扶半朱走進大門，看見女傭長塚花站在玄關。這天是她上班的日子。

「啊，抱歉，我忘了妳今天會來。」達吉出聲。

「咦，伊藤先生怎麼了嗎？」

長塚花不悅的神情轉為狐疑地說。

「貧血。今天讓妳空等了，我給妳加薪吧。明天妳能來嗎？」

「喔，等待倒也沒什麼。」

長塚花已經很熟悉達吉的作風，只是形式上推辭了一下，說：

「這兩、三天我都沒空，下星期一的話，我可以過來。」

「那妳那天再過來吧。」

達吉扶半朱在書房的床鋪躺下，吩咐長塚花準備檸檬汁過來。

長塚花在檸檬汁裡放了冰塊，附上砂糖，端過來放到桌上，對達吉遞給她的五百圓鈔票叨叨絮絮地道謝並收下，又看了半朱一眼，然後離開了。走出廚房後門，從木門來到連接玄關與大門的鋪磚路後，她以凹陷的眼睛回望屋子。

「他們兩個好像一對夫妻，而且似乎有某些隱情。」

長塚花喃喃道。她很想打掃一下外頭，更進一步觀察，但達吉小費給得大方，卻也不好伺候，極端厭惡她自作主張做吩咐以外的事，或是向他碎嘴，因此她只得直接回去。

達吉為了給半朱擦汗，去浴室準備了熱水和毛巾，回來的時候，半朱已經拿掉枕頭，臉側躺在床上，厭煩地推開了達吉為他蓋上的蓋被。

達吉脫掉半朱的外套，解開襯衫釦子，讓胸口舒暢些；以擰乾的毛巾替他擦拭額頭後，再重新擰了條毛巾，從頸脖擦拭到胸下，將毛巾扔到臉盆旁邊，手放到半朱的心臟上方發現心臟緩慢而微弱地跳動著。達吉觸摸他的瀏海，從後口袋掏出手帕，為他擦乾濕髮。

半朱的咽喉吞嚥似地滾動了一下，拂開達吉的手，翻身趴倒，唏噓起來。

「是我殺的……」

唏噓之間，半朱斷斷續續地說。

達吉將擦拭半朱頭髮的手帕揣進外套口袋裡，眼睛深處散發出暗光，注視著半朱。半朱嗚咽著，起身把手伸向達吉，想要偎進他的胸膛，卻看見他的神情，屏住了呼吸。半朱雙眼睜得老大，一抽一提，接著人癱倒在床上，彷彿一下子變得細瘦的小巧下巴仰起，為了不同於先前的理由哭了起來。他沒有捂住臉，淚水也乾了，纖細頸喉隆起，上下滾動著。達吉在半朱身邊躺下，半個身子疊在他身上，雙手輕輕勒住他的咽喉，目不轉睛地注視著他的眼。那雙手底下的咽喉周期性地抽動著。半朱眼睛下方露出眼白，眼瞳貼在上眼皮，浮現難以辨別是哀傷還是倦怠的神情，一動不動。乾涸的唏噓不時抽噎似地打嗝。半朱抓住了達吉的手腕，達吉的手鬆開，轉為輕柔的愛撫。

半朱的手從達吉的手腕往上移，搭住他的手臂，收起下巴垂著頭，交互親吻達吉的雙手。

半朱如此的性情，如今已不值得驚訝，但此時半朱被達吉推開，驚愕地屏住呼吸，同時就彷彿完全甩開了對八束與志子之死歇斯底里的恐懼——倒不如說他已徹底遺忘了這件事，就像切換開關的機器般，一瞬間整個人陷入被達吉冷落的哀傷，開始像孩子般發出乾涸的抽泣。而達吉儘管早就摸透了半朱的性情，這不自覺的媚態卻又讓他感覺到新的、深沉的陷溺。他感到全身的血液變得就像溫水，逐漸沸滾，激烈地流遍全身每一個角落。達吉定定地望著半朱小巧的臉蛋，眼底潛藏著濡濕的愛情陰影。嘴唇就像某種面具，下唇半張，露出下排牙齒。半朱似乎被達吉柔情的模樣所刺激，再次悲泣起來。半朱的苦惱浮現在眉間擠出的縱紋，透露出難以言喻的疲憊。

達吉起身，走向通往浴室的門的對側，入口右邊的臨窗書桌，從抽屜取出安瓶裝的安眠藥和注射器，消毒了手和針頭後，在半朱的上臂打了一針。

半朱的眼神就像自遠方歸來一般，盯著達吉的眼睛，瞳眸忽地滑向一旁。

「是我殺了她的。」

「不是你，是我。」達吉說。

「這比她活著的時候還要可怕。」

「嗯……我給你打了一針，睡得著的。會渴嗎？」

「我只想喝水。」

「聲音都啞了，瞧你哭得那麼厲害。」

達吉進入浴室，用漱口杯裝了水，放入桌上的大冰塊。半朱喉嚨作響，津津有味地喝得涓滴不留，再次虛軟地倒下，手朝達吉伸了過去。達吉坐在床沿，雙手輕輕執起他的手，半朱蒼白的嘴唇微笑，眼皮沉重地張開，望向達吉。

「她是我殺的……可是達吉也跟我一起……所以我不在乎……」

達吉露出沒有惡意的苦笑：

「唔，是啊。」

半朱眼睛半閉，疲累地轉向牆壁。

達吉起身繞過床鋪去放回注射器，回望半朱轉向另一側的臉，發現那雙小鳥般的眼睛依然睜著。達吉打開抽屜收起注射器，捧起半朱的臉扳正，被吸引過去似的，嘴唇重疊上去。就像一點一滴被拖入深邃的洞窟，深沉的吻融化在半朱仍半睡半醒地回應的唇裡。達吉的臉頰深深凹陷，閉起的睫毛和眉毛一帶，就像遭惡寒侵襲的人一般，甚至顯得痛苦。

夜色已開始入侵的房間裡，被床頭板遮蔽了窗外天光的幽暗之中，朦朧地浮現出迷醉在愛情美酒裡的男子臉龐。無力地搭在達吉肩上的半朱的手，很快地便落下了。

達吉不時改變頭部的角度，從各個面向親吻半朱的唇。

漫長的時間過去，四下的昏暗轉濃了。時間連繫著永恆，達吉平時就是會說這種話的人，但現在他的腦中一片空無。不過達吉與半朱接吻的時刻，就是連繫著永恆的時刻。他們進入了自然之中。

終於達吉抬起頭來，親吻睡著的半朱的額頭，把他的手塞進蓋被裡，站了起來。

達吉關上兩側的窗戶，繞過床鋪，坐到書桌的旋轉椅上，從罐子裡取出奇里亞吉菸點燃。達吉就這樣靠在椅背上，眼睛對著窗外的天空，唇上燻著愛情的餘火。叼著奇里亞吉菸的嘴唇溢出濃煙，流瀉到桌面。右手夾起菸捲，擱到椅子扶手上。

達吉的臉隱藏著永無停歇之日的戀情之火，就在這瞬間，征服並踩碎了緊貼在內側的寂寥與苦澀的汁液。

（《群像》昭和三十六年十二月號）

附　錄

解說

富岡多惠子

森茉莉女士出生於明治三十六年（一九〇三年）。我多次從森女士那裡聽聞她在十六或十七歲時結婚，遊歷巴黎的事蹟，每一段往事聽起來都像故事。森女士總是以「某次」作為開頭，娓娓道來。如果說「從前從前某個地方」是《今昔物語集》[22]的套語，那麼森女士所說的內容，或可命名為「某次物語」。森女士的「某次」總是來得突然。對森女士來說，那些「某次」固然應該也是突如其來，但對聆聽的人來說，更為突然。森茉莉這個人有太多的「某次」，近乎無限，到底要說哪個「某次」才好，總是令她一臉為難，述說期間，她也總是坐在那兒凝視著時間的排列，想要捉住那最美好的「某次」。

對森女士而言，過去的時光全是故事。這過去不光是超過五十年前在巴黎遊歷的時

22 譯註：成書於平安時代末期的民間故事集。

光，或兒時父親森鷗外騎馬姿態的記憶細節，連昨天說過的一句話、一小時前打的電話，也全是故事。森女士對這些故事的記憶力驚人，這些時光全是「某次」。它們讓森女士所寫的作品不是私小說，也不是紀實散文。

那麼，對森茉莉女士而言，所有的時間都是過去式嗎？倒也不盡然。森茉莉女士的未來式，總是存在於接下來要寫、或當時正在寫的小說裡（當然，這又不同於森茉莉女士所述說的故事，或尚未述說的「某次」時序）。作家森茉莉活在「某次」的時序當中，未來則交付在小說裡。因此並不是說，過去的許多「某次」讓她寫下未來的小說。

寫小說時，作家經常使用第三人稱，宛如第一人稱般，以現實的對話描述登場的主角。像是巴羅如何、魔利如何、藻羅[23]如何，就宛如自己透過這些主角的眼睛，看盡世界的一切。這是森茉莉的未來式。

因此「真實存在於虛實間的皮膜」這種近松門左衛門[24]式的認識，對森茉莉並未有效發揮。森茉莉的真實，完全只存在於虛構之中。她在現實中講述的「某次物語」，搞不好

---

23 譯註：巴羅、魔利、藻羅皆為森茉莉筆下的人物，發音個別為Pauro、Maria、Moira。

24 譯註：近松門左衛門（一六五三—一七二五），江戶中期的淨瑠璃、歌舞伎劇作家。提出「虛實皮膜論」，認為藝術存在於虛實之間的皮膜。

也全是虛構的。不，那些應該是虛構的、「某次」發生的事實，經由她的講述而得以成為實相，作為事實固定下來。但它們要成為真實，必須由小說家森茉莉從森茉莉之中走出來登場發揮。如果她只是個夢想家，應該會將人生全部的光陰都消磨在沉醉於無限的「某次物語」當中吧。

就如同古今東西的藝術品所揭示的，虛構唯有徹底地虛構，才得以成為現實，而小說家森茉莉所創作的小說，在其人工的技巧、裝飾性以及豪華絢爛等方面，可說是極為徹底。這一點從小說主角的名字即可清楚地看出。糕餅店的店員，名字居然叫巴羅（音同「保羅」）。這名糕餅店的店員還開著玫瑰紅的車子，而且這輛玫瑰紅的車子停放之處，不是巴黎清幽的住宅區，而是離東京澀谷不遠的北澤這樣一處平凡無奇的地區。

從小說家森茉莉的筆下描繪出來，再怎麼無趣的街角、平凡的咖啡廳，都會化為美好的場所顯現，所有的人物都會變身出色的男女登台演出，在現實世界裡實在不可能目睹的、瀟灑時髦、外貌身影皆令人屏息、年輕貌美，且動作如動物般優雅的糕餅店店員現身其中。森茉莉的每一部小說，共通之處即是這些現實中不可能存在的理想美好事物。

她的小說，浪漫之名當之無愧。舞台裝置、服裝、化妝、小道具、演員、台詞，所有的一切，全都為了打造浪漫而悉心準備。在劇場中，有隔開觀眾和舞台的布幕，涇渭分明

地區隔浪漫的世界與現實，同樣地，森茉莉的小說世界，位於布幕另一頭畫框中的舞台，是現實無法欺近的。即使是這名小說家以源自於現實的發想而打造的場所和人物，也無法在其中嗅到一絲現實的氣味。當然，這一點與小說是否具有小說的現實感是兩回事。

森茉莉不是講述過去的「某次」，就是創造浪漫。感覺對這樣的她來說，「某次」的現實、當下的現實、現在的現實，與其說不是她所關心的對象，更讓人感覺，現實對她而言是不可信的。對森茉莉而言，現實的時間每分每秒都在崩壞，相較之下，浪漫的時間卻是每分每秒都在前進，確實地存在於那裡。浪漫中打造的美好是永恆的，現實中的美好卻一下子就會毀壞。森茉莉這個人熱愛美好的事物，難以忍受美好的事物毀壞。美是應該日益深厚、增殖的，而不是應該毀壞的。

小說家森茉莉對於打造耽美的狂熱，反而透露出她對現實的虛無感。愈是在浪漫之中建構出徹底的美，被隔絕的現實中的呼嘯風聲就愈形刺耳。

森茉莉女士在現實中講述的「某次物語」中登場的，多半是地點、人物的模樣外形或衣著等詳盡得近乎可怕的細節，卻難得提到當時誰說了什麼。最近我曾聽她提到森鷗外從日俄戰爭歸來時，森茉莉的母親迎接夫君時所穿的和服，甚至是外套的花紋及顏色。那時候森茉莉女士才四歲左右。

這些「某次」當中，比起登場的現實的人間群像，更多描述的是景色。亦即對森茉莉來說，「某次」全都是一幕幕的景色。這位小說家的戲劇全在景色之中。「上面有上床後從冰箱裡取出來吃剩的火腿、留有咖啡殘渣的白色茶杯、褐色牛奶壺及麵包塊。陶瓷菸灰缸裡，菲利普莫里斯牌的菸蒂黏附其上，就像堵塞排水管下方洞穴的落葉。」這樣的描寫，一樣是景色的描寫。〈戀人們的森林〉比起巴羅與義童兩名男子的愛，巴羅自身的戲劇更強烈地顯現在這些景色之中。若說凝結於一瞬之間的就是景色，那麼那個時間點的平面就已是一齣戲劇，沒有太多將時間塑造成立體的必要。在這方面，森茉莉雖是歐洲式的文化人，她的小說卻是寂靜的。

正如同唯有真正的現實主義者，才能是真正的浪漫主義者，森茉莉透過身為浪漫主義者，也是一名現實主義者。相對於一般人以看慣了現實的眼睛去看浪漫的世界，森茉莉卻是以注視浪漫世界的眼睛注視著現實，因此現實的虛假一眨眼便會被拆穿。真的是「某次」，我聽到森茉莉女士當著某個年輕女子的面大喊：啊，這個人有狐狸似的尾巴！她當時的眼神完全就是在該名女子身後看見了尾巴。她一定千真萬確地看見了尾巴吧！

對於無比敬愛的室生犀星，森茉莉女士曾在某處寫道，犀星是會從懷裡灑出星星的人。森茉莉說室生犀星的懷裡有許多小星星，會將這些星星灑在他欣賞的人身上，並說她親眼看過犀星一面把稿子交給報社派來取稿的小夥計，一面灑出小星星。這應該是事實。森茉莉一定在現實的世界看見了犀星將小星星灑在勤奮而禮貌的年輕人身上。這就是森茉莉對現實的認識。

室生犀星晚年將年輕時候開始寫的詩整理成一本全詩集時，從許多的詩篇拿掉了「永遠」兩個字，而西脇順三郎卻拾起犀星丟掉的這些「永遠」，完成了一部名叫《*Aeternitas*》（永遠）的詩集。愛好永恆之美的小說家森茉莉也隨著灑出的小星星，拾起了犀星的永遠嗎？

森茉莉女士花了八年或九年，最近完成了一部超過八百頁稿紙的長篇小說。脫稿之後，她說寫小說的期間，不管是吃是睡，心中都惦記著小說，很不快活，不過完成以後，所有的一切都好快樂，所以暫時也不想見人了。一陣子之後我倆碰面，她說她還要再寫長篇小說。開啟浪漫世界的門扉，活在其中，對森茉莉來說似乎不是未來式，而是Aeternitas的實踐。

（昭和五十年三月，作家）

MUSES

戀人們的森林
恋人たちの森

作　　者：森茉莉（Mori Mari）
譯　　者：王華懋
發 行 人：王春申
選書顧問：林桶法、陳建守
總 編 輯：張曉蕊
主　　編：邱靖絨
校　　對：楊蕙苓
封面設計：謝佳穎
內文排版：菩薩蠻電腦科技有限公司
業務組長：何思頓
行銷組長：張家舜
出版發行：臺灣商務印書館股份有限公司
23141 新北市新店區民權路 108-3 號 5 樓（同門市地址）
電話：(02)8667-3712　傳真：(02)8667-3709
讀者服務專線：0800056196
郵　　撥：0000165-1
E-mail：ecptw@cptw.com.tw
網路書店網址：www.cptw.com.tw
Facebook：facebook.com.tw/ecptw

局版北市業字第 993 號
初　　版：2021 年 3 月
印　　刷：鴻霖印刷傳媒股份有限公司
定　　價：新臺幣 380 元
法律顧問：何一芃律師事務所

國家圖書館出版品預行編目 (CIP) 資料

戀人們的森林/森茉莉著 ; 王華懋譯. -- 初版. -- 新北市 : 臺灣商務印書館股份有限公司, 2021.03
面 ;　公分. -- (Muses)
譯自 : 恋人たちの森

ISBN 978-957-05-3302-6(平裝)

861.57　　110000244